2065

2065

José Miguel Gallardo

Rocaeditorial

© 2017, José Miguel Gallardo

Primera edición: julio de 2017
Primera reimpresión: octubre de 2017

© de esta edición: 2017, Roca Editorial de Libros, S. L.
Av. Marquès de l'Argentera 17, pral.
08003 Barcelona
actualidad@rocaeditorial.com
www.rocalibros.com

Impreso por QPPRINT
Molins de Rei (Barcelona)

ISBN: 978-84-16700-82-0
Depósito legal: B. 14733-2017
Código IBIC: FH

RE00820

A mis padres

Basado en proyecciones climáticas reales

Madrid, lunes 10 de agosto de 2065
Temperatura mínima: 25,0 °C
Temperatura máxima: 46,6 °C
183 días sin llover

1

*L*as sombras se volvieron alargadas entre las lápidas, recorriendo así el camino que las llevaría a fundirse con la noche negra que pronto llegaría. El entierro se había celebrado a última hora de la tarde para evitar el calor sofocante que desde hacía treinta y tres días se había precipitado sobre el país como un alud de fuego. Pese a ello, el ardor que aún emanaba el asfalto parecía que fuese a abrasar la ciudad. Las olas de calor se habían vuelto más duraderas y frecuentes, y aquella iba camino de superar todos los récords establecidos hasta la fecha. El clima había cambiado y con él las temperaturas estivales de Madrid. Durante el día se parecían ya a las que habían caracterizado a Sevilla a finales del siglo xx; las noches sin embargo, tropicales en su mayoría, eran aún más cálidas de lo que fueron entonces en la capital hispalense.

Las muertes por golpes de calor durante los meses de verano se habían incrementado en las últimas décadas, algo que podía constatarse comprobando las fechas inscritas en aquellas lápidas adornadas con flores ajadas por el sol.

«Mañana vendré a ponerte flores nuevas… y pasado también. Cada día…», le decía mentalmente a su mujer, de la que la muerte y una losa de mármol blanco ahora le separaban. Sentía que no podía soportarlo, que ni siquiera sus piernas aguantarían el peso del dolor que fondeaba en lo más profundo de su alma.

Desde que el sábado lo llamaron inesperadamente del Instituto Anatómico Forense de Madrid para darle la noticia, una espesa y lóbrega niebla lo había envuelto, eclipsando todo rastro de vida que pudiese cobijar.

Contestó a la llamada mientras terminaba de leer un informe que le habían enviado del Ministerio para que lo aprobase.

—¿Adrián… Salor? —preguntó la voz grave y dubitativa de un hombre.

—Sí, soy yo. ¿Quién es?

Su pregunta quedó sin respuesta y un silencio de escasos segundos empañó la conversación.

—Verá…, siento muchísimo llamarle para decirle esto. Es… su mujer… Creemos que ha sufrido un accidente. Todavía no lo hemos podido confirmar y aún faltan algunas pruebas para determinarlo.

La noticia reventó en sus tímpanos a la vez que el caos se enraizaba en cada uno de los aciagos pensamientos que su cabeza bombeaba con el mismo ritmo frenético al que su corazón empezó a latir.

—Creo que es mejor que venga directamente al… —La vacilación volvía a moldear sus palabras, pues sabía que se convertirían en una sentencia de muerte y nunca le había gustado hacer ese tipo de llamadas—. Al Instituto Anatómico Forense, aquí le podremos explicar los detalles.

Aquella llamada fue el inicio de un frenesí que se tradujo en largas esperas, agotamiento, insomnio… hasta que por fin le entregaron el resultado de la autopsia con las pruebas del ADN. Rápidamente intuyó lo que ponía, pues se lo habían dado con una ligera inclinación de cabeza en señal de duelo. La sombra del miedo a confirmar lo que temía se reflejaba en el pulso tembloroso con el que sostenía el informe. Las lágrimas volvían borrosa su visión y le impedían leerlo. Tras limpiárselas con la mano pudo corroborar que el ADN del cadáver correspondía al de su mujer, África Núñez, con una probabilidad del cien por cien.

El coche con el que ella había tenido el accidente apareció incendiado en una carretera secundaria y poco transitada del puerto de Navacerrada. Lo encontró un senderista que estaba terminando su ruta y llamó al 112. Para cuando llegaron los bomberos y consiguieron apagar el fuego, el cuerpo que estaba en el asiento del conductor había quedado calcinado, aunque gracias a la matrícula del vehículo pudieron averiguar el nombre de sus propietarios y localizar a Adrián. La Policía había abierto una investigación para esclarecer la causa del accidente, así como la incongruencia de haberlo encontrado a más de cuatrocientos kilómetros del lugar donde se suponía que estaba África.

Adrián declaró que ella había salido de Madrid el sábado a las ocho de la mañana, y que a la una y cuarto del mediodía lo había llamado desde San Sebastián para decirle que había llegado con algo de retraso. Iba a pasar unos días allí trabajando en el Festival Internacional de la Música. Sin embargo, el aviso al 112 para informar del accidente se realizó a las dos menos cuarto del mismo sábado. O África le había mentido intencionadamente a su marido o la habían obligado a mentir. Esta segunda hipótesis encajaba con la posibilidad de que el accidente hubiese sido provocado, según intuía la Policía tras no haber hallado una causa natural para las llamas que habían devorado todas las pruebas que pudiesen haber quedado dentro del coche.

—¿Sabe si alguien podría tener motivos para querer hacerle daño a su mujer? —le preguntó un comisario con la intención de comenzar la investigación por algún punto.

15

—No.

—¿Algún amante? ¿Algo que hubiese podido llevarla hasta allí?

Esta vez tardó más en dar su respuesta y la pensó detenidamente. Miró al policía a los ojos y arqueó los labios hacia abajo para mostrar desconocimiento a la segunda pregunta mientras negaba con la cabeza en respuesta a la primera. Mintió. Aquella pregunta reabría un pasado herido por las dudas en el que la actitud de África, sus ausencias frecuentes e inexplicadas y sus muchos viajes le habían inducido a pensar en la existencia de un amante. La estuvo siguiendo durante varios meses hasta que, sin haber averiguado nada, se cansó de hacerlo. Pero ahora se daba cuenta de que aquella sospecha se había mantenido en estado latente en su subconsciente, maquillada de olvido. En cualquier caso, haber contestado con un «sí» a la existencia de un amante solo habría conseguido añadir más confusión a la investigación.

Los recuerdos le abrumaban en el cementerio y tuvo que bajar la mirada para reprimir las ganas de llorar. No quería hacerlo hasta que todos los que lo acompañaban en el sepelio se hubiesen marchado. Deseaba quedarse a solas con ella, lo necesitaba, anhelaba decirle adiós y llorar a su lado, como si así fuese a hallar el consuelo que, sabía, no encontraría.

Finalmente llegaron las despedidas: los abrazos de condolencia y las palabras de ánimo se repetían como gotas que caían sobre un vaso ya lleno de ellas, del que bebían las fuerzas que lo ayudaban a sobrellevar su dolor.

Los últimos en irse fueron Manjit y Mateo, sus vecinos del quinto. Una larga amistad los unía a ellos, sobre todo a Manjit, a la que conocía desde que ella se mudó a su edificio. Sus padres habían llegado desde India para trabajar en la embajada de su país en España, y aunque Manjit nació y creció en Madrid, siempre llevaba algún velo hindú de seda o algunos adornos que la hacían sentirse en sintonía con la cultura que había heredado de su familia, a miles de kilómetros del país que nació a medianoche hacía ya ciento dieciocho años. Aquella era la primera vez que Adrián la veía sin colores en su ropa y sin su sonrisa habitual, lo que le apenó un poco más.

—Vente con nosotros, tenemos ahí el coche —le dijo señalando hacia la salida con una voz dulce en la que no se ocultaba la fatiga de los dos últimos días. Desde que se enteraron de la noticia, ni ella ni Mateo se habían separado de Adrián.

—Gracias, pero necesito estar solo y pasear. —Abrazó a Manjit, abatido.

—Adrián, hace mucho calor… y estás cansado. Vente, hombre… —Mateo le puso una mano en el hombro mientras intentaba convencerle de que no se quedase en el cementerio.

—No te preocupes…, estaré bien. De verdad. —Se abrazó también a él.

—Bueno…, avísanos cuando llegues a casa si necesitas algo, ¿de acuerdo?

Una vez solo, le costó encontrar las fuerzas para mantenerse entero. Inspiró profundamente y cuando comenzó a acercarse a la lápida, volvió a sentir que alguien lo acechaba. En la última semana se había sentido observado con frecuencia, perseguido incluso. Oía pequeños ruidos tras él, a veces eran pasos, como si alguien lo siguiese; otras, palabras pronunciadas a medio susurrar, pero siempre que se volvía, nunca había nadie. Esta vez, al hacerlo, se sobresaltó al descubrir a un hombre corpulento y alto que estaba a un metro de él. Sus facciones eran duras, severas, y parecía como si de un momento a otro fuese a atacarlo. Intimidado ante aquella corta distancia, Adrián se separó un paso. No lo había visto en el funeral, ni siquiera sabía quién era.

Vestido con un traje negro, se mantuvo inmóvil frente a Adrián durante varios segundos sin mover un solo músculo de su cuerpo. Este sentía la mirada fría de aquel hombre a través de las gafas oscuras que ocultaban sus ojos y parte de la gran cicatriz que recorría su cara, desde la ceja hasta la mejilla derecha, llegando a la altura del labio. Ninguno de los dos pronunció una palabra. La situación se había vuelto tan incómoda para Adrián que estuvo a punto de irse, más por miedo que por ganas. Pero fue el hombre de la cicatriz quien se marchó.

Caminó alrededor de Adrián con paso firme y el entrecejo fruncido, manteniendo en todo momento el contacto visual con él, hasta que por fin se dirigió hacia la salida. Cuando ya lo hubo perdido de vista y la soledad se hizo estable a su alrededor, se apoyó en la lápida y comenzó a llorar.

—¡¿Por qué me mentiste?! —gritó entremezclando la rabia y el dolor.

Durante el tiempo que permaneció allí de pie, la pregunta se repetía incesante en su cabeza: «¿Por qué me mentiste?». Agotado, se fue. Había intentado inútilmente despedirse de África, era incapaz de decirle adiós, no podía soportarlo.

Sin rumbo, vagaba por las calles sintiendo que el dolor de sus pies crecía con cada nuevo paso. Su meta era llegar a casa lo más tarde posible, llegar tan cansado que solo tuviese tiempo de ir directo a la habitación, tirarse en la cama y quedarse dormido. Así ni tendría que enfrentarse a la soledad que se estaría concentrando en su hogar, ni tampoco tendría que respirarla. Estaba seguro de que el mefítico aire, enrarecido con la ausencia de África, sería de un olor intenso, agrio y amargo. Inhalado, incluso hiriente. Ahora, cada vez que abriese la puerta de casa, solo le recibiría con un frío silencio la añoranza de un «hola». Tras tranquilizarse un poco, siguió caminando. Creyó reconocer varias veces a África en mujeres que le recordaban a ella, ya fuese por su corte de pelo, por su forma de andar o simplemente porque la distancia disfrazaba unos rasgos mal definidos. Incluso durante una breve fracción de tiempo pensaba que la ilusión era real. Se paraba, abría los ojos con inmensa esperanza y de repente volvía a ver la realidad; después, cabizbajo, reanudaba una marcha desprovista de puntos cardinales hacia ningún lugar.

El dolor de sus pies le impedía andar más y el calor contribuía también a la necesidad de parar. Cerró los ojos y pensó dónde ir, después miró al cielo: sí, era la hora y el lugar no estaba lejos. Desde lo más alto de la Nueva Torre de Madrid, en plaza de España, podría observar el horizonte con la libertad que otorga la altura. África y Adrián solían ir a la terraza que coronaba el edificio para tomar algo en las noches de verano. Subió hasta ella en ascensor y al abrirse las puertas se recreó en el lejano infinito que lo invitaba a degustar atisbos de su pasado. Su mente, invadida por los recuerdos, se negaba a aceptar que ella ya no estuviese a su lado y le había devuelto la vida, aunque solo fuese en sus pensamientos.

¡De nuevo podía volver a hablar con África! Su voz no era más que el eco de palabras y gestos de amor que Adrián había ido atesorando con esmero, pero eso ya le parecía suficiente. Descubrió el reflejo de ella que su mente proyectaba en el cristal, la observó hipnotizado y trató de interrogarla, averiguar por qué no fue a San Se-

19

bastián como le había dicho. Ella no contestó a esas preguntas, se quedó mirando al infinito. Él la imitó en silencio y luego retomó la conversación:

—¿Te gustan las vistas? —susurró apoyado en el cristal que lo separaba del vacío.

«Mucho», contestó África posando su mano inmaterial sobre la de Adrián, que cerró los ojos para esforzarse en sentirla.

Sin embargo, y muy a su pesar, aquella África imaginaria tenía vetado el paso al mundo real.

El sol había llegado a su ocaso y, lentamente, comenzaba a desaparecer. Esa quietud previa a la noche siempre le evocaba la melodía de *El lago de los cisnes*, cuando la orquesta interpreta con suma delicadeza el tema principal y, de pronto, la eclosión del color, la explosión de un cielo enrojecido, la entrada con estruendo de trombones y trompetas que traen al brujo oscuro entre la zozobra que sus notas, tocadas cada vez con más intensidad, arrancaban a los oídos y al corazón.

El aire tan contaminado de la ciudad era el responsable directo de ensalzar aquellos indignos colores vespertinos, infectados de una suciedad que se volvía majestuosa. Óxidos de nitrógeno, ozono, dióxido de azufre, partículas tóxicas y un sinfín de otras sustancias rasgaban el firmamento de cuya herida salía la roja sangre que se vertía sobre el atardecer. Cuantos más días pasaban sin llover, sin viento y con altas presiones, y eran ya seis los meses en los que el anticiclón había impedido la dispersión de estos contaminantes, su concentración crecía a la par que lo hacía la belleza del último momento del día. Las enfermedades cardiorrespiratorias, así como los casos de muertes asociadas a ellas, habían aumentado de forma preocupante debido a la polución, lo que obligaba a los gobiernos locales a aprobar medidas para reducirla.

Mientras aquel despliegue de color se diluía en la noche, empezó a aparecer otro, el de la ciudad inundada de luces. Entre ellas y en un segundo plano, lucía tímido el templo de Debod, trasladado hacía casi un siglo desde el Nilo a Madrid. El vaho de los recuerdos era tan denso que empañaba sus ojos y le impedía verlo. Hacía tan solo ocho días que había estado allí con África, ochos días que ahora quedaban tan lejanos que parecían haber absorbido el mohoso color amarillento con el que se tiñe todo con el paso del tiempo.

Se levantaron temprano el domingo previo al accidente. África iba a pasar ese fin de semana en Madrid y querían aprovechar las primeras horas de luz para pasear porque el resto del día se barruntaba casero. El sol volvería a golpear con fuerza a aquellos que lo desafiasen pasadas las once o doce de la mañana, así que había que encerrarse en algún lugar con aire acondicionado para evitar el agobio de las altas temperaturas.

El templo de Debod era su lugar favorito de la capital y se había convertido en un refugio donde eludir la rutina. África había insistido en volver allí un día más, alegando que un domingo por la mañana era el mejor momento para pasear por sus jardines, ya que se respiraba cierto ambiente de intimidad. Y estaba en lo cierto, aquel día las temperaturas nocturnas habían vuelto a ser demasiado altas para dormir bien y muchos se habían quedado en la cama para descansar un poco más, así que se encontraron con muy poca gente.

Algunos corredores, vestidos con ceñidas ropas deportivas de colores llamativos, los adelantaban cargados de perlas de sudor mientras daban vueltas una y otra vez al camino de piedra que, entre los árboles, rodeaba el templo.

África se detenía a capturar sus movimientos, apoyaba su cámara réflex y se apropiaba de aquellos momentos fugaces. Tenía proyectada una exposición que llevaría por título «El arte del movimiento». Ya la había aplazado demasiadas veces debido a diversos contratiempos y comenzaba a perder la esperanza, y las ganas, de que se materializara. En el que decidió que sería su último intento, cinco días antes había solicitado una licencia de exposición en los pasillos del Ministerio de Cambio Climático, en el que trabajaba Adrián, y estaba esperando a que se la confirmaran, aunque ya había aprendido que, en general, las esperas terminaban siempre con una negativa. Pese a que la ilusión se desdibujaba, su vieja cámara aún albergaba tras cada disparo esas imágenes que se imprimían digitalmente en la tarjeta de memoria. Todavía usaba la cámara de fotos que su padre se había comprado antes de visitar Nueva Zelanda, cuando África era aún una adolescente. Adrián había intentado regalarle una nueva con tecnología 3D y conexión a internet para no depender de una tarjeta física que las almacenase, pero ella se resistía. Estaba enamorada de aquella cámara y no era fácil hacerla cambiar de opinión.

—¿Os importa hacernos una foto? —le pidió África a una pareja joven.

—Claro, sin problema —dijo la chica sin poderse imaginar que se iba a encontrar con una cámara que aún tenía botones.

Al darse cuenta de que no era así, miró por el visor y apretó el que pensó que sería el adecuado, según había visto en las películas antiguas. Para su sorpresa, acertó.

Cuando cargaron la imagen para verla, Adrián notó que la expresión de África se volvió sombría, con el entrecejo magullado de asombro. Sus ojos, abiertos con exagerada turbación, parecían haber perdido el instinto de pestañear, como si hubiesen visto un fantasma.

—¿Te encuentras bien? ¿Pasa algo? —le preguntó mientras desviaba la mirada hacia la foto donde parecía concentrarse el foco del problema.

Apenas tuvo tiempo de verla, ya que ella apagó con prisas la cámara.

—No…, no me encuentro nada bien. Nos vamos a casa. —Sin darle tiempo a preguntar más, se dio media vuelta y corrió hacia el paseo del Pintor Rosales para coger el taxi del que se estaba bajando una mujer.

Adrián la veía lanzar miradas furtivas a su alrededor mientras se alejaba. Él hacía lo mismo. Por mucho que trataba de encontrar lo que ella buscaba, no consiguió ver nada que fuese tan horrible como para justificar aquel cambio de humor tan extraño.

—Pero ¿qué te pasa? —le preguntó de camino a casa para intentar sacarla del silencio en el que se había sumido.

—Me ha empezado a doler mucho la cabeza —dijo con un tono seco y distante, el mismo que utilizaba cuando daba por terminada una conversación, el mismo que adulteraba sus palabras con un significado oculto indescifrable para él.

Adrián insistió en que el taxi los llevase al hospital. Quería que la viese un médico, aquello no le parecía normal. Ella se negó una y otra vez con cara y voz de enfado. Ya en casa, África se fue directa a la habitación, pidiéndole que la dejase dormir y cerrando la puerta a su paso. Él buscó la cámara para ver la fotografía y tratar de entender qué había pasado. No la encontró, así que seguramente ella se la habría llevado al dormitorio. Dudó si entrar de puntillas. Se acercó a la puerta y la abrió unos centímetros. Su mujer estaba tumbada en la cama, con los ojos cerrados y un gesto de preocupación, así que decidió dejarla descansar. Cuando despertase ya le preguntaría de nuevo por la fotografía.

Dos horas después África reapareció sonriente, como si no hubiese pasado nada.

—¿Te encuentras mejor? ¿Quieres que veamos las fotos? —le dijo, incapaz de olvidar lo que había ocurrido.

—Sí, claro. Quiero ver cómo ha quedado una de las que hice. —Su voz reflejaba ilusión, algo que distaba, y mucho, de la preocupación que antes la había aturdido.

Tras buscar la cámara por toda la habitación, se dio cuenta de que tampoco encontraba su bolso.

—Creo que lo olvidé todo en el taxi. —De nuevo las sombras volvieron a su voz y a sus ojos.

Al día siguiente, cuando Adrián volvió de trabajar, se encontró a África sentada en el salón, de espaldas a la entrada. Sonriente, ella giró la cabeza al oír el pitido que la puerta de casa emitía al abrirse.

—Mira, he impreso las fotos que hicimos ayer. ¡Me encanta esta! —Se la mostró con entusiasmo—. ¿Ves cómo se alarga la estela del movimiento en las superficies reflectantes de las zapatillas?

—¿Cómo has recuperado la cámara?

—Pues llamé a la compañía de taxis. Tenían mi bolso y la cámara... ¿Qué te parece la foto? —respondió con indiferencia reconduciendo la conversación.

—Me gusta. ¿Y la que nos hicimos juntos? ¿La tienes también? —Quería comprender qué había pasado la víspera.

—Supongo que sí, las he sacado todas. Las estaba viendo ahora. Están ahí. —Señaló la mesa.

Adrián las revisó una a una sin encontrar la que buscaba. Volvió a hacerlo asegurándose de que no se había quedado pegada a ninguna otra.

—La nuestra no está.

Ella seguía absorta en la imagen que la había cautivado.

—No sé, las saqué todas. Mira en la cámara —respondió sin ningún interés.

Tampoco estaba guardada en la tarjeta de memoria, era como si todo vestigio de aquella fotografía se hubiese volatilizado.

Los días más felices de su pasado se habían convertido en navajas de melancolía que apuñalaban su presente. Quizá, después de todo, no había sido tan buena idea subir hasta la cúspide de la Torre de Madrid, donde ahora se sentía aún más solo.

Seguía mirando hacia el templo de Debod. ¿Cuántas veces habrían ido a pasear por sus jardines? Incluso la noche anterior al día de su boda fueron hasta allí y, sin que nadie los viese, enterraron una cápsula del tiempo. Cada uno había escrito una carta dirigida al otro y las habían guardado dentro. Al recordarlo, su corazón comenzó a latir con el anhelo de recuperar la de ella y se precipitó al ascensor para llegar cuanto antes. Los minutos que tardó en llegar al templo se dilataron en exceso, convirtiendo en kilométricos los escasos quinientos metros que había desde la plaza de España. Corría a un ritmo frenético, que contrastaba con el sonido amortiguado de la ciudad por el silencio de la noche. Estaba exhausto, sentía que su respiración, entrecortada y rápida, no lograba compensar el ahogo que parecía comprimir sus pulmones.

Al llegar se quedó paralizado. Alguien había escarbado la tierra justo en el lugar donde enterraron la cápsula. Se agachó, casi tirándose al suelo, y con las dos manos empezó a escarbar lo más rápido que pudo. La tierra estaba suelta, se desprendía con relativa facilidad, así que, como mucho, haría unas horas que la habían removido. Temía que se hubiesen llevado la cápsula. Tras unos segundos de

25

angustia dio con ella. Tenerla entre sus manos le permitió respirar con profundo alivio, devolviendo así el oxígeno a su sangre y el sosiego a sus nervios.

La abrió. Inmediatamente sus ojos y su boca se desencajaron en un espasmo que casi apagó sus sentidos. Allí dentro no había ninguna carta, solo una foto: la que se habían hecho el domingo anterior en el templo de Debod.

No entendía nada. Era incapaz de comprender cómo había llegado hasta allí. La sacó con manos temblorosas y se quedó mirándola con estupor mientras se esfumaba la confianza que sentía hacia su mujer. ¿Cuántas veces le había mentido? ¿Primero el accidente y ahora esto?

Entonces oyó unos susurros detrás de él que cesaron enseguida. Giró la cabeza de inmediato para ver quién más andaba por allí, pero parecía que estaba solo, envuelto por el canto de los grillos. Con cierta desconfianza, alejó su mirada de las sombras de la noche y volvió a mirar la foto. Y entonces reparó en algo que antes no había visto, algo que le erizó el vello como si hubiese recibido una descarga eléctrica. ¿Fue eso lo que perturbó tanto a África?

Acercó la foto a sus ojos. Había alguien más en aquella imagen, alguien a escasos metros de ellos que los miraba mientras invadía el encuadre. Era un hombre corpulento, alto, vestido de negro. Un hombre cuya mejilla derecha estaba dividida por una gran cicatriz que nacía debajo de sus gafas negras. El hombre del cementerio.

2

Con el gesto fruncido, repasaba la cara de aquel extraño, su cicatriz, el descaro de su postura. Sus gafas, oscuras como las intenciones que parecía albergar, mantenían parte de su rostro oculto. Aquella coincidencia, difícil de creer, no le parecía un buen augurio y suscitaba en Adrián la misma incomodidad que había sentido en el cementerio cuando lo vio por primera vez. Ese hombre recién aparecido en su vida se había colado en ella con saña, enfrentándolo a la memoria de África, volviéndola oscura.

—Tú sabes quién es ese, ¿verdad? —preguntó a la fotografía desde donde ella le dirigía una sonrisa—. ¿Por eso me ocultaste la foto?

Miles de preguntas que planteaban incógnitas sin solución se repetían turbias en sus pensamientos. Trataba de abrirse paso entre ellas para encontrarle un sentido a todo cuanto había ocurrido, pero la tupida ausencia de respuestas le impedía discernir con claridad, estaba totalmente bloqueado.

Recordaba una y otra vez, como si de un eco se tratase, la cara de espanto que África puso al ver la fotografía. ¿Por qué ese hombre había despertado en ella tal horror? ¿Por qué motivo lo temía? Quizá no llegase a averiguarlo nunca, y la impotencia de verse desprovisto de medios para conseguirlo se le clavaba en los nervios como si fuese un objeto punzante. Ni siquiera llegaba a entender cómo era posible que alguien hubiese cambiado el contenido de la cápsula del tiempo, ¿y con qué propósito? Solo ellos dos sabían dónde estaba enterrada y no tenía sentido que hubiera sido África quien lo hubiera hecho. ¿Por qué razón iba a haber actuado así? ¿Por qué no se lo habría dicho? ¿Qué ocultaba?

Buscando el efecto placebo con el que las suposiciones mermaban la necesidad de una explicación, pensó en el taxi donde África había olvidado la cámara cuando iban de regreso a casa. La había recuperado al día siguiente, por lo que el conductor habría tenido tiempo de imprimir la foto y borrarla más tarde, lo que aclararía que hubiese desaparecido de la tarjeta de memoria.

28

«¿Y para qué iba a haber hecho algo así el taxista?», se dijo tirando por tierra una teoría que derrochaba incoherencia.

Solo quedaba su mujer, tenía que haber sido ella, no podía haber sido otra persona. Lo que no entendía era el porqué.

Un laberinto demasiado complejo se había abierto paso entre su confusión y la fotografía. No sabía qué hacer. ¿Y si la habían estado acosando? ¿Y si ese hombre tuvo que ver de alguna manera con su muerte? ¿Por eso le mintió dos veces? ¿Porque tenía miedo? Esta idea rebosó en su cabeza, superaba el volumen de preguntas que su cordura estaba dispuesta a asumir antes de traspasar la frontera de la demencia. Cerró los ojos para intentar mitigar la presión que notaba en ellos y entonces lo oyó. Los susurros volvieron a resurgir de la nada. Fueron breves. Apenas sonaron durante un segundo. Estaba seguro de que había alguien al otro lado de la oscuridad. Esta vez aún más cerca.

Hundió la mirada en la tenebrosidad del jardín que lo rodeaba. Las sombras, de figuras fantasmales, se alimentaban de la tenue iluminación vertida por la farola que, junto a él, era la única que estaba encendida.

De pronto, un movimiento captó su atención. Creía haber visto que se movían las ramas de un seto cercano. La sensación de volverse a sentir observado se amplificó por el efecto que la soledad del jardín vertía sobre la noche. Apabullado, el peligro que parecía cernirse sobre él se fue filtrando en cada uno de sus poros, condensando en sus piernas el puro instinto de huir. Despacio, comenzó a caminar hacia la escalera sin apartar su atención del arbusto que había visto moverse.

De nuevo, susurros:

—Se va.

No estaba muy seguro de haber entendido exactamente esas palabras, pero sí de su procedencia: habían venido del seto.

Subió lo más rápido que pudo. No dejó de correr hasta que salió del parque. Miraba sin cesar hacia atrás por si alguien lo perseguía, pero tan solo vio a algunas personas paseando.

Una vez fuera intentó relajarse. Estar ya en una calle más amplia, mejor iluminada, con gente y coches circulando le tranquilizaba. El miedo que había sentido, así como la tensión que agarrotaba sus músculos, comenzaron a disiparse.

El susto, unido al calor, le había dejado la boca pastosa. Estaba sediento y necesitaba beber algo, así que se dirigió al bar que estaba en la acera de enfrente, pensando que allí estaría más seguro.

Se paró junto al paso de cebra esperando a que el semáforo cambiase a verde. Aún era presa de una inquietud que lo mantenía en estado de alerta. No dejaba de mirar hacia

29

el parque, desde donde emergió de pronto una silueta oscura: caminaba hacia él y cada vez estaba más cerca. El color del semáforo parecía haberse estancado en un eterno rojo y la sombra seguía aproximándose. Lo más probable era que se tratase de alguien que estaba paseando tranquilamente. Por si acaso no era así, se decidió a cruzar a pesar del tráfico. Los coches lo esquivaban dando frenazos, pitándole. Iban demasiado veloces, por lo que Adrián a duras penas pudo cruzar sin ser atropellado. Cuando se volvió para mirar hacia atrás, la sombra había desaparecido. Quizá hubiese vuelto a la oscuridad de donde emergió.

Lo más sensato sería volver a casa en taxi y alejarse de allí cuanto antes. Pero una idea imprudente se lo impidió: si lo estaban siguiendo era porque querían algo de él, de haber pretendido atracarle o hacerle daño, ya lo habrían hecho. Habían tenido tiempo y oportunidad suficientes mientras estuvo mirando la foto, y se habían limitado a observarlo y a susurrar desde detrás de un seto. Quizá tuviesen algo que ver con la fotografía, así que decidió esperarlos. No quería encontrarse a solas con ellos, fuesen quienes fuesen, sentía demasiado miedo para volver solo al parque y prefería estar en un lugar donde alguien pudiese ayudarle si lo necesitaba: el bar.

Confiando en que lo siguiesen, pero con temor de que ocurriera, se fue hacia el establecimiento sin dejar de mirar hacia la otra acera. Al entrar en el bar buscó la mesa que fuese menos visible desde la puerta y que a la vez le permitiese controlar en todo momento quién entraba, por si al paseante nocturno finalmente le apetecía tomar algo en el mismo bar. Quizá todas aquellas medidas que estaba tomando para prevenir algo que no sabía si solo era producto de su imaginación rozaran lo absurdo. Incluso empezaba a pensar que los acontecimientos de los últimos días, y las últimas horas, le habían inducido a la paranoia.

Vio una mesa al fondo, en una esquina, que estaba envuelta en un ambiente más oscuro que el resto del bar, ya de por sí poco iluminado y sin mucha gente, aunque con la suficiente por si necesitaba su ayuda. Ese era el lugar idóneo para pasar desapercibido entre la decoración verde irlandesa que se exhibía en las paredes de la cervecería. Se sentó y, como un guardián, se quedó mirando hacia la puerta durante varios minutos. Nadie entró ni salió.

—¿Qué le pongo? —le interrumpió la camarera.

Con un sobresalto, a caballo entre el susto y la sorpresa, giró la cabeza hacia ella y le pidió la carta de aguas. Necesitaba apagar la sed y dejar de sentir la lengua acartonada, hacía varias horas que no había bebido y el calor rozaba lo insoportable.

La calidad del agua se había deteriorado en las últimas décadas y la concentración de oxígeno disuelto en ella había disminuido de forma inversamente proporcional al ascenso de las temperaturas que había propiciado el cambio climático. Además, el número de días de lluvia se había reducido en todo el país, mientras que los periodos secos se habían dilatado, por lo que el agua del grifo había ganado nutrientes que le daban un sabor más basto y la concentración de nitratos rozaba los niveles máximos permitidos, así que las recomendaciones para no beberla eran habituales, sobre todo ese año, que estaba siendo excepcionalmente seco. Estas restricciones en el consumo de agua era algo a lo que se habían enfrentado desde hacía más de cincuenta años en determinadas zonas del país, aunque ahora el problema era más generalizado, lo cual disparaba las ventas del agua mineral embotellada.

Tras ver la carta, se decantó por la de origen noruego, ya que era la que más le recordaba a la que bebía en su infancia. Estaba tan cansado y sediento que el precio de 15 euros no le impactó demasiado. Las aguas del norte de Eu-

31

ropa, donde la preocupación no era la sequía sino las inundaciones, tenían mejor sabor que las que brotaban de los manantiales del sur, algunos en extinción. No tardó mucho en beberla, y mientras seguía vigilando la puerta, pidió una cerveza.

Después de él nadie más había entrado en el bar y su impaciencia se exprimía en un jugo que calaba en sus nervios. Sacó la foto y se puso sus *ScreenGlasses* ('gafas de pantalla', como sugerían los académicos de la Lengua para evitar los anglicismos que, con la implantación masiva de las nuevas tecnologías, habían ganado mucha más fuerza). Los teléfonos móviles habían sido sustituidos por gafas que llevaban incrustada en los cristales una pantalla creada por una red de nanopartículas. Eran capaces de explorar el espacio real e insertar en él elementos virtuales tridimensionales, como la figura de una persona o cualquier tipo de objeto. El mundo se había llenado de fantasmas holográficos que se hacían visibles tan solo a través de las *ScreenGlasses*.

Con sus dos dedos índices recorrió la fotografía desde el centro hasta los extremos, gesto con el que indicaba a sus gafas, capaces de reconocer movimientos, que debían escanearla. Al momento se formó delante de sus ojos una rueda virtual de tonos azulados con un sinfín de opciones para trabajar sobre la imagen. Levantó sus manos y eligió una de ellas: el reconocimiento facial. La rueda se desvaneció y de la fotografía se elevaron tres carpetas ordenadas de arriba abajo. Contenían la cara de las personas fotografiadas, así como información sobre ellas. El todopoderoso buscador chino Sousuo.com había desbancado a Google hacía dos décadas, y solo con la foto de una persona, Sousuo rastreaba cada *byte* de la red accediendo a toda la información pública que hubiese sobre ella.

Con un dedo seleccionó las carpetas que contenían información sobre él y su mujer, arrastrándolas a una pape-

32

lera, también de colores azules, que había aparecido a la izquierda de su campo de visión. Solo quedó la de aquel extraño cuya cicatriz se había convertido en su distintivo personal. En su carpeta podía leerse:

Nombre: Desconocido
Coincidencias: 1

Era raro que Sousuo no hubiese encontrado más información sobre él, hasta los perfiles de las personas más anónimas venían identificados por un nombre y, al menos, con más de cien archivos que contuviesen coincidencias en imágenes o datos guardados en algunos de los servidores que alimentaban la red. La gente seguía obsesionada por compartir detalles de su vida privada en internet, así que identificarlos era una operación demasiado fácil.

Cogió la carpeta virtual entre sus manos y la abrió. Aunque sus ojos le decían que todos aquellos objetos existían, sus manos demostraban que eran falsos cuando tocaban un vacío lleno de nada. Era una sensación extraña a la que ya estaba acostumbrado. La carpeta del desconocido contenía únicamente el artículo de un periódico fechado el 14 de mayo de 2063. El reconocimiento facial al que Sousuo había sometido a la foto había dado una coincidencia del cien por cien en la imagen que acompañaba al titular. En ella, el desconocido estaba de pie, rodeado de bastantes personas en medio de un cementerio. Leyó la noticia:

FALLECE VÍCTOR MONZÓN, ALCALDE DE BELVÍS DE MONROY

M. ALONSO | CÁCERES. Tras las fuertes tormentas caídas en los últimos días en la región, se ha hallado el cadáver de Víctor Monzón, alcalde de la localidad de Belvís de Monroy. Para su identificación ha sido preciso recurrir al reconocimiento por ADN debido a las quemaduras generalizadas que le provocó el impacto de un rayo.

El Ayuntamiento de Belvís ha decretado tres días de luto oficial en los que las banderas ondearán a media asta. El funeral se celebrará mañana, día 15, en la iglesia parroquial de Santiago Apóstol de Belvís de Monroy a las 12 horas.

Monzón había sido fuertemente criticado en los últimos meses por su vinculación con la trama de los paneles solares destapada por este periódico durante el mes de enero.

Su familia asegura que desapareció la noche del día 12 tras una llamada de teléfono. Según el testimonio de su mujer, no volvieron a saber nada más de él hasta que ayer por la tarde encontraron su cadáver en las proximidades de su casa de campo. Afirman que Monzón se había sentido acosado y perseguido durante las últimas semanas, por lo que piden a la Policía que investigue los motivos de su desaparición. Pese a ello, la autopsia revela que su muerte se debió al impacto de un rayo.

La región se encontraba en alerta por fuertes tormentas y se había instado a los ciudadanos a que tomasen medidas de precaución. Estas alertas seguirán estando vigentes durante los próximos dos días. Los meteorólogos advierten que, debido al cambio climático, las tormentas son un 20 por ciento más activas de lo que eran hace sesenta años y que no deben tomarse a la ligera las recomendaciones de Protección Civil.

Adrián detectó de inmediato un extraño paralelismo entre esa noticia de prensa y la muerte de su mujer: dos cadáveres carbonizados y, en ambos entierros, el hombre de la cicatriz aparecía con una actitud de acecho. Al igual que él, también el alcalde se había sentido perseguido, parecía que por la misma persona: el hombre que encontró en el cementerio.

Se quedó pensativo sin dejar de mirar el artículo. Quizá profundizando en él encontraría el camino que África le había marcado al dejar la fotografía en la cápsula del tiempo. Lo cogió y lo arrastró a su *ePaper* para guardarlo.

Los *ePapers* habían sido una revolución en los mercados. Se habían convertido en el nuevo papel, aunque electrónico. Conservaban las mismas dimensiones que un folio tradicional y eran totalmente interactivos. Incluso se podían doblar hasta reducir su tamaño al de una antigua tarjeta de crédito. Conectados a las gafas, pasaban a convertirse en ordenadores personales. La conexión a internet era tan veloz que las antiguas CPU y los cables habían desaparecido en favor de las memorias virtuales, gestionadas a través de los servidores de Sousuo y a las que se podía acceder desde cualquier lugar del mundo con un *ePaper*. Todos los archivos se almacenaban bajo estrictas medidas de seguridad en superordenadores situados físicamente a miles de kilómetros de sus clientes y en un lugar que la empresa China mantenía en secreto absoluto.

«Archivo guardado», le advirtieron sus gafas. Se levantó y, tras pagar, se fue con más desconcierto del que lo había acompañado al entrar.

Salió con cautela del bar, miró concienzudamente a izquierda y derecha para comprobar si alguien lo estaba esperando. Nadie parecía fijarse en él. Al fondo de la calle vio cómo la luz verde de un taxi se acercaba en su dirección. El día había sido largo, muy largo, y ya no era capaz de dar un paso más, así que levantó la mano para detenerlo y se montó. Las calles, amarilleadas por las nuevas farolas de bajo consumo, se filtraban por las ventanillas traseras del coche sin que Adrián les prestase atención. Seguía absorto en la fotografía que había encontrado en la cápsula y por mucho que la miraba era incapaz de hallar un hilo del que tirar para seguir el rastro de África.

Al llegar a su calle y bajarse del taxi, tragó el aire que escondía aún las brasas de una tórrida tarde, lo que le provocó una asfixia pasajera. La temperatura había bajado ya a 37 °C y la noche se presagiaba demasiado cálida. Levantó la vista hacia su balcón, que lucía lóbrego en la segunda planta. En verano solía estar iluminado todas las noches. A África le encantaba sentarse allí a leer antes de acostarse, pero ella ya no estaba y la muerte había transformado en oscura la luz de su casa. Pese a que la idea le hundió aún más en la tristeza, fue capaz de encontrar fuerzas para cruzar la calle.

Pasó por delante de un coche de color negro cuyas ventanas traseras, tintadas del mismo color, impedían ver su interior. Estaba aparcado justo enfrente de su portal, con las luces encendidas. Desde luego era mucho más caro de lo que la mayor parte de la gente podía permitirse. El conductor, con el pelo rapado y de unos cincuenta años de excesos mal llevados, quizá sesenta, lo miró con ojos de enfado, azules y poseídos de rabia, como si le molestase que Adrián lo hubiese visto, o como si llevase demasiado tiempo esperando a alguien. Sugestionado aún por los susurros y la sombra del parque, aquello le contagió una inquietud que necesitaba apaciguar entrando al edificio, donde se sentiría más seguro. Sacó su *SmartKey*, redonda como si fuese un botón gris, puso el dedo encima y la puerta se abrió.

Las nuevas llaves habían cambiado sus dientes por ondas electromagnéticas. Leían la huella dactilar de quien las pulsaba y así conseguían traducir las claves cifradas cuánticamente de las cerraduras.

Nada más entrar, cerró el portón de inmediato. Efectivamente sintió tranquilidad y durante un instante se apoyó contra la pared para disfrutarla, ya nada podía pasarle allí dentro. Las lámparas automáticas del portal, que se encendían al detectar movimiento, permanecieron apagadas. Sin embargo, la luz de las farolas que entraba a través de los cristales traslúcidos de la puerta era suficiente para llegar hasta el ascensor. Pulsó el dispositivo para llamarlo. Tampoco funcionaba. Lo volvió a intentar varias veces más obteniendo el mismo resultado. Tendría que subir a pie. No le importó demasiado, la densa negrura que se condensaba escalera arriba era la misma que envolvía el vacío que sentía dentro, así que la conocía bien.

Subía despacio, peldaño a peldaño, en medio de aquella ceguera sobrevenida. Con una mano apoyada sobre la barandilla, levantaba primero el pie derecho, tanteando con la puntera la parte alta del escalón para no tropezar, y una vez asegurado, subía el izquierdo. Conforme apoyaba su peso en cada peldaño, oía cómo crujía la vieja escalera de madera bajo sus pies.

Se le hacía demasiado pesada la carga que suponía la ausencia de África, así que al llegar al descansillo de la entreplanta se detuvo para descansar un poco o, más bien, para alargar el momento de llegar a casa, como si temiese el sentimiento de soledad que ello conllevaba. Entonces sonó un crujido escalera abajo y después todo quedó en silencio.

Había alguien más allí.

Se puso en marcha de nuevo. Aún más despacio, aguzando el oído por si volvía a oír algo. Llegó al segundo tramo de las escaleras. Subió el primer peldaño. Luego el segundo. Y antes de pisar el tercero, suspendió el movimiento en el aire. Otro crujido sonó abajo, apagándose, como si alguien se hubiese arrepentido de seguir subiendo

37

y estuviese aguantando sobre su pierna toda la carga que estaba destinada a dejar caer sobre el escalón.

—¿Hola? —preguntó Adrián sin obtener respuesta—. ¡¿Hola?! —volvió a insistir alzando la voz con un tono más rudo.

Silencio.

Siguió subiendo. Más rápido ahora. Llegó a la primera planta y se detuvo para escuchar. Las pisadas que lo seguían ya no pararon. Sus delatores crujidos sonaban ya en la entreplanta, apenas los separaban nueve escalones.

—¡Si es una broma, no tiene gracia! —gritó.

Toda la respuesta que obtuvo fue escuchar cómo, entre un silencio que empezaba a resultar demasiado estresante, aquella persona seguía subiendo las escaleras. Un peldaño, dos... Ahora ya solo los separaban siete escalones.

Recordó con ansiedad la sombra que había surgido de la noche en los jardines del templo de Debod y que se había dirigido directo hacia él, así que subió aún más deprisa. Los crujidos detrás de él no cesaban. Sonaban armónicos. Un paso detrás de otro. Siempre al mismo ritmo.

Cuando Adrián llegó a la segunda entreplanta escuchó algo que lo dejó paralizado: otra persona más comenzó a subir las escaleras. Sus pisadas empezaron a sonar en la primera planta, donde hacía apenas unos segundos él se había parado a escuchar. De haber alargado el brazo buscando la pared, quizá podría haberlo tocado. Estaba a punto de echar a correr cuando volvió a escuchar los susurros.

Su corazón explotó en un temblor que le recorrió todo el cuerpo. El pánico trepó por su columna vertebral, impidiéndole respirar. Empezó a correr escalera arriba mientras sacaba su *SmartKey* del bolsillo. Nunca había probado si desde tan lejos la señal que emitía la llave era capaz de abrir la puerta, pero puso su dedo sobre ella una y otra vez esperando que así fuera. Subía los peldaños de dos en dos tan rápido como podía. Justo cuando estaba llegando a su rellano, tropezó en el último y cayó al suelo. En un intento fallido de apoyarse en la pared, soltó la llave, que se perdió en la oscuridad. Con las manos doloridas por el golpe, palpó el suelo con angustia, intentando barrer la mayor área posible con sus brazos. Ni rastro de la *SmartKey* y las pisadas sonaban cada vez más próximas. Sacó su *ePaper* del bolsillo y le ordenó gritando que buscase la llave.

Cinco escalones más abajo empezaron a sonar unos pitidos acompañados de una luz roja intermitente. Bajó lo más rápido que pudo y cogió la *SmartKey*, pero lo hizo con tanta prisa que se le escurrió de nuevo de las manos cayendo un escalón más. Los dos extraños habían llegado ya a la segunda entreplanta. En menos de un segundo estarían tan cerca que podría sentir su aliento a un palmo de la cara. Corrió como nunca antes lo había hecho hasta que llegó a la puerta de su casa. La empujó. Estaba cerrada. Pulsó y pulsó sobre su llave. La puerta no se abría. La aporreaba. Le daba patadas. Todo en vano.

Las pisadas se detuvieron. Habían llegado. Adrián se quedó quieto, expectante, sin mover un solo músculo. Aquel silencio se convirtió en puro terror al mezclarse con la oscuridad, hasta que los crujidos del suelo comenzaron a sonar de nuevo, entonces fue peor. Lentos, pausados, uno tras otro, cada vez más cerca de Adrián. Solo uno de los dos extraños avanzaba, el otro se había quedado junto a las escaleras.

—¡¡SOCORRO!! —gritó con espanto sabiendo que nadie lo iba a oír, pues todas las casas estaban dotadas de aislamiento acústico.

Su única escapatoria era llamar a la puerta de sus vecinos. Lo intentó con vehemencia varias veces hasta que se dio cuenta de que no iba a servirle de nada, pues acababa de recordar que se habían mudado hacía seis meses y el piso estaba vacío. Pensó entonces en subir corriendo otra planta más para pedir ayuda, o incluso subir hasta el quinto piso a casa de Manjit y Mateo, pero chocaría sin remedio con sus perseguidores, uno de los cuales estaba ya a medio metro de él.

Temblando, seguía pidiendo auxilio a gritos. Nadie lo oía.

De pronto, su *ePaper*, que aún tenía en la mano, se encendió. Conectado con sus gafas, lo hacía cada vez que recibía una llamada. La luz que brotó de entre sus dedos iluminó la cara del extraño. Un grito se ahogó en la garganta de Adrián. Delante de él estaba el hombre de la cicatriz. Al verse descubierto, este levantó el puño con gesto violento y le asestó un puñetazo. Presa del pánico, Adrián no tuvo tiempo de reaccionar al golpe y el *ePaper* se le cayó al suelo, apagándose y devolviéndolos de nuevo a las tinieblas.

3

$\mathcal{T}$ras el entierro, Manjit y Mateo volvieron a su piso y, al abrir la puerta, sintieron de golpe todo el calor que se había acumulado dentro a lo largo del día. Un calor que se había ido espesando hasta el punto de volverse pegajoso al tacto. Pese a que las ventanas estaban selladas térmicamente, vivir en la última planta seguía teniendo sus inconvenientes en los meses de calor. El edificio contaba con elementos de enfriamiento pasivo, al igual que muchos otros, que ayudaban a regular la temperatura interior, aunque no siempre eran suficientes y a veces hacía demasiado calor. El cambio climático había obligado a rediseñar poco a poco la arquitectura urbana en busca de los recursos energéticamente más eficientes para adaptarse a las temperaturas cada vez más asfixiantes.

Cuando Adrián fue elegido presidente de la comunidad de vecinos, remodeló la estructura externa del edificio para conseguir un aislamiento térmico más eficaz. Sabía bien cómo conseguirlo, pues dirigía el departamento de Meteorología y Climatología en la Comisión Internacional para la Adaptación y Prevención del Cambio Climático. Además, en el Ministerio de Cambio Climático (escindido del de Medio Ambiente hacía algo más de veinte años) contaban con sus servicios como asesor científico. Desde allí, el equipo que dirigía había dedicado grandes esfuerzos para integrar la bioarquitectura en las ciudades. Habían propuesto cubrir los tejados con materiales que cambiaban su color con la temperatura, blancos si hacía calor o negros si hacía frío, de forma que absorbieran más energía en invierno y menos en verano. Estos nuevos materiales tenían la ventaja de que, en su estado blanco, eran capaces de evaporar el agua que se almacenaba en un depósito cuando recibían la luz del sol, consiguiendo así una temperatura cuarenta grados más baja que los tejados convencionales de color negro y un ahorro energético considerable. Los estudios científicos demostraban que con esta y otras medidas los veranos no serían tan tórridos en las zonas metropolitanas. Sin embargo, las imágenes de alta resolución de los satélites de nueva generación mostraban que las cubiertas de muchos edificios aún eran oscuras en ciudades como Madrid, y es que varias de las propuestas de la Comisión Internacional todavía no habían sido tomadas en serio por los Gobiernos, pese a que las pruebas avalaban la teoría. Adrián había conseguido que en su edificio se ahorrase hasta un cuarenta por ciento de la energía que necesitaban para enfriarlo durante el estío, y aun así, Manjit y Mateo seguían notando calor en su casa, aunque mucho menos del que padecían antes de que el tejado se adaptase al nuevo clima.

Encendieron el aire acondicionado y se sentaron a descansar mientras miraban cómo los colores del atardecer, tamizados por la ventana de su terraza, ya entraban en su salón raídos por la noche. Permanecieron en silencio, callados por el cansancio y la pena que se cernían sobre su decaído ánimo. Manjit no se quitaba a Adrián de la cabeza; pese a que les hubiera dicho que necesitaba estar solo, se sentía mal por no haberse quedado con él, siempre habían sido un apoyo el uno para el otro y ahora no sabía cómo ayudarle.

Pasaba el tiempo y, con él, el cielo y la preocupación de Manjit se fueron cubriendo del color de la turmalina. Adrián solía agradecerles todo cuanto hacían por él, hasta por las cosas más insignificantes recibían su gratitud o algún regalo, por lo que les extrañaba que en esta ocasión, y ya de noche, ni siquiera les hubiese escrito un mensaje. Desde luego que no era su reconocimiento lo que buscaban, le ayudarían de buena gana mil veces más si lo necesitase, pero él no acostumbraba a actuar así y Manjit intuía que algo le pasaba…, quizá algo que no fuese bueno, pensaba mientras movía con inquietud la pierna.

—Voy a llamar a Adrián por si necesita algo.

—Yo creo que es mejor que esperes un poco —le respondió Mateo, que pretendía respetar la soledad que les había pedido.

Probablemente su amigo solo necesitaba estar apartado del mundo, así que decidió aplazar su llamada, por si él la hacía primero. Miró la hora: las diez y media.

—Si a las once no sabemos nada de él, bajamos a verlo. Voy a prepararle algo de cena, que seguramente no tenga nada. Hago para nosotros también, ¿vale?

—Espera, que te ayudo.

—No, déjalo. Descansa tú.

En realidad solo buscaba una excusa para bajar a su casa y saber de él. Si finalmente estaba bien, y esperaba que así fuese, llegar con la cena en la mano era la forma perfecta de disimular su preocupación por algo tan absurdo como no haber recibido un mensaje suyo. Se fue a la cocina decidida, iba a preparar su plato especial, una receta familiar que había pasado de generación en generación y que guardaba como si de un tesoro se tratase. Pese a que a ella no le gustaba cocinar, de hecho era Mateo el que normalmente lo hacía, mezclar aquellos ingredientes siguiendo las instrucciones que su madre le había escrito con su distinguible pulcritud la hacía sentirse bien, era como si honrase la memoria de sus antepasados manteniendo viva una parte de ellos.

Le dolían los pies y sus lumbares bramaban a gritos que necesitaban descansar en el sofá. Paró un poco y tras llevarse las manos a la cadera para aliviar el dolor, siguió preparándolo todo, quería terminar cuanto antes para llamar a Adrián. Pensaba en él, en lo solo que estaría a partir de ahora. La pena que sentía fue subiendo por su tráquea, taponándola. Después llegó a los ojos, donde tuvo que retirarla limpiándose las lágrimas con el dorso de las manos, ya que en los dedos tenía restos de la comida que estaba preparando.

Paró para tranquilizarse un poco. Con el fuego encendido de la cocina, el calor era insoportable y necesitaba beber sin parar. Esa sed despertó en ella una duda. Salió de la cocina y desde el pequeño recibidor, asomó la cabeza por la puerta que daba al salón, como si se tratase de un títere sobre un minúsculo escenario, para planteársela a Mateo:

—¿Crees que Adrián tendrá agua? —Sus palabras se propagaban mezcladas con el olor especiado de su guiso.

—Supongo que no, con todo el lío de estos días no habrá comprado, y creo que a nosotros nos queda poca. Voy a la tienda de abajo. —Miró el reloj para calcular si aún estaría abierta—. ¡Van a cerrar ya, voy corriendo!

Salió de casa y llamó al ascensor. Nada. No funcionaba, así que enfiló las escaleras. Las luces automáticas se iban encendiendo a su paso. Cuando estaba llegando a la planta baja oyó la voz de dos personas. Las escuchaba lejanas, casi como un murmullo, o quizá más bien como susurros. Comenzó a bajar el último tramo de escalera y este quedó iluminado de forma inmediata. En ese momento los susurros desaparecieron, como si la luz que llegaba al vestíbulo les hubiese advertido que había alguien merodeando. Le pareció extraño y, sin llegar a detenerse, continuó bajando algo más despacio, con la cautela que le sugería aquel silencio repentino. Antes de pisar el último peldaño, donde el muro del ascensor aún le impedía ver el pasillo, un hombre se asomó a la escalera de forma repentina.

Mateo se asustó y se desequilibró sin llegar a caerse. No solo le impresionó la forma súbita con la que había aparecido aquel hombre, sino también su cara. En cualquier película lo habrían contratado para actuar como mafioso: era rubio, tenía las cejas poco pobladas y sus ojos, algo más juntos de lo normal, estrechaban el puente nasal dando una forma triangular a su nariz aguileña. Lo miraba fijamente, sin pestañear, más bien con gesto huraño.

—¿Adrián Salor? —En aquella pregunta había cierto tono de agresividad.

45

Mateo bajó el último escalón y comprobó que aquel desconocido estaba acompañado. El otro permanecía de espaldas y no consiguió verle la cara, aunque sí se fijó en su pelo grisáceo, con muchas canas, y en la fuerza que la anchura de sus hombros y sus brazos denotaba. Hurgaba entre las entrañas de un amasijo de cables e interruptores que habían quedado al descubierto tras abrir el cuadro eléctrico general.

—Pregunto por el presidente de la comunidad, ¿es usted? —Su tono tosco y encrespado seguía sin inspirar confianza a Mateo.

Miró la placa que sobre su pecho lo identificaba: «Aufzüge. Servicio de mantenimiento». Conocía muy bien el nombre de aquella marca alemana cuyo logotipo veía cada día en la puerta del ascensor.

—Adrián no puede atenderles hoy, pero yo puedo ayudarles en su nombre. ¿Qué necesitan?

La respuesta no pareció convencer al técnico, que no parecía tener ganas de pasar allí mucho más tiempo.

—Nos han llamado porque el ascensor no funciona. Hay que cambiarle una válvula y necesito la firma del presidente de la comunidad. En un par de horas habremos terminado. —Volvió su *ePaper* hacia Mateo para que pudiese leer el informe donde se detallaba el coste del arreglo y le indicó con el dedo dónde tenía que firmar.

Cuando regresó, cargado con las botellas de agua, los técnicos habían desaparecido y el ascensor seguía sin funcionar, Mateo supuso que habrían ido a buscar una válvula nueva, así que no le quedaba más remedio que subir andando.

De pronto se dio cuenta de que la cara del técnico le sonaba de algo, tenía la sensación de haberlo visto más veces y él nunca olvidaba una cara. Quizá se hubiese cruzado con él por la zona, en el supermercado o en cualquier otro sitio. Seguramente el susto que se llevó al verlo le impidió darse cuenta en el momento, pero estaba completamente seguro de que no era la primera vez que se había encontrado con él.

Tras entrar en casa, cerró la puerta y fue directo a la cocina. Fuera, las luces del rellano se apagaron, alguien había cortado la luz desde el cuadro eléctrico general y la oscuridad se extendió como un gas por toda la escalera, una oscuridad con la que Adrián se toparía en pocos minutos.

—Se ha estropeado el ascensor —le explicó a Manjit mientras colocaba las botellas en la despensa de la cocina—, pero los técnicos ya lo están arreglando.

—¿A esta hora de la noche? —contestó sin mirarlo mientras seguía minuciosamente las últimas instrucciones de la receta, pues allí estaba el secreto de aquel suculento sabor.

—No sé, deben tener servicio veinticuatro horas…

Diez minutos más tarde, con la cena ya preparada, Manjit cogió sus *ScreenGlasses* para llamar a Adrián con la intención de bajar a su piso. Aún seguía sin dar señales de vida y la sensación de que algo malo le pasaba se iba acentuando a cada segundo que transcurría.

—Es muy raro, me ha colgado nada más sonar… —Se volvió hacia Mateo con una expresión interrogante en su cara—. Vamos a su casa, él nunca hace estas cosas y yo me quedo más tranquila.

Abrió la puerta con impaciencia. Las luces del rellano no se encendieron, como solía ser habitual. Un golpe seco sonó escalera abajo, como si alguien se hubiese desplomado al suelo. Manjit no le dio demasiada importancia, pues el trecho que los separaba amortiguó el volumen del ruido.

—Espera, Manjit. —Mateo le puso la mano en el hombro antes de que cruzase el umbral—. Dale cinco minutos. Si no te devuelve la llamada, bajamos los dos, pero dale cinco minutos.

Dudó si hacerle caso, sabía que él tenía razón y que debían respetar los deseos de Adrián pese a que ella no dejaba de pensar que algo malo le pasaba. Cerró la puerta a desgana y con impaciencia fue viendo cómo transcurrían los minutos. Primero uno, luego otro. Muy despacio. El tercero aún fue más lento, y el cuarto interminable.

No fue capaz de esperar más.

—Vamos ya. —Cogió la cena y los dos salieron de casa.

Las luces del rellano, ahora sí, se encendieron. La fuerza de la costumbre los llevó a llamar al ascensor, y resultó que ya estaba arreglado, así que esperaron unos segundos a que subiese.

—¡Espera, el agua! —se acordó Mateo una vez dentro del cubículo, y volvió a casa corriendo mientras ella tapaba el sensor de la puerta del ascensor para que no se cerrase.

47

Cargados, ella con la cena y él con tres botellas entre las manos, pulsaron el número dos y el mecanismo se accionó. Pasaron en silencio por cada planta, escuchando el ruido lejano de la preocupación que sonaba en sus pensamientos y que Manjit materializaba tamborileando con el dedo índice sobre la bandeja que sostenía.

Manjit fue la primera en salir. Las luces se encendieron automáticamente y avivaron un grito que, desde su garganta, daba voz a lo que sus ojos vieron con terror.

Madrid, martes 11 de agosto de 2065
Temperatura mínima: 26,5 °C
Temperatura máxima: 45,2 °C
184 días sin llover

$\mathcal{D}$espuntaba el alba acalorada. La noche había sido larga y apenas habían dormido poco más de una hora sobre una silla algo incómoda en la sala de espera del hospital. Mateo bostezaba mientras movía su cuello de izquierda a derecha para aliviar la tensión que le había dejado una mala postura. Su mirada, cercada por las ojeras, vagaba por el infinito, ausente, pensativa, rezumando el cansancio y el estrés de las últimas horas.

Manjit, aún conmocionada, proyectaba sobre sus pensamientos vastos parajes de inquietud. Cuando se abrió la puerta del ascensor, encontró a Adrián tirado en el suelo, bocabajo, más próximo a lo inerte que a lo animado. No atisbaba el más mínimo movimiento en él, ni siquiera parecía que estuviese respirando. Dejó caer al suelo toda la comida que llevaba en las manos y fue corriendo hacia él seguida de Mateo. De rodillas los dos junto a Adrián, le dieron la vuelta con la máxima delicadeza. Un hilo de sangre surcaba su pelo desde la nuca hasta el suelo, donde se había acumulado en un pequeño charco. Mientras Manjit aproximaba su oreja a la nariz de Adrián, Mateo llamaba al 112.

—¡Respira! —gritó—. ¡Débilmente, pero respira!

Los pocos minutos que la ambulancia tardó en llegar parecieron haberse estancado en el devenir del tiempo, como si el segundero del reloj tuviese un muelle que lo obligaba a retroceder cada vez que avanzaba. Lo trasladaron con urgencia al hospital mientras el sonido de la sirena anunciaba con escándalo la gravedad del paciente. Allí las horas no pasaron mucho más rápido, esperaban y esperaban y nadie salía a decirles cómo estaba Adrián. Finalmente, tras haber recorrido el pasillo de la sala de espera varias decenas de veces, un enfermero salió a informarles de que se encontraba bien, aunque seguía inconsciente. El escáner cerebral no indicaba daño alguno y los resultados de todas las pruebas que le habían hecho entraban dentro de la normalidad. Cuando despertase le harían algunas más. Según les dijo, podría tardar en despertar un par de horas o todo un día, lo que indujo en Manjit una agridulce preocupación, somera y densa a la vez, que atizaba sus remordimientos. Hasta que no estuviese consciente no iba a conseguir tranquilizarse del todo, en parte se sentía culpable de lo que le había ocurrido a Adrián. No tenía que haberle dejado solo en el cementerio, se decía a sí misma.

—Vete a casa a descansar un poco y yo me quedo aquí por si despierta antes —le pidió Mateo, que veía transparentarse en la cara de su mujer la fatiga y la inquietud que se amontonaban bajo su piel.

Ella se negó, instándole a que lo hiciese él, era una tontería que estuviesen allí los dos, tan cansados como estaban, pero también Mateo prefirió quedarse esperando.

Con las primeras horas del día, los informativos de la mañana inundaron las paredes digitales de la sala de espera con abrasadores titulares sobre las altas temperaturas del día anterior. La voz de una periodista se entremezclaba con las conversaciones que, no siempre en voz baja, se desparramaban por la sala:

Según acaba de comunicar el Servicio Nacional de Meteorología, ayer fue el día más cálido en numerosas localidades de España desde que empezaron a recogerse datos hace ya dos siglos. En más del ochenta por ciento del país se superaron los 35 °C. De hecho, seis de cada diez ciudades registraron una temperatura superior a los 40 °C y, en tres de cada diez, superior a los 45 °C. En dos pueblos de Córdoba, Montoro y La Rambla, volvieron a registrarse por segundo día consecutivo los 50 °C, aunque fueron en total una quincena de localidades las que rozaron este valor. La noche, por su parte, también ha sido excesivamente cálida, con temperaturas que a muchos les han impedido dormir.

Tan solo en el día de ayer los servicios de emergencia atendieron a más de tres mil quinientas personas por desmayos, lipotimias y deshidrataciones; cincuenta y dos de las cuales permanecen aún ingresadas en estado grave. En toda Europa se han contabilizado más de cien mil muertes por golpes de calor en los últimos quince días.

De nuevo hoy, la mayor parte del país se mantiene en alerta roja ante las temperaturas que, según indican los meteorólogos, continuarán siendo asfixiantes, al menos, una semana más.

A continuación, tomó el relevo un locutor con la crónica internacional:

Por otra parte, la Guerra del Okavango se recrudece después de la nueva plaga que desde hace un mes sufren los cultivos de mandioca y maíz en los tres países que luchan por las aguas de ese río. Grupos terroristas en Angola, Namibia y Botsuana han tomado por la fuerza algunos de los pueblos ribereños. Las víctimas se cuentan por decenas de miles, que se suman a las ya provocadas por este largo conflicto.

El cambio climático había encendido, como causa indirecta, la mecha de varios conflictos violentos y guerras en países en vías de desarrollo. Los cambios que habían sufrido los patrones atmosféricos agravaron la pobreza y la desigualdad, sobre todo en aquellas regiones más vulnerables donde las crisis económicas y alimentarias llegaban como hunos encolerizados asolando poblaciones enteras. Nuevos grupos terroristas, que surgían a un ritmo incesante, habían sabido sacar provecho de la penuria y ganaban poder a golpe de acciones sangrientas con rifles y pistolas, amplificando la desgracia. Estas organizaciones armadas habían conseguido desde las primeras décadas del siglo XXI más de un millón de dólares diarios con la venta de petróleo (cuyas reservas ahora ya casi habían desaparecido), por lo que se hacía difícil combatirlos. El derroche energético, alimentado con parte de ese petróleo, había sido sinónimo de bienestar durante demasiados años, propiciando que el planeta se fuese calentando poco a poco a la vez que se convertía en un lugar cada vez más inseguro, como mostraban las imágenes tridimensionales de los canales de noticias que cubrían las paredes de la sala de espera.

El enfermero, vestido con el habitual pijama de color verde y abatido por una noche de mucho trabajo, se acercó de nuevo a Manjit y Mateo.

—Se ha despertado, ya pueden pasar a verle. Les acompaño hasta la habitación.

Los condujo por pasillos largos, todos iguales, llenos de puertas. Algunas de ellas estaban abiertas mostrando estampas de enfermedad dentro de las habitaciones. Comenzaba a notarse que la actividad de la mañana volvía al recinto hospitalario. Girasen a la izquierda o la derecha, parecía que siempre volvían al inicio del primer pasillo, como si estuviesen andando en un bucle que por fin terminó cuando el enfermero se paró frente a la puerta rotulada con el número veintitrés. Manjit la golpeó suavemente con sus nudillos y la abrió despacio, asomando la cabeza antes de entrar. Tenía adheridos a sus labios los restos de una noche en vela que desdibujaban su sonrisa habitual. Haciendo un esfuerzo para disimular su preocupación, trató de sonreír.

—Pasad —les pidió Adrián, que estaba dando vueltas por la habitación, yendo y viniendo de una pared a otra.

El temor que articulaba sus movimientos pareció desvanecerse cuando aparecieron sus amigos, como si en mitad de una tempestad marítima hubiese divisado la luz de un faro escondido entre la noche negra.

La habitación era pequeña, pero sin llegar al extremo de hacerla claustrofóbica. En una pared táctil y retroiluminada, una serie de gráficos mostraban segundo a segundo las constantes vitales de Adrián, todas normales salvo sus pulsaciones que, puntiagudas en la gráfica, evidenciaban su estado de nervios. Al mirarlo a los ojos, Manjit supo de inmediato que las taquicardias que veía dibujadas en la pared estaban alimentadas por algún pensamiento turbio. No fue capaz de sostenerle mucho tiempo la mirada, en parte para no ponerlo más nervioso, así que la desvió hacia la ventana, cuyas vistas invitaban a correr las cortinas.

Casi no les había dado tiempo ni a saludarse cuando, detrás de ellos, entró un médico. En la mano llevaba un *ePaper* donde podían verse los datos de Adrián. Después de saludar, miró a la pared y fue pasando los gráficos con

55

la mano mientras copiaba los que más le interesaban en el informe médico.

—¿Está nervioso por alguna razón? —Se dirigió hacia él y con un gesto lo invitó a sentarse en la cama.

—Bueno, no me gustan mucho los hospitales —mintió.

—A nadie le gustan. ¿Cómo se encuentra?

—Mareado… y me duele bastante la cabeza.

—Es normal, se dio un golpe bastante fuerte. ¿Recuerda cómo sucedió?

—No. —Su respuesta sonó opaca, más parecida a: «Sí, pero no se lo voy a contar».

Adrián intentó eludir la mirada del médico, que entornaba los ojos con incredulidad.

—Bueno…, vamos a ver qué tal andan tus reflejos. —Ante aquella actitud reticente, prefirió dejar a un lado el tratamiento de cortesía que solía emplear con los pacientes. Sacó unas gafas de cristales verdes con microaltavoces en las patillas y le pidió que se las pusiese mientras colocaba en sus brazos dos muñequeras con sensores—. Sigue el círculo de color rojo con la mirada y levanta una de las dos manos cuando oigas el pitido.

Los resultados de la prueba aparecieron de inmediato en el dispositivo que el médico sostenía sobre sus rodillas.

—Parece que está todo bien —dijo tras comprobar los datos—. Según he podido leer en el informe que rellenaron las personas que lo acompañaron anoche, ha pasado unos días muy duros. —Volvía a utilizar el usted como muestra de respeto por su situación personal—. ¿Había sufrido alucinaciones o mareos previos? Sería normal, con el calor que está haciendo y las emociones que ha experimentado.

—No. —De nuevo pareció que la respuesta estaba en lo que callaba en vez de en lo que decía.

—Pues entonces todo es correcto —respondió el médico con resignación—. Tendrá que quedarse un día más ingresado para ver cómo evoluciona ese mareo.

Adrián le aseguró que no sería necesario, que volvería a casa en cuanto se vistiese. Ni el médico ni sus amigos pudieron persuadirle para que cambiase de opinión, así que firmó el alta voluntaria y se fue.

Se había tomado con el desayuno dos de los analgésicos que le habían dado para el dolor de cabeza y aun así le seguía doliendo. Sentía un latido vibrando con fuerza en sus sienes, como si fuera un martillo golpeando en la pared una vez tras otra sin cesar.

Era temprano y ya se notaba calor en la calle.

De camino a casa, ni Manjit ni Mateo quisieron preguntarle sobre qué le había pasado la noche anterior; por cómo había contestado al médico, los dos intuían que no quería hablar del incidente. En realidad, no hablaba casi de nada. Adrián estaba pensativo, silencioso. Si le preguntaban algo, respondía de la forma más breve posible, la mayoría de las veces con monosílabos. Pero cuando llegaron al garaje y se bajaron del coche, de pronto pareció que hubiese despertado de su letargo verbal. Con voz grave y preocupada les pidió que lo acompañasen a su casa, tenía algo que contarles.

Al llegar a su rellano, Adrián puso el dedo sobre su *SmartKey* y la puerta se abrió al instante. No era lo que esperaba, pensaba que aún permanecería indiferente a la señal de su llave, como la noche anterior.

—Creo que estaban siguiendo a África —les confió tras sentarse y haber encendido el aire acondicionado.

Manjit y Mateo lo miraron estupefactos. Por el tono con el que Adrián les pidió que lo acompañasen a casa, intuían que quería decirles algo importante, pero en ningún momento pensaron que se pudiese tratar de algo así.

57

—Que la estaban siguiendo..., ¿quién? ¿Y por qué? —Mateo subrayaba cada una de sus palabras con el asombro que le embargaba.

—No sé por qué, aunque creo que ella sí lo sabía. ¿Os fijasteis en el entierro en un hombre que tenía una cicatriz en la mejilla derecha?

—No —contestaron al unísono.

—Por lo poco que sé, creo que él era uno de los que la seguían. Cuando os fuisteis del cementerio y me quedé solo, apareció de la nada. Estaba detrás de mí. No lo había visto nunca, pero él sí sabía quién era yo: me estaba esperando abajo, en el rellano, escondido con alguien más. Me atacó y... bueno... —Se llevó el dedo índice a la nuca para señalar la herida y omitir así unas palabras cuyo valor descriptivo era inferior al de la propia imagen.

A Manjit la sorprendía el aplomo con el que les estaba contando un ataque físico en el portal de su propia casa. De los tres, él era el único que parecía mantener la calma, supuso que los tranquilizantes que le habían dado en el hospital comenzaban a surtir efecto. Tanto ella como su marido lo miraban boquiabiertos, con gesto pasmado y sin poder articular palabra. Necesitaban al menos un par de segundos para asimilar la información. Mateo fue el primero en reaccionar.

—¡Anoche, cuando bajé a comprar agua, había dos técnicos arreglando el ascensor! Solo le vi la cara a uno y no parecía trigo limpio. Voy a llamar ahora mismo al servicio técnico del ascensor, quizá consiga sus nombres. ¿Sabes algo más sobre esa gente?

—No, nada más. Lo único que tenía era una foto del hombre de la cicatriz, pero me la robaron. La encontré en un bote que África y yo enterramos en el templo de Debod con dos cartas. Cuando fui anoche a desenterrarlo las cartas ya no estaban. Solo la foto. La guardé en este bolsillo. —Tocó el lado derecho de su pantalón—. Y cuando me desperté esta mañana en el hospital había desaparecido. Creo que anoche ese hombre me estaba esperando para quitármela.

—Y... ¿cómo apareció allí esa foto? —Manjit trataba de digerir los detalles.

—Pues no tengo ni idea. Supongo que la puso África..., no sé por qué. Solo ella y yo sabíamos dónde estaba enterrada la cápsula, no pudo ser otra persona...

Mateo salió del salón para llamar a la empresa del ascensor.

—¿Y estás completamente seguro de que nadie más sabía dónde la habíais enterrado? —insistió Manjit.

—Completamente seguro. Ni siquiera creo que alguien supiera de su existencia. ¿Te acuerdas del lugar dónde te caíste cuando te rompiste la pierna? —Manjit asintió—. La enterramos justo ahí para que no se nos olvidase el sitio. Además, nadie nos vio hacerlo.

—Tienes que denunciarlo.

—¿Y qué voy a denunciar? ¿Que alguien con una cicatriz me estaba esperando en casa para darme una paliza y robarme una foto?

Los dos se quedaron en silencio, sin saber por dónde continuar la conversación. La voz de Mateo les llegaba desde la habitación contigua, indagando sobre la identidad de los técnicos del ascensor. Poco después volvió al salón.

—Dicen que no me pueden dar sus nombres, que son datos confidenciales. He insistido un poco y he conseguido que miren en sus fichas. Según me han dicho, ninguno de los dos tenía una cicatriz en la cara.

En cuanto Mateo mencionó las fichas, a Adrián le vino a la memoria la carpeta virtual que había sostenido entre sus manos con la foto del extraño, recordaba que la había escaneado con sus gafas y había lanzado una búsqueda de identificación facial en Sousuo, así que se tenía que haber guardado una copia de la imagen en su memoria virtual. Cogió su *ePaper* y le indicó verbalmente que la buscase.

«Ningún archivo guardado en el periodo de tiempo indicado», pudo leer en la pantalla.

¿Cómo?, pensó agobiado reprimiendo el impulso de golpear el *ePaper* con su puño. Volvió a repetir los parámetros de búsqueda con el mismo resultado. No había rastro de ninguna actividad en su cuenta en las últimas veinticuatro horas. Sabía que en *Sousuo* nunca había errores de ese tipo. Algo no encajaba. En los años que el buscador tenía de vida, jamás se había sabido de un fallo o de una filtración de datos. La empresa china garantizaba el cien por cien de seguridad en todos los archivos guardados, y sin embargo la copia había desaparecido. ¡Era imposible!

Tras un breve segundo de colapso, recordó el artículo del periódico. También allí había visto una fotografía de aquel extraño. Estaba seguro de haberlo guardado en sus ficheros personales, así que esta vez lo buscó manualmente por si había algún fallo en el reconocimiento de voz o en cualquier otro parámetro de la aplicación. Miró en cada carpeta de su *ePaper* hasta que dio con él.

Al principio sintió alivio de haberlo encontrado, hasta que se dio cuenta de la fecha en la que se había almacenado en la memoria virtual: viernes, 7 de agosto de 2065, el día antes del accidente de África. ¿Qué broma era aquella? El artículo lo archivó la noche anterior, ¿cómo era posible que la fecha fuese del viernes? Tremendamente extrañado, lo abrió. El texto seguía exactamente igual a como lo recordaba, pero la imagen que lo acompañaba y en la que aparecía el hombre de la cicatriz no estaba.

Aquello no tenía ningún sentido. Era imposible que de pronto hubiese desaparecido de la faz de la Tierra todo cuanto le había pasado en las últimas doce horas. Tenía la sensación de haberse despertado en una realidad paralela donde sus recuerdos no eran más que una distorsión falsificada. El único vestigio que había sobrevivido a la noche anterior fue la herida que se había abierto en la nuca y que parecía haberse quedado aislada en un limbo entre su historia y los hechos.

—Adrián... —Manjit no sabía cómo continuar la frase, no entendía nada de lo que estaba viendo.

—¡Os juro que todo esto lo guardé anoche! Aquí estaba la foto de ese hombre. ¡Estoy seguro! —gritó exudando desesperación.

—El médico ha dicho que quizá hubieses sufrido algunas alucinaciones... —intentó ayudar Mateo.

—¡No! —sentenció convencido—. Estoy seguro de lo que vi... —Y pese a ello los miraba con una duda asomando en sus ojos.

En ese momento cayó en la cuenta de que aún guardaba un último as en la manga con el que poder demostrar que su relato era cierto: sabía cómo conseguir una copia de la foto que encontró en la cápsula del tiempo. No solo quería que sus amigos, a los que había notado cierto grado de incredulidad, lo creyesen; sino que sobre todo necesitaba ahogar la ansiedad que le provocaba aquel sinsentido, demostrarse a sí mismo que no estaba loco. Soportar la frustración de saberse en lo cierto a pesar de que las pruebas indicasen lo contrario le hacía sentirse como si nadase contra una fuerte corriente.

Se levantó del sofá lo más rápido que pudo y abrió uno de los cajones del mueble que tenía delante. Manjit y Mateo intercambiaron una mirada de asombro e impotencia. También ellos se levantaron y fueron hacia él, que había cogido la cámara fotográfica de África y la tenía entre las manos. Con pulso agitado intentaba sacar la

61

tarjeta de memoria de la ranura y, tras conseguirlo, se la mostró victorioso.

—Mateo, tú sabías recuperar archivos borrados, ¿verdad? De esta tarjeta se borró la foto que os he dicho, ¿podrías recuperarla? —Se la entregó con una esperanza herida por los fracasos anteriores.

—Sí, podría... Pero necesitaría un adaptador, los que tengo no valen para estas tarjetas tan antiguas.

—África tiene uno por aquí... —Se volvió buscando de nuevo entre los cajones—. ¡Aquí está!

—Pues vamos a casa, que lo tengo todo allí.

Adrián salió con prisa, seguido por sus amigos, que subieron al ascensor tras él. Mientras subían se mantuvo en silencio, haciendo girar una y otra vez, impaciente, la tarjeta de memoria entre sus dedos. En cuanto llegaron, Mateo lo conectó todo a su *ePaper* y el lector comenzó a rastrear el contenido residual que se había quedado almacenado en la tarjeta. Los tres miraban con atención extrema hacia la pantalla, donde numerosas pestañas se abrían y cerraban a tal velocidad que les era imposible leer su contenido.

El proceso tardaría unos segundos, les indicó un recuadro en el que podían ver el porcentaje que ya se había procesado. Cuando llegó al cien por cien, se abrió un informe con el material que se había encontrado en la tarjeta: archivos, fechas... Tras comprobarlo minuciosamente, Mateo miró a Adrián sin saber qué decir.

—Adrián..., no hay ningún archivo borrado. Esta tarjeta se usó por primera vez el domingo de la semana pasada. Están las fotos del templo de Debod..., menos la que estás buscando, esa no está aquí —Los músculos de su cara dibujaron una mueca que trataba de empatizar con la confusión de Adrián.

¡Es imposible!, se gritó a sí mismo en su pensamiento.

La tensión que se estaba apoderando de él agravaba su jaqueca. ¡Ya no había forma de dar con la foto de aquel hombre! Desesperado, apoyó las manos en la mesa y dejó caer la cabeza con gesto de rendición. Cerró los ojos buscando la calma que necesitaba y, al abrirlos, se fijó en sus uñas. Estaban negras. Observó que todavía no se las había lavado desde... ¡Eso es!

—¡Mirad mis uñas! —gritó mostrándoles las manos—. Aún tienen la tierra que escarbé anoche para desenterrar la cápsula del tiempo. No sé qué está pasando, pero os aseguro que lo que digo es cierto... ¡Y esta es la prueba!

Una prueba que a modo de ancla sosegó el delirio que se había desatado en su cabeza.

Manjit y Mateo seguían sin entender nada y, escépticos, comenzaron a pensar con más motivos que antes que el golpe que Adrián se dio la noche anterior se había convertido en la semilla de una historia que había germinado en sus pensamientos mientras él estaba inconsciente.

Ella le pidió que no se quedase solo en casa, que se fuese unos días con ellos, al menos hasta que las cosas se aclarasen; tenía miedo de que su enajenación fuese a más. Adrián rehusó la oferta. Necesitaba estar solo para tratar de entender por qué África le había dejado la fotografía en la cápsula del tiempo y por qué le había mentido. Sobre todo, le urgía averiguar si el accidente había sido provocado, como barajaba la Policía, y si el hombre de la cicatriz había tenido algo que ver con la muerte de su mujer.

Tras haber descansado varias horas, a Manjit se le ocurrió una idea. No podía quitarse de la cabeza la extravagante historia de Adrián. La tierra que conservaba entre las uñas tenía que proceder de algún lugar y sin duda indicaba que de verdad había desenterrado algo cuyo significado le superó, catapultándolo al delirio. Tuvo que haber encontrado un elemento o cierto factor que por algún motivo no fue capaz de asimilar y que se le enredó a una maraña de preguntas sin respuesta que lo volvían todo más opaco. No lograba entender qué era lo que podría haber encontrado la noche anterior que tuviese un efecto tan letal sobre su ánimo.

Aunque creía que la mayor parte de la historia que les había contado Adrián esa mañana era fruto de una alucinación, quería comprobar su versión, saber qué detalles eran ciertos y cuáles no. Si quería ayudarle, esa sería la mejor forma de empezar.

—Acompáñame —le pidió a Mateo.

Cogieron el coche y pararon junto al jardín donde Adrián les había dicho que enterraron la cápsula del tiempo. Hacía poco que acababan de regar y la tierra aún mostraba un color intenso que, con el calor que hacía, se evaporaría en breve volviendo a su habitual tono amarillento.

Manjit se bajó del coche y miró la gran piedra con la que tropezó años atrás. Esperaba encontrar un hoyo o cualquier otro indicio que delatase que Adrián había estado allí. No fue así: la tierra no tenía el más mínimo rasguño, como si la supuesta herida de un agujero abierto en su superficie hubiese cicatrizado demasiado rápido. Si lo que Adrián les había contado era cierto, la cápsula del tiempo ya no debería estar allí, así que se puso en cuclillas para no mancharse el pantalón y comenzó a quitar la tierra embarrada que rodeaba la piedra.

—¿Qué haces? —le preguntó Mateo temiendo que se hubiese contagiado del efecto del golpe que Adrián se había dado en la cabeza.

—Comprobar que aquí no haya nada enterrado.

El calor le quemaba en cada uno de sus poros y aun así

no cejó en su afán. No tardó mucho en dar con un objeto. Era un bote que, por la tierra que tenía adherida a él, parecía que llevaba mucho tiempo enterrado. Lo alzó para enseñárselo a Mateo. Este se bajó de inmediato del coche y lo abrieron juntos. Dentro había dos sobres. En uno de ellos se podía leer: «Para África»; en el otro: «Para Adrián».

Los dos se miraron asombrados.

—De momento, creo que es mejor que no le digamos nada de esto a Adrián, al menos hasta que esté más tranquilo —sugirió Manjit.

Adrián había pasado la mayor parte del día tratando de entender por qué África había escondido la foto donde aparecía el hombre de la cicatriz. Sin llegar a ninguna conclusión, se puso sus *ScreenGlasses* y abrió un fichero de texto en su *ePaper* para intentar ordenar sus ideas, numerando los acontecimientos de los últimos días. Sobre la mesa se proyectó el holograma de un lápiz y, tras cogerlo, comenzó a escribir en el documento:

1) La fotografía nos la hicimos el domingo 2 de agosto.

2) El lunes 3 recuperó la cámara y sacó las fotos. En el sobre del estudio fotográfico donde estaban guardadas pone la hora de impresión, 13:50. Ese día llegué a casa sobre las 14:15 y ella estaba en el salón cuando entré, por lo que no habría tenido tiempo de ir y volver al templo de Debod, sin embargo a esa hora la foto ya no estaba en casa... o quizá sí lo estuviese, pero escondida. Pasamos la tarde juntos, así que tuvo que desenterrar la cápsula del tiempo en algún momento a partir del martes.

3) Entre el miércoles 5 y el viernes 7 ella estaba nerviosa, especialmente el viernes. Ese día llegó a casa más tarde de lo habitual y no me quiso dar ninguna explicación, estaba alte-

65

rada y no pude hablar con ella. No salió de casa en toda la tarde, ni siquiera para dar una vuelta o ir al cine, como le propuse.

4) Quizá enterró la foto el viernes por la mañana, aunque me inclino más a que lo hizo el sábado, cuando se fue de viaje, antes de salir de Madrid, porque la tierra estaba suelta cuando yo la desenterré.

¿Dónde la tuvo escondida hasta entonces?, se preguntó mientras se daba un masaje con los dedos en las sienes para mitigar el dolor de cabeza que ya no podía soportar. Miró por la ventana, se había hecho de noche, y estaba tan cansado que ya ni era capaz de continuar dándole vueltas al tema. Quería relajarse un poco, así que salió al balcón para contemplar algunas de las pocas estrellas que se dibujaban en el cielo. De pronto se dio cuenta de que su mujer solía sentarse allí a leer por las noches y su recuerdo, que aún estaba demasiado fresco, le abatió con dolor, como si sobre él hubiesen caído toneladas de desesperación. Volvió a llorar, lo necesitaba, con cada lágrima vertida aprendía, muy lentamente, a convivir con el pasado, o quizá, más bien, a aceptarlo.

Poco a poco se fue contagiando de la tranquilidad que llegaba desde la calle hasta calmarse. La noche estaba más oscura de lo normal, y lo agradeció, como si así le costase menos evadirse de su aflicción. Las dos farolas más próximas estaban apagadas, dejando la mitad de la calle entre penumbras. Cuando sus ojos volvieron del infinito, se dio cuenta de que abajo, en la acera, había alguien que lo miraba. Era tan solo una silueta negra apoyada en el andamio del edifico de enfrente. Estaba quieta, sin moverse un ápice, como si fuese una estatua. Aquella persona era alta, corpulenta... Y entonces, en mitad de aquella tórrida noche, se le heló la sangre, pues creyó haber reconocido en aquellos rasgos al hombre de la cicatriz. Sin pensarlo un momento, como si de un arrebato se tratase, salió corriendo de casa y se precipitó hacia las escaleras; esta vez estaba preparado. Aún llevaba puestas las *ScreenGlasses*, así que mientras bajaba a toda prisa llamó a Manjit para que vigilase a la sombra nocturna.

—Dime, Adrián.

—¡Rápido, ve a la terraza! —gritó—. El hombre de la cicatriz está en la calle. ¡No le pierdas de vista! ¡Dile a Mateo que baje!

Ella corrió hacia la terraza y su marido hacia la puerta de casa. Apoyada en la barandilla se asomó a la calle. Todo estaba demasiado oscuro y no parecía que hubiese nadie allí. Escasos segundos más tarde vio salir corriendo a Adrián del edificio, arrastrando con él la luz que, desde el portal, iluminó la calle.

—¿Dónde ha ido? ¿Lo has visto? —le dijo Adrián a través de las *ScreenGlasses*, jadeando y buscando por todas partes.

—No, cuando he salido a la terraza no había nadie.

—¡Ha tenido que esconderse en alguna parte!

Adrián miraba a ambos lados de la calle. Estaba vacía. En ese momento llegó Mateo.

—Ve hacia allí —le dijo con prisas—, yo voy en la otra dirección. Nos encontramos a la vuelta de la manzana.

Corrió desesperadamente. Lo buscaba tras los coches que estaban aparcados, en la distancia, en cada portal. Al torcer la esquina casi chocó con una mujer que paseaba a su perro.

—¿Se ha cruzado ahora mismo con un hombre alto, con una cicatriz en la cara? —dijo con impaciencia.

—No —le contestó asustada por la forma en que la había asaltado—. No me he cruzado con nadie...

—Gracias —se despidió Adrián mientras, a la desespe-

67

rada, echaba de nuevo a correr para asombro de la mujer y del perro, que le dedicó un par de ladridos.

Giró en la siguiente esquina y vio a Mateo a lo lejos. Este alzó un brazo y lo balanceó al aire para indicarle que su búsqueda también era infructuosa. El hombre de la cicatriz se había desvanecido.

Madrid, miércoles 12 de agosto de 2065
Temperatura mínima: 27,4 °C
Temperatura máxima: 45,3 °C
185 días sin llover

5

*L*os primeros rayos de luz entraron en la habitación a oscuras. Rasgaron sin piedad las tupidas sombras de la noche, que se quebraron como si estuviesen hechas de cristal. Pese a que Mateo y Manjit ya estaban despiertos, los dos guardaban silencio, tumbados en la cama. Las temperaturas nocturnas habían sido muy altas, pero el cansancio que llevaban acumulado se impuso al calor y por fin habían conseguido descansar un poco.

Sugestionado por la ansiedad con la que Adrián había buscado al fantasma del hombre de la cicatriz, Mateo seguía pensando en las palabras que les había dicho el día anterior: «Me estaba esperando abajo, en el rellano, escondido con alguien más». Sin duda, creía que no sería más que una pesadilla demasiado realista; sin embargo, algo le estaba molestando en su cabeza como si se tratase de una astilla: los dos técnicos que encontró en el portal no le habían inspirado confianza, aunque quizá no fuese más que una desafortunada coincidencia. Antes de levantarse estuvo comentándolo con Manjit, los dos lo encontraban todo muy extraño y la sombra del escepticismo era tan oscura que diluía aquellas partes de la historia que parecían más veraces.

—Me voy a duchar —le dijo Manjit mientras le daba un beso y se iba al cuarto de baño.

Mateo, como cada día, se levantó para abrir la ventana y respirar el aire que más tarde olería al calor que lo abrasaba. El ruido de la obra de enfrente se coló en la habitación con estridencia. Miró el andamio que cubría la fachada y, mientras bostezaba, se pasó la mano por la cara para borrar los restos de sueño. Fue entonces cuando cayó en la cuenta de algo que había quedado en un vagar residual por su subconsciente. ¡Ya sabía de qué le sonaba la cara del técnico que se encontró en el portal! Era el obrero que había visto cada mañana, durante los últimos días, apoyado en la segunda planta del andamio. Siempre mirando a su edificio...

—... y siempre hacia la casa de Adrián —susurró sin demasiada convicción para escucharse a sí mismo, por si sonaba demasiado absurdo.

Comenzaba a arrepentirse de no haber dado más crédito a su amigo. ¿Y si parte de lo que les había contado era real? Un escalofrío le estremeció: ese hombre podría haber estado observando a Adrián y a África para hacerles daño.

Aquella mañana el andamio estaba vacío, ¿quizá por miedo a que ahora pudiese identificarlo si se asomaba a la ventana? ¿Y si la persona que Adrián había visto la noche anterior no era el hombre de la cicatriz, sino el técnico del ascensor? ¿Se habría escondido en aquel edificio en obras? Seguramente tendría una llave y por eso no lo encontraron, se decía a sí mismo. Sea como fuera, iba a descubrirlo. Se vistió y bajó a la calle. Quizá fuese una tontería, incluso a medio camino barajó la opción de volver a casa. No lo hizo, sus pies seguían decididos hacia el edificio de enfrente. Cuando llegó, preguntó por el jefe de la obra, que no tardó mucho en aparecer.

—Mire, vivo en el edificio de enfrente...

—¿Estamos haciendo mucho ruido? Le pido disculpas —le interrumpió.

—No, no es eso… Quería preguntarle por uno de sus obreros. —La cara del capataz cambió por completo—. Es rubio, como de metro ochenta, y tiene los ojos un poco juntos, con la nariz en forma triangular. ¿Sabe de quién le hablo?

—¿Por qué lo pregunta? —le respondió entornando los ojos.

—Porque anteanoche entró en mi edificio y, según parece —utilizó un tono más grave—, le dio una paliza a un amigo mío.

—Desde ayer no sabemos nada de él. No ha venido a trabajar y nadie sabe cómo localizarlo. Solo llevaba un par de semanas trabajando aquí.

—¿Hay alguien más en su equipo que haya desaparecido? ¿Quizá uno con una cicatriz en la mejilla?

—No…, nadie más. Aquí nadie tiene ninguna cicatriz en la mejilla. —No le gustaba el interrogatorio y lo evidenciaba sin tapujos—. Si ya sabe todo lo que quería saber, me vuelvo al trabajo.

Para cuando subió a casa, Manjit ya había terminado de ducharse y se había vestido con sus *SmartClothes*, la ropa inteligente que el cambio climático había puesto de moda. Los materiales de nueva generación con los que se confeccionaba estaban diseñados para acelerar la evaporación del sudor, por lo que actuaban como termorreguladores cuando las temperaturas eran demasiado altas. Además se tejían sobre una malla de fibras fotovoltaicas que actuaban como baterías y que se cargaban con la luz del sol, de forma que se podía inducir un enfriamiento adicional mediante una orden enviada desde el *ePaper*.

—¿Qué te pasa? —Manjit le notó pensativo a su regreso—. ¿Dónde has ido?

73

—Creo que uno de los que asaltaron a Adrián trabaja en el edificio de enfrente. Todas las mañanas los observaba desde el andamio.

Una llamada despertó a Adrián temprano, empapado de sudor y pesadillas. Había pasado la mayor parte de la noche despierto, alterado por cada episodio sucedido. Miró el reloj mareado por la falta de sueño, eran las ocho y la luz que entraba desde la calle le impedía abrir los ojos por completo.

—¿Sí? —contestó con voz adormecida sin mirar la pantalla.

—Salor, soy yo. Tenemos que hablar. Es importante.

Con la modorra taponando aún sus oídos, tardó unos instantes en reconocer la voz de Ruy Vidal, el consejero delegado de la Comisión Internacional en España. Trabajaban juntos en el Ministerio, donde todos se llamaban por su apellido, costumbre que no había adquirido Adrián.

—Ruy, hoy no tengo cuerpo para trabajar en lo del Congreso —contestó.

Madrid había sido la ciudad elegida para albergar el XXIX Congreso para la Prevención del Cambio Climático. Faltaba una semana para que se celebrara y muchos miraban aquella reunión con esperanza, ya que presumiblemente se llegaría por fin a un acuerdo que ampliase el tratado de Oslo, vigente desde hacía diez años. Varios países, pero principalmente Estados Unidos, India y China, los que más CO_2 emitían a la atmósfera, estaban decididos a adherirse al nuevo tratado ante el alarmante incremento de fenómenos meteorológicos adversos, cada vez más destructivos.

Adrián y Ruy, como portavoces del país anfitrión, habían pasado más de diez meses inmersos en los preparativos. Esperaban la asistencia de representantes políticos de casi todo el mundo y el margen de error permitido era nulo. Sin embargo, ese Congreso había pasado a un segundo plano para Adrián.

—No se trata de eso —le insistió Ruy con un tono más serio del habitual—. Es importante que vengas a hablar conmigo.

—¿Qué pasa?

—No puedo hablarlo por teléfono. Te espero en mi despacho. —Y colgó.

Se levantó de la cama y al incorporarse volvió a notar el dolor de la herida en la cabeza, tan punzante como la noche anterior. De camino a la ducha le pareció ver a Mateo en la calle cuando pasó por la ventana, estaba hablando con un obrero. No perdió ni un solo instante en comprobarlo, quería llegar cuanto antes al Ministerio, quizá hubiesen descubierto algo nuevo sobre la muerte de África.

Prefería no seguir dándole vueltas, así que al entrar en el cuarto de baño conectó la BBC Music en la pared digital y subió tanto el volumen que difícilmente podría llegar a oír sus propios pensamientos. No tardó en darse cuenta de que la música también se volvía en su contra. Estaba sonando lo nuevo de The Beatles, la canción que África tenía que ir a presentar al Festival Internacional de la Música a San Sebastián el día que murió. Como programadora de Redes Neuronales Avanzadas había trabajado en el proyecto que había devuelto a John Lennon y al resto de la banda a lo más alto de las listas de éxitos musicales. Habían pasado meses digitalizando sus voces e introduciendo las partituras de sus canciones en un superordenador que las había analizado extrayendo patrones matemáticos con los que compuso una melodía al más puro estilo Beatle. La letra que la acompañaba había sido un poco más problemática, y aunque se anunció como la primera canción creada al cien por cien por una máquina, tuvieron que reescribirla a mano. El

75

superordenador había buscado en internet cuáles eran las palabras más utilizadas por los usuarios: el cambio climático y el terrorismo lideraban los registros encontrados, convirtiéndose así en los temas elegidos para componer la letra cuyo título unía al pasado con el presente: *Help, 2065!* Tal había sido su éxito que ya anunciaban un nuevo disco para las Navidades. Incluso habían prometido para el próximo año la *Décima sinfonía* de Beethoven.

Intentó escuchar la canción. No podía, le dolían demasiado aquellas notas musicales y, llorando, la apagó en la primera estrofa.

> *I've come back and found*
> *that you're still asking for help.*
> *If you don't act now*
> *all that you know you will forget.*

> [He vuelto y he encontrado
> que aún sigues pidiendo ayuda.
> Si no actúas ahora,
> olvidarás todo lo que conoces]

Manjit se asustó al escuchar las averiguaciones de Mateo. Le costaba creerlo, pero si a su amigo le habían atacado dos personas, tenían que identificarlos y poner una denuncia. La única forma de hacerlo, o al menos de intentarlo, era revisar el artículo donde Adrián decía haber encontrado la supuesta fotografía de uno de ellos que luego había sido borrada. Buscó en Sousuo todo lo relacionado con la muerte de Víctor Monzón, el alcalde extremeño al que mató un rayo. Encontró fotos, artículos sobre una presunta trama de corrupción... Pasó varias horas revisando el material, pero no encontró nada que la ayudase a identificar a quien buscaba. Sin embargo, se le ocurrió que quizá algún familiar o amigo de Monzón conocería al hombre de la cicatriz; después de todo se suponía que había asistido a su entierro, así que algún vínculo tendría que unirlos.

Encontró en un periódico dos esquelas con los nombres que necesitaba, el de su mujer y el de un amigo de su época universitaria.

---

†

VÍCTOR MONZÓN SÁNCHEZ
ALCALDE DE BELVÍS DE MONROY

Falleció en Belvís de Monroy el día 13 de mayo de 2063
D. E. P.
Su mujer, Lucía Pardo Saro, y demás familia
RUEGAN una oración por su alma.
El funeral por su eterno descanso se celebrará mañana
martes, día 15 de mayo, a las doce horas, en la iglesia
parroquial de Santiago Apóstol de Belvís de Monroy.

---

†

VÍCTOR MONZÓN SÁNCHEZ
INGENIERO INDUSTRIAL

Falleció en Belvís de Monroy el día 13 de mayo de 2063
D. E. P.
Su amigo, David Acosta, director del departamento
de Ingeniería Energética en la ETSII | UPM, así como
el resto de sus antiguos compañeros de la universidad
a los que represento,
ROGAMOS una oración por su alma.

77

Esperaba que el tal David Acosta aún trabajase en la Universidad Politécnica de Madrid (UPM), para hablar con él aquella misma mañana si tenía suerte. Buscó la dirección de la Escuela Técnica Superior de Ingenieros Industriales y se dirigió hacia allí, donde tenía la esperanza de poder encontrarlo.

Cuando llegó, la Escuela parecía desierta, en silencio. Solo vio abierta una de las tres puertas. La pantalla que estaba junto a ella indicaba que, durante la primera quincena del mes de agosto, el centro cerraría todos los días a las 14 horas. Pasó al interior y buscó el despacho del profesor Acosta. Llamó a la puerta. En el pasillo no había nadie, y apenas estaba iluminado. Con la mayor parte del personal y los alumnos de vacaciones, aquella soledad se le antojaba sobrecogedora.

—¿Puedo ayudarla en algo? —Una mujer se asomó desde el despacho contiguo.

Manjit se asustó.

—Busco al profesor David Acosta. ¿Sabe si está trabajando hoy?

—Está de vacaciones. Hasta que él regrese, yo estoy a cargo del departamento. ¿Necesita algo?

—Es un asunto personal que tengo que tratar con él. —Le sonrió para no parecer demasiado grosera—. ¿Sabe cuándo se incorpora?

—El lunes 17, la próxima semana.

Cuando Adrián llegó al Ministerio, los policías de la puerta estaban fuertemente armados; Interior esperaba disturbios ante las manifestaciones convocadas los días previos al XXIX Congreso para la Prevención del Cambio Climático, incluso había elevado el nivel de alerta terrorista al más alto, pues temían atentados de células radicales. Entró bajo la atenta y oscura mirada de los rifles que tanto le incomodaban y se dirigió a las escaleras. Las subió lo más rápido que pudo. Siempre evitaba coger el ascensor, había tanta gente subiendo y bajando en cada planta que desde luego no era el medio adecuado si se tenía prisa. Llegó al quinto piso falto de aliento y, sin dejar de correr, fue hasta el despacho de Ruy.

Desde que salió de casa había especulado mucho sobre qué sería aquello que tenía que contarle en persona. Según le había dicho, no tenía que ver con el Congreso, así que Adrián temía, y esperaba a la vez, que se tratase de algo relacionado con África. ¿Qué si no podría ser tan importante cuatro días después de su muerte?

La puerta estaba semiabierta. La empujó mientras llamaba con los nudillos como mero trámite de buena educación. Ruy Vidal, el responsable político a cargo del Congreso, lo miró serio desde su sillón de cuero negro. Estaba preocupado.

—Ruy, ¿qué pasa? —Sus palabras rompieron un saludo que nunca habría llegado, los dos estaban lo suficientemente intranquilos como para perder el tiempo en fórmulas de cortesía.

—Cierra la puerta, por favor.

Tras hacerlo, el silencio fue el protagonista de una conversación ausente que se mantuvo entre las miradas de ambos; Adrián expectante por saber qué era lo que tenía que decirle y Ruy sin saber por dónde empezar. El botón de la camisa le ahogaba, pero no era esto lo que en realidad le oprimía la garganta.

—Todo lo que te diga debe quedar en estricto secreto... —Inspiró con profundidad en busca de las fuerzas que le faltaban—. Estamos casi convencidos de que el accidente de África fue provocado... —Se detuvo para ir dosificando las malas noticias; la primera era un golpe di-

79

recto a la yugular que, si no terminaba con él, dejaría que lo hicieran las siguientes.

Adrián sintió que las piernas comenzaban a temblarle tanto que a duras penas podrían soportar su peso mucho más tiempo. Apoyó uno de sus brazos en la pared mientras trataba de asimilar que la sospecha inicial de la Policía se confirmaba ahora por fuentes oficiales. ¡La habían matado! La ira le abrasaba por dentro mientras un odio de una naturaleza más vengativa se fundía con su dolor. Incapaz de contestar, su cara esbozaba amagos de llanto que conseguía reprimir gracias a la creciente rabia que lo estaba poseyendo.

Ruy se dio la vuelta para mirar por la ventana y darle así algo de intimidad.

—Y creemos también... —su voz sonaba temblorosa, con un pálpito de miedo—... que el siguiente podría ser yo. —Se volvió de nuevo para mirar a Adrián directamente a los ojos—. O tú.

—¿Qué?

Le extendió una de las dos carpetas que descansaban sobre su escritorio, junto a él. La otra, más demoledora, la guardó para el final. Adrián no estaba muy seguro de querer leer lo que hubiera en su interior. Dudó al acercarse. Finalmente la cogió y la abrió. Lo hizo despacio, con el corazón y el pulso temblando de espanto. Dentro encontró unos artículos de prensa impresos en papel. Los hojeó mientras leía sus titulares. En el último de los folios encontró las últimas previsiones meteorológicas sobre las posibles trayectorias que el huracán Eolo, recién formado en el Atlántico, podría tomar.

—No entiendo nada, Ruy. —Movía la cabeza negando algo que ni siquiera acertaba a vislumbrar.

—Desde hace varios años algunos de nuestros compañeros del Ministerio se han sentido acosados o perseguidos, algunos de ellos incluso murieron... —Bajó el volumen de su voz—. O quizá los mataron. Desde el lunes estamos buscando a dos funcionarios del equipo de la Comisión Internacional que han desaparecido. Un hombre y una mujer, Pablo Moreno y Vega Antúnez, no creo que los conozcas, trabajaban en el departamento de Documentación del Ministerio y sabemos que habían rescatado de la hemeroteca algunos de los artículos que tienes en la mano. En ellos puedes leer parte de la información que te digo. —Señaló la carpeta que Adrián sostenía entre las manos—. Como comprobarás, todas las muertes están relacionadas de alguna manera con el cambio climático.

Los hojeó rápido de nuevo para tener una perspectiva general y se sentó en una silla para leerlos con más detenimiento. El primero de ellos informaba del infarto que había sufrido en un avión el que fue la mano derecha del anterior ministro de Cambio Climático. Se dirigía a una cumbre sobre la sequía que se iba a celebrar en Alemania. Cuando estaban atravesando los Pirineos, el piloto se desvió de su ruta por motivos desconocidos y entró en una zona donde se habían pronosticado turbulencias severas. Con el aumento global de las temperaturas, las denominadas «turbulencias en aire claro» se habían intensificado y al parecer, el corazón del político no las aguantó. Para cuando aterrizaron y lo llevaron al hospital ya había fallecido.

—No entiendo este artículo. —Se lo mostró a Ruy—. Álvarez García-Iglesias murió por causas naturales.

—Creemos que no..., y esto es confidencial, Salor. —La intensidad que ponía en sus palabras lo dejaban bastante claro—. Se encontraron restos de MIH7, una droga cutánea ilegal. Una vez que entra en contacto con el sudor de la piel es indetectable en los análisis. Sus efectos son un aumento del ritmo cardiaco y taquicardias que llegan a ser mortales en personas que sufren del corazón, como Álvarez García-Iglesias.

—Y si no se puede detectar, ¿dónde encontraron esos restos?

—En el asa de su maletín... También él se había sentido acosado las semanas previas a su muerte.

Lo miró con estupor, recordando con miedo cada una de las veces que se había sentido observado y perseguido durante los últimos días.

El cuerpo sin vida de otro político había sido encontrado en una playa de Asturias, asolada por el temporal que levantó la borrasca más devastadora, de origen explosivo, que nunca antes había llegado al país y que arrasó parte del litoral cantábrico. Aquella fue una tragedia de dimensiones desproporcionadas.

Debido a la muerte de aquel hombre, los informativos cubrieron la noticia durante días, a raíz de lo cual se instalaron algunos diques de contención con dinero del que algunos concejales sustrajeron de forma ilícita una cantidad importante, según se supo después.

Cuando terminó de leerlo, pasó la página y se encontró con la noticia que hablaba sobre la muerte de Víctor Monzón. Solo había texto, tampoco allí estaba la fotografía del hombre de la cicatriz que vio en el bar al que entró tras haber pasado por el templo de Debod.

—Y todo esto ¿qué tiene que ver con nosotros, Ruy? ¿Qué hizo África? ¿Qué hemos hecho tú y yo?

—Ya sabes que ha habido varios grupos empresariales y políticos que han sabido sacarle rendimiento al cambio climático y, de una manera u otra, se han opuesto siempre a las medidas que hemos adoptado para prevenirlo. Incluso los presidentes de algunos bancos nos invitaban a dar carpetazo a algunos de nuestros proyectos. Tú y yo somos los máximos responsables del Congreso que se va a celebrar en una semana y, francamente, que hayamos conseguido que Estados Unidos, India y China se sienten a firmar un acuerdo vinculante no creo que sea del agrado de nuestros... amigos.

—¿Me estás diciendo que todo esto es un ajuste de cuentas?

—No, lo que te estoy diciendo es que esta es la forma que tienen de ejercer presión para que las decisiones que se tomen les sean favorables: o estamos de su lado... o no lo estamos. Casi todas las personas que han muerto estaban tramitando proyectos importantes y todos ellos se sintieron acosados los días antes de su muerte. —Bajó la cabeza con preocupación—. Yo también he empezado a sentir que alguien me sigue a todas partes desde el lunes de la semana pasada, aunque nunca he llegado a ver a nadie. Y..., bueno...

Adrián se quedó petrificado, también él comenzó a advertir la presencia de alguien desde esa misma fecha.

—Y bueno, ¿qué?

—Que quizá lo de África podría tratarse de un aviso para ti.

—¿Cómo? —Tragó saliva atónito—. ¡¿Y por qué no los han detenido?! —gritó.

—Se ha intentado, pero son bastante huidizos. Todas las pistas que hemos seguido eran falsas. —Se calló durante unos segundos—. Creo que hay un topo entre nosotros. Alguien que les ha avisado de todos y cada uno de nuestros movimientos, solo así se explica que no hayamos dado con ellos todavía.

—¿Y qué se supone que tenemos que hacer nosotros? —Adrián estaba tan tenso que le empezó a sangrar la nariz.

Ruy le ofreció un pañuelo para que se limpiase.

—Tus compañeros del Servicio Nacional de Meteorología nos han enviado esta mañana los mapas con las posibles trayectorias del huracán Eolo. Los tienes en la carpeta, al final de todos los documentos. Parece que podría ser el primero que llegase a España con la categoría máxima y quizá lo aprovecharían para dejarnos fuera de juego a ti o a mí…, o a los dos. Tú eres el único que puedes determinar con más antelación que nadie, y con más exactitud, el lugar y la fecha en la que llegará el huracán. Cuando lo sepas, solo debes comunicármelo a mí. Reforzaré la seguridad en la zona que me digas y esta vez me aseguraré de que la noticia no se filtre. Es lo único que nos dará una ventaja respecto a *ellos*.

Que un huracán llegase a la península Ibérica ya no era ninguna novedad. Las aguas de los océanos seguían calentándose y se daban las condiciones adecuadas para que mantuvieran con vida a aquellas monstruosas tormentas hasta que llegasen a Europa. Sobre todo ahora que comenzaban a invadir con más asiduidad e intensidad las áreas centrales del Atlántico norte. Además, los huracanes de categoría cuatro y cinco, las más altas de la escala, que se formaban cada año, habían aumentado respecto a la última década del siglo XX.

—Pero hay algo más, Adrián. —Ruy solo le llamaba por su nombre cuando la situación se tensaba demasiado, así que era previsible que se dispusiera a darle una mala noticia.

—¿Qué? —respondió con voz queda.

Ruy inspiró con profundidad para ganar tiempo.

—He conseguido el informe que la Policía ha redactado sobre el accidente de África. Por los datos que han podido rescatar del GPS del coche, no se dirigía a San Sebastián como te dijo… —Le tembló la voz—. De Madrid se fue a Belvís de Monroy, en Cáceres. Hemos comprobado la dirección y coincide con la que actualmente tiene la mujer de Víctor Monzón, el alcalde fallecido de esa localidad, uno de los artículos que te he dado habla sobre él. Después introdujo la dirección de un hotel en Burgos, la Policía ha confirmado que había una habitación reservada a su nombre. En esta otra carpeta tienes más información. —La arrastró sobre la mesa hacia él—. Te recomiendo que la leas.

$\mathcal{A}$l salir del Ministerio, y dentro ya del coche, donde se sentía con más intimidad, Adrián abrió la carpeta que contenía información sobre el accidente de África. Había preferido no hacerlo delante de Ruy, pues por la cara con la que le dijo que le recomendaba leer el contenido supuso que le iba a hacer daño.

Dentro había un documento de cuatro folios. Estaba tan nervioso que tuvo que repasarlo varias veces para enterarse. La Policía había preguntado en la empresa de África si conocían por qué había ido a Extremadura en vez de al País Vasco, adonde supuestamente tenía que dirigirse por motivos de trabajo. La respuesta fue clara: hacía algo más de tres semanas que la habían despedido por sus múltiples ausencias, a veces de días enteros, y no habían sabido nada más de ella desde entonces. Sin embargo, la habían indemnizado con una buena cantidad de dinero a condición de que no revelase ninguno de los algoritmos en los que había estado trabajando.

Adrián se quedó estupefacto. ¿Cómo era posible que tampoco le dijese que la habían despedido? Además, él la había visto salir cada día a trabajar. ¿Adónde iba cada mañana?

Ofuscado por el descubrimiento, aparcó en el garaje de su edificio y subió a hablar con Manjit. Ella lo había llamado minutos antes para decirle que creía haber dado con una pista sobre el hombre de la cicatriz.

—Cuando volví de la Escuela de Ingenieros intenté contactar con Lucía Pardo, la viuda de Víctor Monzón. Encontré su nombre en una esquela de un periódico y su número estaba en Sousuo. En cuanto le pregunté si conocía a alguien con una cicatriz en la mejilla, se puso muy nerviosa y me dijo: «¿Cuándo van a dejarme en paz? ¡Yo no sé nada!». Y me colgó. La llamé varias veces más, pero no me lo cogió —le explicó Manjit en cuanto se sentaron en el salón.

Adrián se quedó inexpresivo, quieto, mirándola. Era incapaz de pensar. Toda su tensión y la falta de sueño se habían convertido en una mordaza que bloqueaba su razón. Más por instinto que por propia voluntad, sacó la carpeta que le había dado Ruy y la puso encima de la mesa. Manjit, que aún esperaba algún tipo de reacción, la cogió con gesto vacilante y la abrió.

—Me lo han dado en el Ministerio. Es el informe de la Policía sobre el accidente de África, creen que fue provocado. —Manjit se sobresaltó—. Nunca pretendió ir a San Sebastián. Primero fue a ver a esa tal Lucía, y después tenía planeado alojarse en un hotel de Burgos. No sé en qué andaba metida, pero fuese lo que fuese no tiene buena pinta. Han investigado los archivos de Víctor Monzón y de su mujer por si podían establecer algún tipo de vínculo entre ellos y África, lo tienes en la página tres. De la viuda no han encontrado nada, está limpia; pero resulta que él era un corrupto. Trabajaba en el Ministerio tramitando y certificando las licencias de bajas emisiones de CO_2 sin las que ninguna empresa puede operar en España. Han descubierto que falsificó al menos una treintena de ellas para la eléctrica E·red y otras tantas para empresas más pequeñas. Por lo visto, hubo una investigación al respecto aunque finalmente se paralizó. Justo después lo contrataron en E·red como director financiero y allí pasó cinco años antes de ganar las elecciones a la alcaldía en su pueblo, parece que con financiación ilegal. Un año más tarde inició la construcción de varias plantas de energía solar, para lo que endeudó al Ayuntamiento con una suma bastante considerable. ¿Sabes qué empresa instaló y todavía gestiona esos campos? E·red.

—No entiendo qué tiene que ver todo esto con África o con su accidente.

—Ni yo. Hay algo que se me escapa… y no consigo saber qué es por muchas vueltas que le dé. Lo que sabemos seguro es que África fue a la casa de la mujer de Monzón y que yo sepa, no se conocían. Pudo haber ido para hablar con ella y preguntarle sobre el hombre de la cicatriz, igual que tú lo has intentado. Lo que no entiendo es por qué, ni tampoco los motivos que la llevaron a mentirme ni qué pretendía hacer en Burgos. Tiene que haber algo más, ¡pero ¿QUÉ?! —La impotencia hervía en cada una de sus ideas.

Adrián sabía que cada dato que le había confiado a Manjit infringía la regla número uno de Ruy: «el estricto secreto». No le importaba demasiado, en los últimos días sus dos amigos se habían convertido en su apoyo moral y ahora, más que nunca antes, necesitaba que lo sostuvieran para no caer.

Dudó si contarle a Manjit la hipótesis en la que él o Ruy podrían aparecer muertos con la llegada del huracán. De momento prefirió callarse, no quería alarmarla más de lo estrictamente necesario. Él ya estaba suficientemente asustado y la histeria colectiva no le habría ayudado en nada.

Su vida se había convertido en un caos amorfo contra el que no encontraba protección ni forma de luchar. Se sentía destrozado, como si todo su ser estuviese muriendo lentamente bajo su piel.

De nuevo necesitaba la soledad. El silencio. Desaparecer. Metió un bañador y una toalla en una bolsa de deporte y se fue a nadar. En el agua siempre había encontrado un instante en que lograba emanciparse de la realidad, como si mientras buceaba sus problemas fuesen menos densos y se quedasen flotando al igual que el aceite sobre el agua.

Debido a la sequía, la ley especificaba que el agua de las piscinas tenía que ser reciclada y tratada con sales para prolongar su vida útil, lo que le provocó a Adrián un escozor abrasador en la nuca cuando la herida entró en contacto con el líquido salino. Un escozor que pasó prácticamente desapercibido entre la abrupta tormenta que se había desatado en su cabeza y que ensordecía su lucidez.

Decenas de niños gritaban y jugaban por todas partes. A su alrededor solo encontraba la alegría que tan lejana se le antojaba. Tomó una bocanada de aire y se dejó hundir en el agua para evadirse. Tras el burbujeo con el que soltó el aire que había tomado, se hizo el silencio. Cerró los ojos y saboreó la paz líquida que lo rodeaba. Se sintió relajado, casi podía notar cómo sus pensamientos se alejaban del asedio que los obstruía. Fue entonces cuando pudo asimilar las palabras que le había dicho Manjit: «En cuanto le pregunté si conocía a alguien con una cicatriz en la mejilla, se puso muy nerviosa».

Abrió los ojos sobresaltado, a través de sus gafas de bucear veía delante de él una posibilidad para encontrar las respuestas que necesitaba. La idea que le inspiraba era tan difusa como el color azul que se aglutinaba en el agua ocultando el extremo opuesto de la piscina: iría a ver a la mujer de Monzón, ella sabía quién era el hombre de la cicatriz.

89

Estaba claro que no sería fácil hablar con ella si estaba asustada, pero solo así podría arrojar algo de luz sobre las sombras que se interponían en su camino. Si por teléfono no iba a poder localizarla, iría de inmediato a su pueblo. Tenía la dirección en el informe que le había dado Ruy, el último lugar adonde África había ido antes de morir.

Salió de la piscina y las gotas de agua que se deslizaban por su cuerpo arrastraron con ellas el cansancio que sentía, lo que le permitió encontrar fuerzas para conducir hasta Belvís de Monroy.

La autovía estaba flanqueada por extensas instalaciones de paneles solares que generaban una energía cada vez más demandada, sobre todo ahora que su producción era más eficiente. Debido al cambio climático, la nubosidad se había reducido en todo el país y en todas las épocas del año —a excepción del noroeste peninsular en invierno—, lo que contribuía a un aumento de la energía cuyo origen era la luz del sol. Los engranajes del motor que antaño formaban reductos de agua algodonada en el cielo se habían oxidado cual maquinaria obsoleta, por lo que ahora el cielo era más azul que a finales del siglo XX.

No solo el paisaje se había visto alterado por el mayor número de placas solares. También la flora luchaba por encontrar su hábitat entre aquel caos atmosférico generado por el efecto invernadero. Las especies arbóreas trataban de reubicarse en zonas climáticas más aptas para ellas, aunque lo hacían a un ritmo infinitamente lento comparado con la velocidad a la que llegaban los cambios que las amenazaban, por lo que su densidad mermaba con los años.

El GPS de sus *ScreenGlasses*, que lo guiaba proyectando una flecha holográfica sobre la carretera, le indicó que ya había llegado a su destino. La calle era cuesta arriba y se curvaba hacia la izquierda, por lo que no alcanzaba a ver el final. Aparcó el coche a la sombra, a escasos metros de la casa de la viuda de Víctor Monzón. Se quedó dentro, esperando, aunque sin saber muy bien qué. Observaba con detenimiento cada palmo de la calle, estudiando un plan de escape por si lo necesitaba. Gracias a los cristales retrovisores tenía cubiertos todos los ángulos posibles por los que alguien se le podía acercar. Ahora que sabía que su vida podía correr peligro, prefería no dar ningún paso en falso. Escudriñaba las ventanas de cada casa con suma atención, especialmente la que era motivo de su visita, por si se traslucía algún tipo de movimiento tras las cortinas que pudiese alertarlo, pero en el interior de las viviendas parecía reinar la misma calma fantasmal que deambulaba por el resto del pueblo a aquella hora.

91

Algunas fachadas lucían a las claras su abandono con trozos de pintura caídos hacía demasiado tiempo. Herrumbrosas, dejaban heridas de decadencia que reflejaban sin ambages el éxodo rural que se sufría en todo el planeta. La gente buscaba en el asfalto lo que el campo ya no les daba. El cambio climático castigaba los suelos y obligaba a los agricultores a adaptarse a los nuevos patrones atmosféricos. «Adaptación» se había convertido en la palabra estrella de la segunda mitad del siglo XXI. Regiones enteras, como aquella, tenían que cambiar sus cultivos de secano por los de regadío, y no siempre podían asumir los costes. Por si fuera poco, y en plena crisis agraria, la demanda de alimentos, y en especial de los cereales como arroz, trigo y centeno, crecía al ritmo que lo hacía la población mundial, y pese a que las semillas se modificaban genéticamente para que soportasen mejor las sequías, no era suficiente. Las zonas boscosas del planeta mermaban en favor de tierras cultivables, lo que producía un aumento extra en las emisiones de CO_2 que agravaban el problema.

Adrián continuó sentado durante veinte minutos en el coche sin ver a una sola persona. Dudó entre salir o quedarse un poco más. Estaba bastante nervioso y preocupado por lo que fuese a encontrar allí. Pensó en África, habría estado en aquel mismo lugar unas horas antes de morir ante la misma fachada que él miraba ahora. ¿Qué letal secreto se escondía detrás de aquellos muros? Se preguntaba si también él inauguraría la fase incipiente de su propia muerte cuando llamara a la misma puerta que ella llamó. De pronto cayó en la cuenta de que nadie sabía que estaba en Belvís. Si le pasaba algo, nadie lo buscaría allí.

Llamó a Manjit. No le extrañó que se alarmase, él mismo se habría preocupado de haber ocurrido a la inversa.

—¿Estás loco? ¿Te das cuenta de que puede ser peligroso?

—Lo sé, Manjit, sé que es una locura, pero necesito hablar con esa mujer. Voy ahora mismo a su casa. Si no vuelvo a llamarte en media hora, avisa a la Policía, ¿de acuerdo?

—No, te doy quince minutos antes de llamarlos. ¡Y ten cuidado! —Su advertencia sonaba a reproche.

—No te preocupes, estaré bien.

Salió del coche y cruzó la solitaria calle. Su corazón se aceleraba con cada paso que lo acercaba a la casa. Miró de nuevo la fachada, e inspirando con profundo recelo, se situó frente a la puerta, alzó la mano y llamó al timbre. Los nervios se ensañaron con su estómago, que se agitaba con un agresivo hormigueo. Pensó que también su mujer habría estado esperando, como él ahora, a que alguien le abriese aquella puerta.

«¿Tenías miedo cuando estuviste aquí? —le preguntó en su mente, aunque ella guardó silencio—. Yo sí lo tengo.»

Estaba a punto de descubrir lo que ella había ido a buscar allí y, tal vez, el motivo de su muerte.

Se mantuvo expectante ante la puerta, esperando el momento en que alguien apareciese tras ella. Pasaron los segundos y la quietud continuó imperturbable. ¿Quizá no hubiese nadie dentro? Volvió a pulsar el timbre varias veces para asegurarse de que lo oían y siguió esperando. Nada. Se acercó a una de las ventanas e intentó mirar a través de las cortinas que celosamente guardaban la intimidad de la casa. Fue entonces cuando percibió el sonido de una cerradura abriéndose. Se puso más nervioso y comenzaron a temblarle las piernas. Notaba una aridez acartonada en la boca, así que trató de humedecer la lengua con saliva para poder articular las palabras que su zozobra obstaculizaba.

La puerta comenzó a abrirse muy despacio. Sin ningún tipo de prisas. Al principio no fue capaz de distinguir a nadie tras ella, el contraste con la luz del sol hacía que el interior pareciese estar sumido en una desconcertante y pavorosa oscuridad. Poco a poco fue descubriendo la figura de una mujer que debía rondar los cuarenta años. Al verlo, sus ojos mostraron el asombro suficiente para que Adrián se diera cuenta de que lo había reconocido. Sin embargo, él estaba seguro de no haberla visto nunca antes.

—¿Qué está haciendo aquí? ¡Váyase ahora mismo! —le increpó gritando a media voz para que sus palabras no fuesen oídas más allá de la entrada de su casa.

Exacerbada, miró con terror a un lado y otro de la calle para asegurarse de que no había nadie. Intentó cerrar la puerta de golpe. Adrián reaccionó a tiempo para impedírselo empujándola hacia dentro.

93

—Por favor, tiene que ayudarme, mi mujer estuvo aquí antes de morir. ¡Tiene que decirme a qué vino!

—¡Váyase! Y no vuelva más por aquí.

Apoyando todo su peso sobre la puerta consiguió cerrarla. La calle volvió a quedarse en silencio. Entonces Adrián desembalsó la rabia que tenía estancada y comenzó a golpear la puerta a puñetazos sin conseguir que volviera a abrirse.

Aquella mujer sabía algo y el miedo la silenciaba.

—¡Por favor! —gritaba llorando.

Volvió al coche. Se sentó y miró con frustración hacia la casa. Vio moverse el visillo de una ventana, ella tenía que estar detrás, observándolo, lo que le sugería que mostraba cierto interés hacia él. En un último intento, la llamó al número que Manjit había encontrado en Sousuo. Esperó inútilmente a escuchar todos los tonos de la llamada.

¡¿Por qué no quería saber nada de él?! ¿Qué le causaba tanto miedo?

No sabía cómo, pero conseguiría hablar con ella tarde o temprano, fuese de un modo u otro.

Antes de irse, recordó que tenía que llamar a Manjit para tranquilizarla.

—No ha querido decirme nada. En cuanto me ha visto, se ha asustado. Me conoce, estoy seguro, y no sé de qué —le resumió—. Mañana lo intentaré otra vez: esa mujer sabe algo. Esta noche me quedo aquí.

Tras despedirse de su amiga, le pidió a Sousuo que le buscase el hotel más cercano. Inmediatamente el GPS le indicó que siguiese adelante y girase a la derecha en el primer cruce. Había un hostal a cinco minutos.

Al llegar vio el aparcamiento vacío y temió que estuviese cerrado, aunque pronto se dio cuenta de que no. A cargo de la recepción estaba un muchacho joven que se expresaba con el juicio y la lucidez de los años que aún no habían pasado por él. Le asignó con rapidez una habitación y transfirió los códigos de la puerta a su *SmartKey*. Antes de subir para descansar un poco, Adrián se detuvo junto al plano del hostal que estaba pegado en una de las paredes. Con dos plantas, la superior contaba con un único pasillo que arrancaba en la escalera principal y terminaba en la de incendios. Se fijó en que su habitación estaba a medio camino entre una y otra.

Como había hecho antes en el coche, estudió un plan de escape y barajó las distintas opciones que tendría si se encontraba en problemas; sus sentidos se habían afinado mucho en los últimos días como instinto de supervivencia. Si pasaba algo, estar junto a la escalera de incendios le ahorraría tiempo y lo conduciría directamente al aparcamiento. Era la mejor opción para huir lo antes posible en caso de que lo necesitase, así que volvió de nuevo a la recepción para cambiar de habitación.

—Esa es la más pequeña y da a la parte trasera, que tiene peores vistas.

—No importa.

El muchacho reintrodujo los datos en la pantalla virtual que tenía frente a él y le indicó que ya podía subir.

—Gracias —le contestó Adrián y, antes de irse, quiso indagar sobre el asunto que le había llevado hasta allí—. Perdona que te haga otra pregunta. ¿Conocías a Víctor Monzón?

—Sí, claro. Todo el pueblo lo conocía. Era el alcalde. Además, fue él quien trajo todas esas placas solares. Somos un pueblo autosuficiente en energía eléctrica. Sin embargo, la mayor parte de la gente lo recuerda por el caso de corrupción en el que estaba metido. Parece que cobraba una comisión de la empresa que las instaló, aunque murió antes de que pudieran demostrar nada…

95

—Su mujer dijo que se había sentido acosado antes de morir, ¿no?

—Eso parece… Según dicen, desapareció tras recibir una llamada. Yo creo que nadie lo investigó. Todo fue muy raro.

—¿Raro? ¿Por qué? —se interesó Adrián.

—Dicen que murió por un rayo. Mire, ese día la tormenta se formó por allí. —Señaló hacia la puerta del hostal, desde donde podía verse el horizonte—. Lo sé porque yo estaba trabajando y la vi. A él se lo encontraron por allí. —Se dio la vuelta y señaló en dirección opuesta, hacia una ventana—. Aunque la Policía sostuvo en todo momento la teoría del rayo.

—Bueno…, la tormenta pudo haberse desplazado, ¿no?

—Sí, pero no lo hizo. Se movió hacia el nordeste, no hacia el sur. Como le he dicho, estuve trabajando ese día y lo vi.

—¿Y cómo explicarías entonces el estado en el que se lo encontraron?

Lo miró con gesto de obviedad.

—Pudo haberlo hecho alguien, ¿no?

A Adrián un escalofrío le recorrió la espalda. «Pudo haberlo hecho alguien», aquellas palabras se le quedaron tatuadas en sus pensamientos el resto del día. Empezaba a dudar si habría sido una buena idea quedarse en el pueblo a pasar la noche. Aun así subió a la habitación; si decidía volver a Madrid, iba a necesitar dormir un poco antes del viaje.

Se tumbó en la cama y cerró los ojos para intentar descansar. Por mucho que lo deseaba, no conseguía conciliar el sueño y estaba demasiado nervioso como para intentarlo siquiera. Aun así, permaneció tumbado, escuchando el sonido de su respiración, que cohabitaba en un equilibrio perfecto con el silencio que lo envolvía. En aquellos momentos de sosiego, el temporal se volvía impredecible en su cabeza y a veces azotaba con fuerza cuando los recuerdos se hacían demasiado densos. La pesadumbre los iba fermentando poco a poco, destilando una realidad adulterada por el miedo.

¿Cuánto tiempo le quedaría a él antes de acabar como Monzón o como tantos otros? Cogió su *ePaper* y consultó las trayectorias previstas del huracán. Los escenarios de mayor probabilidad le indicaban que, en el mejor de los casos, contaba con siete días antes de que tocase tierra en la Península. De nuevo se convirtió en presa fácil para la angustia. La habitación comenzó a ahogarle, le oprimía el alma, le vapuleaba. Era tanta la tortura que le afligía que difícilmente cabía entre aquellas cuatro paredes. Se levantó con intención de salir a tomar el aire y dar una vuelta, necesitaba tener la mente ocupada.

97

Antes echó un vistazo por la ventana. Se aseguró de que no hubiese nadie en la parte trasera del hostal. A primera vista su coche era el único que había en el aparcamiento. Las líneas desdibujadas en el suelo delimitaban un total de diecinueve plazas vacías que le transmitían vulnerabilidad al sentirse tan solo frente a la noche que caía.

Después se dirigió a la puerta y la abrió algo menos de un palmo para poder mirar sin ser visto. Tampoco en el pasillo había nadie, así que si salía por la escalera de incendios nadie podría saber que no seguía en su habitación. Además, no había cámaras de seguridad, lo había comprobado al llegar recorriendo disimuladamente los techos con la mirada. Dejó la luz encendida para hacer ver que estaba dentro y cerró la puerta con sumo sigilo, dejando un pequeño papel pillado en la parte de abajo, a pocos centímetros del suelo, donde pasaría desapercibido. Si recibía una visita inesperada en su ausencia, se caería cuando entrasen y sabría que alguien había estado allí. Pensaba que quizá estuviese tomando demasiadas precauciones, pero qué otra cosa podía hacer estando en la boca del lobo. Algo en aquel pueblo era demasiado importante como para que una persona hubiese muerto por ello. Dos, si también contaba la muerte de África.

Las calles estaban desiertas, a medio iluminar. Pese a ser energéticamente independientes, el derroche era algo que no se podían permitir. Tan solo contó encendidas una de cada tres farolas. Su luz era tenue y las sombras tenebrosas. Caminaba pegado a la pared, así solo tenía que vigilar un lado de la calle. De momento el pueblo parecía tranquilo, y para asegurarse de ello miraba constantemente hacia atrás.

Cuando quiso darse cuenta ya se había alejado del hostal y no tenía muy claro por dónde volver, aunque afortunadamente la luna, casi llena, iluminaba con timidez el castillo situado al noroeste del pueblo, lo que le permitía orientarse un poco mejor. En el camino de vuelta llegó a un callejón. La única farola que lo iluminaba con luz temblorosa se apagaba intermitentemente. Algo sonó entre las sombras que allí se resguardaban. Miró sin ser capaz de distinguir nada y en ese momento el mismo sonido volvió a enturbiar su calma.

Antes de que pudiese salir corriendo, un pájaro apareció volando desde el fondo del callejón. Su graznido se elevó lúgubre entre el silencio despertando en él un súbito pavor. De pronto vio sombrearse fugazmente la silueta de alguien en el mismo rincón desde donde el pájaro había salido de su escondite. No estaba solo.

Corrió hacia el hostal lo más rápido que pudo. Se había desorientado y estaba perdido. El miedo que le invadía se derramaba por su frente mezclado en las gotas de sudor. Constantemente miraba atrás, con recelo, nervioso. Las calles estaban desiertas. Nadie iba tras él. Cuando por fin llegó se detuvo para respirar y cerciorarse de que no lo habían seguido. Hasta que lo constató no fue capaz de tranquilizarse. Entonces pensó en la posibilidad de que se hubiesen adelantado y lo estuviesen esperando en su habitación.

Subir por la escalera de incendios le daría la posibilidad de comprobar si el papel que dejó en la puerta seguía en su sitio o, por el contrario, se había caído al suelo. Dio la vuelta al hostal e intentó abrir la puerta que permitía acceder a la escalera, pero solo se podía abrir desde dentro. Con rabia, le dio una patada y se volvió para pensar qué podía hacer. En ese momento se fijó en que su coche ya no era el único en el aparcamiento. Había otro junto al suyo. Negro y caro, muy caro, más de lo que cualquiera podía permitirse. El mismo modelo que el que vio aparcado frente a su portal la noche en la que lo atacaron en las escaleras. ¿Simple casualidad? No lo creía.

Con paso lento anduvo hacia el aparcamiento. Comprobó desde cierta distancia que no había nadie en los coches. Después se acercó aún más y miró por las ventanillas delanteras sin que nada dentro llamase su atención.

Aquello no le traía buenos recuerdos y quiso irse de allí cuanto antes. Se montó en su coche y cerró la puerta. Inmediatamente el silencio adquirió un hermetismo que le hizo sentirse a salvo. Al arrancar, un rayo de lucidez atravesó sus ideas fragmentando su plan de huida. Se dio cuenta de que aquella no iba a ser la noche en la que iba a morir. Si esa gente quería algo de él, como Ruy le había dicho, primero tendrían que pedírselo. ¿Por qué iban a matarlo antes de conseguirlo, fuera lo que fuera? No, era ilógico desde cualquier punto de vista. Si alguien lo estaba esperando esa noche, sin duda sería para asustarlo aún más o, como mucho, para reclamar aquello que supuestamente buscaban. En cualquier caso, al saberlo, jugaba con ventaja y necesitaba descubrir quién estaba detrás de todo aquello, así que decidió quedarse para encontrar las respuestas que había ido a buscar.

En un alarde de valentía, y al abrigo de su razonamiento, metió la marcha atrás, giró el volante hacia la izquierda y apretó el acelerador empotrando su coche contra el negro. Un agudo chirrido explotó como la pólvora en mitad de la noche. Si el dueño estaba dentro del hostal sin duda vendría a ver qué había pasado, lo que le brindaría la oportunidad de volver a encontrarse cara a cara con el hombre de la cicatriz, si es que era él el propietario del vehículo.

Permaneció dentro, con el seguro echado y las luces encendidas. Unos segundos después, una sombra se acercó por uno de los laterales del hostal. Había llegado el momento de hacerle frente. Su corazón se aceleró. Torpemente se puso sus *ScreenGlasses* por si necesitaba llamar a la Policía. La sombra se fue aproximando, cada vez más, hasta que pudo verle la cara. Era el muchacho de la recepción que había salido alarmado para comprobar qué había ocurrido.

—Le he dado a este coche sin darme cuenta —mintió Adrián—, ¿podrías pedirle al dueño que baje para que arreglemos los papeles del seguro?

Quizá un nombre sería suficiente para empezar a buscar el rastro de sus perseguidores. Muy a su pesar, nadie contestó cuando el recepcionista llamó a la habitación y tampoco nadie bajó para pedir explicaciones sobre la gran abolladura que ensombrecía el lujo del coche negro. Aquello solo significaba que aún no querían ser vistos.

No sabía cómo, pero estaba seguro de que lo habían encontrado. «Esta no va a ser mi última noche», se repitió para entender por qué estaba bajando del coche con la intención de quedarse allí. Necesitaba respuestas y no se iría hasta que estuviera seguro de haberlas encontrado.

—Espero no equivocarme... —susurró intentando no oírse.

Subió a la habitación. En el pasillo reinaba una tensión entremezclada con la calma muda que lo envolvía, como si de una nota disonante se tratase. Lo recorrió despacio, con sigilo, mirando a cada puerta, por si veía luz en alguna de ellas, o peor, por si alguna se abría. Cada metro que avanzaba avivaba sus deseos de salir corriendo, de huir. Luchaba contra el pánico, que le pedía no seguir adelante. Cuando hubo recorrido todo el pasillo, miró el papel que había dejado en la puerta de su habitación. Seguía intacto. Nadie había entrado.

Antes de acostarse buscó algo que le pudiese servir como arma para defenderse en caso de necesitarlo; abrió un cajón tras otro, miró en el aseo, debajo de la cama..., no encontró nada que le valiese para su propósito hasta que se fijó en las perchas del armario. El gancho era de hierro y al desenroscarlo de la madera vio que terminaba en punta. Lo cogió con el garfio entre los dedos y blandió la punta al aire para probarlo. Sí, aquello serviría.

Después se dirigió a la puerta y apoyó sobre ella una silla con equilibrio inseguro. Si alguien la abría mientras él dormía, caería al suelo y el ruido le alertaría con tiempo suficiente de coger su arma.

Pasaron las horas y, pese al cansancio acumulado, le fue imposible conciliar el sueño.

A las tres de la madrugada escuchó un sonido metálico que procedía de la puerta de su habitación. El terror se apoderó de él asfixiando su respiración. Se bajó de la cama con total sigilo y a oscuras. Tras dar un par de pasos vio que la luz del pasillo que se colaba por las rendijas de la puerta dejaba al descubierto la sombra de unos pies frente a ella. Alguien estaba intentando forzar la cerradura.

101

Volvió a la mesilla de noche para coger el gancho de la percha y lo agarró con fuerza. Después regresó a la puerta, muy despacio para no hacer ruido. Quitó la silla y se quedó en silencio, esperando. El sonido metálico cesó, como si hubiesen terminado el trabajo y ya pudiesen abrir. Temblando, Adrián elevó la mano en posición de ataque, dispuesto a clavarle el pincho a quienquiera que fuese a entrar. Su respiración y su miedo se aceleraban sin cesar esperando que de un momento a otro la puerta se abriese, pero no lo hizo.

Pensó entonces que el ataque inesperado sería una buena táctica. Al borde de un ataque de nervios, apoyó la mano temblorosa en el picaporte y, tras haberle dado muchas vueltas, abrió de golpe.

Belvís de Monroy, jueves 13 de agosto de 2065
Temperatura mínima: 28,0 °C
Temperatura máxima: 48,1 °C
186 días sin llover

7

*S*e despertó sobresaltado, aturdido por la luz que entraba por la ventana. ¡Ya era de día! ¿Cómo era posible que se hubiese quedado dormido? Bajó de la cama atropelladamente y fue al vestíbulo de la habitación, donde comprobó que la silla seguía intacta en su equilibrio inestable. Parecía que nadie más había querido entrar allí durante la madrugada. La retiró y se asomó con precaución al pasillo. No había nadie. Tampoco lo hubo la noche anterior cuando abrió la puerta.

En cuanto lo hizo, se abalanzó hacia delante blandiendo su arma para intentar causar el mayor daño posible, pero al encenderse las luces del pasillo vio que estaba vacío. Quienquiera que fuese el que había intentado forzar su cerradura había desaparecido. Sorprendido, avanzó un par de pasos para tener una visión más amplia de cuanto lo rodeaba. Mantenía el puño en posición de ataque, con la punta del gancho asomándole entre los dedos, prevenido por si ocurría algo inesperado. Una vez estuvo seguro de que allí no había nadie, observó su cerradura. Tenía unas muescas en un lateral, supuso que recientes. Después abrió la puerta que daba a la escalera de incendios y miró de soslayo sin perder de vista el pasillo. No oyó nada.

Volvió a la habitación y se ocultó junto a la pared para mirar por la ventana sin que nadie lo viese, asomando apenas la mitad de la cara. La luz de la luna dejaba un amasijo de sombras entre las que era difícil distinguir a nadie. Cuando se cercioró de que no observaba ningún movimiento fuera, se fijó en el coche negro. No lo habían movido desde que le dio el golpe. A oscuras, volvió a la puerta y pegó la oreja a la madera. Tampoco oyó nada.

Colocó de nuevo la silla y volvió a la cama. Estuvo atento a la puerta durante más de una hora por si volvía a escuchar los sonidos metálicos. Al principio nervioso, después el cansancio se fue convirtiendo en un potente somnífero que lo indujo a dormir en contra de su voluntad.

106   Miró la hora: las tres de la madrugada. Acababa de presentársele la oportunidad que había estado esperando toda la noche: había estado esperando fuera hasta que el muchacho de la recepción del hostal se levantó a por un café y desapareció un par de minutos. Entró con sigilo, sin que nadie advirtiese su presencia. Con suerte, cualquier ruido que pudiese hacer quedaría apagado por la somnolencia que a esas horas aletarga el oído. Subió la escalera y se paró frente a la última puerta. Había estado siguiendo a Adrián y, desde el aparcamiento, lo había visto subir a su habitación, por lo que sabía exactamente adónde tenía que ir.

Sacó una tarjeta de cifrado numérico y la acercó a la cerradura, apenas tardó un segundo en descifrar su código. En contra de lo que pensaba, esta contaba con un cierre de seguridad y no se abrió, así que tendría que hacerlo manualmente. Sacó la navaja que había cogido por si las cosas se complicaban y la introdujo entre la jamba y la puerta. Con movimientos suaves intentó cortocircuitar el sistema para desbloquearlo. La hoja de la navaja no era lo bastante fina y por mucho que lo intentaba no lo conseguía. Miraba con nerviosismo hacia la escalera por si alguien venía, estaba tardando más de lo que le hubiese gustado. Dudó en dar unos golpecitos suaves, pero eso suponía hacer más ruido del que quería asumir. De pronto, la puerta de la habitación contigua se abrió muy despacio. Había visto el coche negro aparcado fuera y sabía lo que significaba, así como el peligro que corría. Tenía que irse de allí lo antes posible.

Adrián miró por la ventana. El cielo tenía un color blanquecino que abochornaba aún más las temperaturas. En el aparcamiento, su coche volvía a estar solo. ¿Dónde habría ido el negro? Bajó rápido hasta la recepción con la esperanza de que alguien se hubiese quejado de los zarpazos con los que había estropeado la carrocería del otro vehículo.

Una mujer estaba al otro lado del mostrador, custodiando el hostal.

—Buenos días. Mire, anoche por error le di un golpe al coche del otro cliente. He visto que ya se ha ido. ¿Sabe si me ha dejado una dirección o algún número donde pueda localizarlo? Es por arreglar los papeles del seguro...

Cualquier persona que no albergase un propósito oscuro, ni pretendiese permanecer oculta, habría pedido explicaciones en la recepción.

—Pues... no, desde que he empezado mi turno no he visto salir a nadie.

Esa era la prueba que estaba buscando. ¡Tenían que ser *ellos*! Estaban allí.

—Quizá se lo dijese anoche a mi compañero. —Se vol-

107

vió hacia la taquilla que se encontraba a su espalda y cogió un sobre que estaba en la casilla que tenía el mismo número que la habitación de Adrián—. Tenga, lo han dejado aquí para usted, igual es lo que busca.

¿Un sobre para él en aquel hostal perdido? ¿De quién?

—¿Sabe quién lo ha dejado?

—No, cuando he entrado a trabajar ya lo habían dejado en su taquilla.

—Y la otra persona, la del coche que golpeé. ¿Podría darme sus datos para localizarla?

—Lo siento mucho, señor, esos datos son confidenciales.

No importaba, se había quedado con el número de la matrícula y, con suerte, Ruy movería algunos hilos desde el Ministerio para averiguar a quién pertenecía.

Subió a la habitación mirando el sobre entre sus manos. En la parte superior frontal figuraba el membrete del hostal y su nombre: «Para Adrián Salor». Sin embargo, el remitente no se había identificado. Se sentó sobre la cama y lo abrió. Solo había un papel, escrito a mano y con letra trazada con prisas.

> ¡Corre peligro! Están aquí. Lo han seguido. Me he arriesgado mucho viniendo para hablar con usted. Subí a su habitación, pero había alguien más y me escondí en la escalera. No pueden volver a vernos juntos. Tiene que irse cuanto antes.
>
> Su mujer estuvo aquí el día que murió, vino a hablar conmigo. Ella sabía demasiadas cosas.
>
> ¡No me llame! ¡No vuelva a mi casa! Lo vigilan TODO. Yo me pondré en contacto con usted en cuanto pueda. No hable con nadie.

De nuevo todo se volvió oscuro en su mente. ¿Qué cosas sabía África?

Sosteniendo el papel con pulso nervioso lo releyó una y otra vez. Aquellas palabras lo habían hundido en la incertidumbre y precisamente ahora que esperaba poder encontrar algunas respuestas, se daba cuenta de que ese nuevo camino era aún más truculento y doloroso. Sus ojos se habían quedado clavados en la frase que más le asustaba: «Su mujer estuvo aquí el día que murió, vino a hablar conmigo. Ella sabía demasiadas cosas».

El sonido de su *ePaper* agrietó la densa inquietud que le abstraía. Al mirarlo, vio que Manjit lo estaba llamando.

—Buenos días.

—¿Pasa algo? —le respondió ella, que había notado en su voz la huella de la preocupación.

—No, nada.

—¿Seguro? ¿Estás bien? —No terminaba de creerle, nunca solía contestarle con tan pocas palabras.

—S… —la afirmación quedó a medias en sus labios, incapaz de seguir mintiendo—. No, Manjit. Me acaban de dar un sobre que me dejó anoche en recepción Lucía, la viuda de Monzón. Dice que África sabía demasiadas cosas.

—¿Demasiadas cosas? ¿A qué se refiere?

—No lo sé, me ha pedido que no vuelva a su casa, que es peligroso. *Ellos* están aquí.

—¿*Ellos?* —repitió Manjit—. ¿*Ellos,* quiénes? ¿Los que te encontraste en la escalera? ¿Has vuelto a ver al hombre de la cicatriz?

—No no…, no he visto a nadie. Solo un coche, pero ya no está. Por lo que me cuenta Lucía en la nota, anoche había alguien más.

—¿Anoche? ¿Volviste a su casa?

—No, ella vino al hostal para hablar conmigo, aunque alguien la descubrió.

—¿Y está bien?

—No lo sé… Antes de irme quiero asegurarme de no haberla metido en ningún lío y que no le haya pasado nada. Voy a acercarme a su casa y luego volveré a Madrid.

Aparcó el coche en la esquina de la calle desde donde podía ver la casa de Lucía y se quedó dentro esperando a que ella apareciera en algún momento para asegurarse de que estaba bien. No quería salir del coche ni acercarse a la casa, por si eso empeoraba aún más su situación. Pasó una hora entera y no dio señales de vida.

A diferencia de la tarde anterior, la calle no estaba tan solitaria. Había visto un par de coches y algunas personas caminando. Todos se habían fijado en él y no era de extrañar, un forastero siempre llama la atención, más si estaba dentro de un coche apreciablemente abollado y miraba sin cesar hacia la casa de uno de sus vecinos. Era consciente de la curiosidad que despertaba y temía que eso le hiciese más visible de lo que hubiese deseado en un primer momento, así que para no alargarlo más tomó la decisión de salir y llamar a la puerta de su casa para salir de dudas. El calor fuera era asfixiante. Caminó despacio, mirando en todas direcciones por si veía algo o a alguien que le resultase sospechoso: volvía a sentir que no estaba solo.

Las palabras que había leído en la nota que le dejaron en recepción se repitieron con profundo eco en sus pensamientos: «¡No me llame! ¡No vuelva a mi casa! Lo vigilan TODO». ¿Quién lo estaría vigilando en aquel momento? ¿Y desde dónde? Confiando en que ella estuviese equivocada, llamó a la puerta, varias veces, pero nadie salió.

—No se moleste en llamar. No está en casa. —Le asustó una voz detrás de él—. Se fue esta mañana temprano.

Un hombre se había parado junto a Adrián. Llevaba en

una de las manos la correa de un perro que, a diferencia de su dueño, lo miraba sin ningún tipo de interés.

—¿Sabe adónde?

—No lo sé, me dijo que se iba unos días fuera. No le pregunté adónde. —Y continuó andando sin haberse despedido.

Adrián suspiró aliviado, al menos Lucía estaba viva y a salvo, probablemente escondida en algún lugar hasta que amainase el temporal.

Antes de volver al coche, observó cómo el hombre se alejaba, quería asegurarse de que no lo seguiría. Se fijó en su pelo grisáceo con canas, y en la anchura portentosa de sus hombros y sus brazos. Sin duda Mateo habría reconocido en aquellos rasgos al falso técnico del ascensor que vio de espaldas hurgando entre los cables del cuadro eléctrico de su edificio la noche que lo atacaron.

Cuando la calle volvió a quedarse solitaria, se montó en el coche y se puso en marcha hacia Madrid. Ya poco podía hacer allí.

111

No encontró demasiado tráfico en la carretera y el viaje estaba transcurriendo sin complicaciones. Sin embargo, cuando le quedaba poco para llegar, advirtió por el espejo retrovisor que un coche distante, oscuro, quizá negro, se acercaba a bastante velocidad. Al principio no quiso darle importancia, había centenares de coches con ese color y no tenía por qué ser el de la noche anterior. Pero conforme acortaba distancias sus nervios iban aflorando. Una vez se hubo acercado lo suficiente, pudo ver su matrícula. ¡Eran *ellos*! «Lo han seguido», recordó las palabras que leyó en la nota. ¿Cómo habían podido encontrarlo? Solo Manjit conocía sus planes. Era imposible que se anticipasen a cada uno de sus movimientos. Allá donde fuese sentía que los tenía encima, como si de su propia sombra se tratase.

Aceleró para intentar perderlos, pero el coche negro apenas se separaba del suyo por rápido que fuese. Entonces trató de distinguir al conductor a través del retrovisor. Parecía que solo había un ocupante cuya identidad le fue imposible descubrir. El reflejo del sol en el capó y en la luna delantera mantenía su anonimato. Además, con los cristales traseros tintados de negro, el contraste del interior del coche era casi nulo.

Nervioso, sin saber qué hacer para escapar, vio en la carretera la señal de una gasolinera a mil metros. Se le ocurrió una idea, aunque tendría que maniobrar con demasiada maña para no salirse de la carretera. Justo cuando estaba a punto de saltarse la entrada al área de servicio, giró bruscamente para entrar en ella. Gracias al cinturón de seguridad, que se le clavó en el pecho, no se golpeó contra el volante al frenar en seco. Aquel desvío inesperado había cogido desprevenido al coche negro, que sin tiempo para reaccionar, se alejó acelerando.

Ante la atónita mirada de quienes cambiaban sus baterías eléctricas, Adrián también pisó el acelerador y volvió a la autovía. Su ira alimentaba con creces e incomprensiblemente el impulso que le llevaba a emprender una cacería, a pasar de presa a perseguidor. A cada segundo que pasaba imprimía más y más velocidad a las ruedas mientras el cuentakilómetros parecía haberse vuelto loco. Pretendía adelantarlo para distinguir al conductor, pero el coche negro le cortaba el paso cada vez que intentaba rebasarlo por la izquierda. Desde atrás solo podía ver el lateral abollado y las lunas tintadas de negro, demasiado opacas para su intención. Tenía claro que no lo iba a dejar marchar sin luchar, así que aceleró cuanto pudo y le dio un golpe violento. De nuevo el cinturón de seguridad impidió que se hiciese daño. El coche negro perdió durante unos segundos el control debido al impacto y enseguida lo retomó. Comenzó entonces a adelantar temerariamente al resto de los vehículos que se iban sumando a la autovía cuando faltaban apenas quince kilómetros para llegar a Madrid. La circulación se volvió caótica. Adrián mantenía los cinco sentidos en la calzada para evitar un accidente que, a aquella velocidad, resultaría mortal.

En mitad de un adelantamiento, la voz de Sousuo sonó en los altavoces del coche: «Tiene una llamada», le avisó.

—¡Rechazar!

«Tiene una llamada», escuchó de nuevo. Alguien insistía en contactar con él.

—¡Rechazar! —Aceleró.

«Tiene una llamada.» Por más que la rechazase, inmediatamente volvían a llamarlo otra vez, así que la aceptó con tono brusco:

—¡¿Quién es?!

—Adrián, ¡para! Son… —Entonces escuchó un grito, como si alguien hubiese golpeado a quien hablaba.

«Llamada finalizada», anunció Sousuo. Habían colgado.

Su sistema nervioso colapsó. La voz que le pedía que se detuviese era la de su mujer. Levantó el pie del acelerador incapaz de mantener la fuerza con la que lo pisaba, ventaja que el otro coche aprovechó para perderse engullido por la distancia.

Estaba en estado de *shock* y temía que estuviese sufriendo algún tipo de alucinación.

—¡Devolver llamada! —ordenó despavorido.

«El número al que llama no existe», dijo la locución.

¿Cómo no va a existir? Ese número no podía haber desaparecido en una fracción de segundo.

—¡Devolver llamada! —gritó con más intensidad.

«El número al que llama no existe.»

113

—¡¡DEVOLVER LLAMADA!!

Esta vez sí logró establecer conexión y tras escuchar varios tonos, le respondió una voz familiar:

—Dime, Adrián.

—¿Man... Manjit?

¿$\mathcal{Q}$ué estaba pasando? ¿Qué locura era aquella? Cuantas más piezas tenía del puzle, más complejo era encajarlas. Ninguna de ellas se unía con las restantes y comenzaba a sentirse al borde de un abismo que lo fagocitaba de forma cruel.

Todo cuanto acababa de ocurrir no tenía ningún sentido, ¡simplemente era imposible! En medio de una persecución kamikaze, había recibido la llamada de una mujer que tenía exactamente la misma voz que África y a la que parecía habían golpeado justo antes de cortar la comunicación. Además, cuando por fin consiguió devolver la llamada ¡fue Manjit quien contestó! No, allí había más de una pieza que no encajaba, algo que no tenía ni pies ni cabeza. Activó la conducción automática y cogió su *ePaper* para revisar el historial de llamadas recibidas. La última registrada era la que Manjit le había hecho por la mañana. No había ni rastro de la que acababa de recibir. De nuevo se sentía recién aterrizado en una realidad paralela totalmente distorsionada en la que no se reconocía ni a él mismo.

Quizá pudiesen ayudarle en el departamento de atención al cliente, así que marcó el número.

—Buenos días, ¿podría decirme cuál es el número de la llamada que acabo de recibir? No sé por qué…, pero no ha quedado guardado.

—Si es tan amable de identificarse con la huella dactilar, para que pueda acceder a la información que me pide…

Adrián puso su pulgar sobre el círculo rojo que había aparecido en la pantalla de su *ePaper* y al instante cambió a verde indicando que la identificación había concluido satisfactoriamente.

—Disculpe, ¿me ha dicho que le han llamado ahora?

—Sí, hará escasamente dos minutos.

Silencio al otro lado de la línea.

—Siento no poder ayudarle. La última llamada que tenemos registrada es de esta mañana.

—Eso es imposible, ¡me acaban de llamar! —Estaba desesperado.

—Déjeme que lo vuelva a consultar.

Pasó un par de minutos a la espera escuchando la música que la compañía Sousuo había elegido para su última campaña publicitaria.

—Perdone la espera. He hecho un rastreo de los datos de su línea por si hubiese un error que pudiésemos recuperar a mano y no ha habido ninguna incidencia. La llamada que usted me dice no aparece en nuestros servidores.

—No lo entiendo… —se dijo a sí mismo en voz alta.

—Créame que lo siento —contestó el operador de Sousuo—, es la primera vez que me pasa algo así. Si lo prefiere, puedo abrir un caso con su queja y mandarla al departamento de Ingeniería por si ellos pudiesen hacer algo más.

—Sí, por favor, si pueden hacer algo se lo agradecería mucho.

—Perfecto, en cuanto encuentren el error se pondrán en contacto con usted. ¿Le puedo ayudar en algo más?

—No, muchas gracias.

Sabía de sobra que nunca lo iban a llamar. De los últimos días ya le había quedado bastante claro que cuando el hado jugaba en su contra, él siempre perdía.

Las palabras que había escuchado en la llamada anterior se le habían quedado estancadas en los oídos y todavía retumbaban con fuerza en sus tímpanos: «Adrián, ¡para! Son…». ¿Qué son? ¿Quiénes son? La angustia le planteaba preguntas que no podía contestar y que dolían tanto como puñetazos. ¿Por qué le estaban haciendo todo aquello?

«Su voz…, no podía ser su voz, ella ya no tiene voz», se increpaba a sí mismo. Entonces, ¿qué es lo que acababa de pasar?

Aparcó en el Ministerio del Cambio Climático y subió a hablar con Ruy. Lo encontró en su despacho, manteniendo una conversación a través de sus *ScreenGlasses* con alguien que parecía suscitarle una risa irónica y al que increpaba con el tono repulsivo de superioridad que calaba en su voz cuando quería dejar bien claro quién era el jefe. Adrián pasó sin llamar a la puerta y lo urgió a que dejase de hablar con una mirada que Ruy entendió a la perfección, así que con pocas palabras, más antipáticas que simpáticas, se quitó las gafas y zanjó la conversación.

—Puff… —resopló negando con la cabeza—. ¡No puedo con tanta incompetencia! —explicó a Adrián, al que no quiso preguntarle qué le pasaba.

Sentía cierto poder al mostrar una supuesta indiferencia inicial a quien, visiblemente, necesitaba su ayuda.

—¡Me están siguiendo, Ruy! —Fue directo al grano, nervioso, sin prestar el más mínimo interés a la estupidez de las palabras que habían precedido a las suyas—. ¡Esa gente me está siguiendo! Y tengo la matrícula de su coche. ¡Los he descubierto! Averigua a quién pertenece. —Se la escribió en su *ePaper*—. Si los encontramos, podremos detenerlos antes de que todo vaya a peor...

Ruy Vidal la transfirió de inmediato al departamento que la Comisión Internacional había puesto a su disposición para investigar los casos de las supuestas muertes asociadas al cambio climático. Llevaban mucho tiempo detrás de una pista que los condujese a aquella red de extorsionadores, aunque por mucho que lo habían intentado siempre había algo que se les escapaba; así que dudaba mucho de que Adrián, en pocos días, hubiese conseguido lo que ellos no habían logrado en varios años. Aun así, pidió que rastrearan la matrícula con máxima prioridad, pues sentía que la turbación que veía en la cara de su amigo se debía a algo importante.

—Me siguieron anoche. Empotré mi coche contra el suyo para ver si así conseguía los datos de su seguro, pero no dieron la cara.

—¡¿Que has hecho qué?! —gritó apoyando ambas manos sobre la mesa e inclinando el cuerpo hacia delante—. ¿No te das cuenta de que esa gente es peligrosa? ¡Deja de hacerte el héroe por una vez en tu vida! ¡Ya estamos nosotros para eso!

—¡Claro que me doy cuenta! —La inercia le impulsó a contestar también a gritos, enfadado—. ¿Crees que consigo dormir por las noches, que no estoy asustado? ¿Has pensado en cómo me siento sabiendo que alguien mató a mi mujer y que ahora me quieren matar a mí?

Sus palabras tuvieron un efecto amortiguador sobre Ruy, que volvió a recostarse sobre el respaldo de la silla y, como si de la ley acción-reacción se tratase, esto apaciguó a su vez la tensión de Adrián.

—En todo esto hay algo demasiado raro, y necesito respuestas, Ruy... Necesito respuestas... El coche que empotré anoche me ha estado siguiendo mientras volvía a Madrid. Conseguí distraerlo y empecé a seguirlo yo, le di un golpe por detrás para que se detuviese y ver quién era... No me mires así, te he dicho que necesito respuestas y haré lo que haga falta para conseguirlas. ¿Sabes lo que pasó después?

Podía esperar cualquier respuesta a esa pregunta, incluso la temía, así que Ruy mantuvo la duda entre sus dedos, moviéndolos nervioso, barajando entre ellos los posibles escenarios. En sus años como político, había aprendido que anticiparse a las palabras de su oponente era algo que siempre le daba ventaja. Sabía que solo podía responder con una palabra a la pregunta de Adrián: «No».

Lo que no sabía era qué desencadenaría aquel «no» y, sobre todo, cómo le iba a afectar a él, así que guardó un breve silencio para pensar, como si fuese un depredador que observaba a su presa segundos antes de abalanzarse hacia ella. Jamás se hubiese imaginado a Adrián persiguiendo a un coche por la carretera y colisionando con él a propósito. La imagen que tenía de él distaba años luz de aquella actitud, así que se encontraba perdido ante un hombre del que lo había conocido todo y al que ahora sentía como un extraño. Cruzó los brazos sobre el pecho, a modo de defensa, y observó la tensión en cada uno de los músculos de la cara de Adrián, con miedo de volverse permeable a aquel terror.

—No —contestó al fin sin haber sido capaz de descifrar qué vendría después.

—Recibí una llamada, me pidió que me detuviese...

—Contado en voz alta, el episodio se teñía de un absurdo

que le hizo dudar si concluir ahí la frase—. Y... creo que era África.

Sí, efectivamente sonaba absurdo, tanto que Ruy entornó la mirada con asombro y con cierto grado de alivio. Sin duda, esperaba otra respuesta mucho peor y, sobre todo, más realista.

—Eso... —balbuceó sin saber muy bien cómo continuar, aunque no le hizo falta. Adrián terminó la frase por él:

—Eso es imposible. Lo sé. ¡Pero te juraría que era su voz! Traté de devolver la llamada y lo único que me decían era que el número no existía. Lo hice una y otra vez, hasta que por fin me contestó alguien... Manjit.

—¿Manjit? Bueno..., quizá fue ella quien te llamó y confundiste la voz.

—Jamás habría confundido sus voces. Son totalmente distintas. ¡Ruy, aquí pasa algo, esto no es normal!

Dudaba mucho de la cordura actual de Adrián, sin embargo lo conocía demasiado bien para saber que algo le pasaba.

—Vale, te creo —mintió con la convicción que había aprendido de otros políticos—. ¿Qué es lo que quieres que yo haga?

—Que me ayudes a pedir una exhumación del cadáver de África y que se repitan las pruebas del ADN... en secreto.

—¡¿Qué?! ¿Estás loco? ¿De verdad te estás oyendo?

—Lo veo tan absurdo como tú, y aun así, hay una parte de mí que está convencida de que África me llamó.

—Vale, supongamos por un momento que era África. ¿Cómo sabía ella que estabas siguiendo a ese coche? ¿Es que lo conducía ella o qué?

—En el coche había solo una persona, lo vi por el espejo retrovisor cuando me seguía a mí. No le vi la cara, aunque me pareció la figura de un hombre, te aseguro que no era ella… Ruy, por favor, no te pido que me creas, te conozco y sé que no lo haces, solo te pido que me ayudes.

—¿Y por qué en secreto? Si puede saberse… —Estaba llegando al límite de tonterías que estaba dispuesto a escuchar.

—Porque la mujer de Víctor Monzón me dijo que lo controlan todo. —No le quiso enseñar la nota que ella le había dejado la noche anterior, temía que Ruy pudiese entrometerse más de lo que él pretendía.

¡¿Había ido a Belvís de Monroy?! Le estalló la ira, roja, en la cara. Adrián había puesto en peligro la investigación policial con su comportamiento imprudente y Ruy sabía que él era el responsable por haberle entregado la documentación. Antes de que empezara a gritar, y no tenía intención de ser amable, su *ePaper* vibró sobre la mesa anunciando que le había llegado el correo que esperaba con los datos de la matrícula del coche. Lo abrió con desgana, movido por la inercia, esperando que ese dato pusiese fin a las fantasías de Adrián, quizá así podría conseguir que se centrase en lo que realmente importaba: la trayectoria prevista del huracán Eolo.

Leyó las primeras líneas del correo. Distaban mucho de lo que esperaba leer y borraron cualquier tipo de duda que pudiera quedarle: iban a por ellos. Quizá Adrián tuviese más que perder que él, que hasta ahora solo se había sentido observado en siete ocasiones. Ya no le quedaban dudas, el juego había comenzado y se intensificaría en los próximos días, como ya pasó otras veces.

Despacio y en silencio le ofreció el *ePaper* a Adrián para que lo pudiese leer por sí mismo. Sin duda, iba a suponer un duro revés para él y no encontraba palabras para comunicarle la noticia.

121

Adrián comenzó a leer el correo. También él se ahogó con el desconcierto que rezumaban aquellas palabras.

La matrícula que había memorizado llevaba en circulación desde el lunes y estaba a nombre de su mujer. Sin embargo, ni la marca ni el color del coche coincidían con los que él había visto. Solo la matrícula, así que pensó que la habrían robado.

¿Cuándo había comprado África un coche? ¿Y quién fue a recogerlo el día del entierro?

Adrián trazó entonces una línea temporal en su mente, discontinua y con demasiados huecos, para poder ordenar todo lo que había descubierto hasta ahora. Primer tramo de la línea: en un pasado indeterminado, que tanto podía ser lejano como inmediato, África había comprado un coche sin haberle dicho absolutamente nada al respecto.

Se topó con el primer hueco.

Después, alguien, probablemente ella, escondió la fotografía donde aparecía el hombre de la cicatriz en la cápsula del tiempo.

Segundo hueco.

África muere mientras supuestamente iba camino de San Sebastián, cuando en realidad había ido a Belvís de Monroy y desde allí se dirigió a Burgos. En vez de atravesar Castilla y León por autovía, como hubiese sido lo lógico, lo hizo por carreteras secundarias de la Comunidad de Madrid, ¿por qué?

Llegó el tercer y último hueco, que se había convertido en un abismo.

A partir de aquí, todo se volvía oscuro.

—Vale... —Ruy había cambiado de parecer ante los nuevos acontecimientos—. Ordenaré la exhumación si eso te va a ayudar a sentirte mejor, hay gente que me debe algunos favores y no costará pedir un nuevo análisis del ADN. Déjame grabadas tus huellas dactilares en mi *ePa-*

per para que pueda firmar lo que haga falta en tu nombre. Ya te aviso que el mío no aparecerá en ningún documento. Ahora te pido, y ¡por favor…, esta vez hazme caso!, que te vayas a casa, descanses, leas la propuesta final del Congreso y me des tu ok. Y Adrián, una última cosa, ponte ya con el pronóstico de la trayectoria prevista para el huracán, nos hace mucha falta.

—Quizá pudieron haber clonado la voz de África al igual que ella clonó la de los Beatles —pensó Manjit en voz alta tras haber escuchado a Adrián.

Este había decidido compartir con sus amigos la nota que le habían dejado en la recepción del hostal. Siempre había confiado en su sensatez y, obviamente, habían dado con la única respuesta lógica a aquella locura, así que no le pareció oportuno decirles que había pedido la exhumación del cadáver de su mujer. Sin embargo, le costaba creer que la angustia que sintió en la voz de África pudiese proceder de un ordenador, aunque si habían conseguido transmitir sentimientos en la nueva canción de los Beatles, ¿por qué no a través de la voz clonada de su mujer?

—¿Sabes a qué se refiere cuando dice que África sabía demasiadas cosas? —Mateo mantenía la nota entre sus manos, mirándola pensativo.

—No, ni idea…, no lo sé. Se suponía que nos lo contábamos todo…, pero empiezo a ver que no era recíproco y que escondía demasiados secretos. Se había comprado un coche sin decirme absolutamente nada. La habían despedido. —Enumeraba con los dedos cada una de las acciones—. Me mintió cuando me dijo que iba a San Sebastián. Me ocultó la fotografía. De momento, eso es todo lo que sé.

—Y ahora ¿qué vas a hacer? —preguntó Mateo.

Adrián tardó en responderle, como si estuviese pensando una respuesta que ni él mismo conocía:

—¿Ahora?... No lo sé, no sé por dónde continuar. —Se le humedecieron los ojos con tintes rojizos—. Pensé que en ese pueblo encontraría algunas respuestas, pero a cada paso que doy todo se vuelve más turbio. Ahora lo único que puedo hacer es estudiar la trayectoria del huracán y ver con cuánto tiempo contamos para detener todo esto.

—¿Qué tiene que ver el huracán con lo de África?

—Parece ser que esa gente aprovecha fenómenos meteorológicos adversos propiciados por el cambio climático para matar a quienes no les favorecen... —suspiró—. Ruy cree que él o yo seremos los siguientes y que usarán la llegada de Eolo a la Península para quitarnos de en medio.

Manjit se levantó alterada. Cerraba con fuerza sus puños para descargar los nervios que la estaban destrozando. No podía creer que a Adrián solo le quedaran algunos días de vida.

—¿Por qué no te vas a otro país y te escondes en algún lugar donde no te puedan encontrar?

—Ya se lo he planteado a Ruy y me ha dicho que si nos quieren encontrar, nos encontrarán..., da igual dónde estemos. Nos siguen a todas partes, quizá también a vosotros os estén siguiendo si os han visto conmigo.

—Aun así, supongo que algo se podrá hacer, ¿no?

—Pues parece que lo único es anticiparnos a ellos pronosticando con antelación cuándo y dónde impactará el huracán con más fuerza en la Península. E imagino que también Ruy intentará llegar a algún acuerdo cuando sepamos qué es lo que quieren de nosotros. Aunque poco se puede negociar si lo que pretenden es impedir que Estados Unidos, India o China firmen el tratado contra el cambio climático.

—Y lo van a firmar... —asintió Mateo a modo de pregunta.

—Bueno..., las negociaciones no están cerradas al cien por cien y todavía hay algunas cláusulas que tenemos que seguir tratando... No sé... —Resopló, estaba bloqueado, no era capaz de hilar dos frases seguidas—. Parece que, con más o con menos reticencias, todos los países se podrían acomodar a lo que se les pide.

—Por si ayuda en algo, yo también he buscado información sobre Víctor Monzón. —Manjit les mostró su *ePaper*—. Me ha costado mucho seguir su rastro en internet, pero creo que he encontrado algunos datos que podrían resultar interesantes. Estudió Ingeniería en la Politécnica, lo sé porque un compañero suyo de la Escuela de Ingenieros puso una esquela en el periódico. Hasta que no vuelva el lunes de vacaciones no podré hablar con él para tratar de averiguar algo más sobre su pasado.

»Desde ahí, le pierdo la pista hasta que entró a trabajar en el Ministerio, aunque hay una foto de 2048, previa a ese periodo, en un congreso de la ONG WarmNed Planet. Es esta de aquí, está un poco borrosa y es pequeña. Fijaos en el que está a la izquierda del todo, yo creo que es él, Sousuo reconoce sus facciones con un error del 35 por ciento. Esta ONG luchaba contra el cambio climático; de hecho, su nombre es un juego de palabras en inglés que viene a decir algo así como 'planeta calentado / alertado'.

»En el Ministerio, Monzón no parecía desempeñar ningún trabajo importante, pasó por allí con más pena que gloria. De los seis años que estuvo a cargo del departamento de Tramitaciones de Emisiones Industriales de CO_2, solo he podido encontrar algunas licencias que firmó para ciertas empresas. Él tenía que certificar que todas las fábricas emitían dióxido de carbono dentro de los límites

125

legales. Y quizá esto sea lo más importante: además de las licencias que concedió a E·red, según el informe que te dio Ruy, he encontrado la firma V. M. en unas licencias para otra gran empresa de energía. Las sacaron a la luz grupos ecologistas para denunciar la facilidad con la que se incumplen los acuerdos europeos sobre el cambio climático. Podríamos pasarlo por un descuido si no fuese porque cobró en dos ocasiones un sueldo bastante alto como consejero de esa empresa. De ahí hasta que llega a ser alcalde, he encontrado lo mismo que pone el informe de Ruy, salvo que el periodista que destapó sus casos de corrupción está en paradero desconocido.

—Mándamelo todo a mi correo, por favor, Manjit. Quizá Ruy pueda hacer algo más desde el Ministerio —le pidió Adrián.

126

Llegó la noche y Adrián se fue a descansar a casa. Sin ser capaz de concentrarse en nada, intentó distraerse mirando las previsiones de las posibles trayectorias del huracán. Según lo que podía observar en los mapas, el anticiclón de las Azores —situado sobre las islas que le prestaban su nombre— se desplazaría, con una incertidumbre media-alta, hacia el sur durante los próximos días, de forma que dejaba un espacio por el que el huracán podría llegar a la península Ibérica sin obstáculos. La incertidumbre de que Eolo finalmente se decantase por ese camino era media-baja. Adrián encontraba cierta ironía en esos datos, pues la posibilidad que tenía de morir en los próximos días era media-baja, y se le antojaba excesivamente grande tratándose de un juego a vida o muerte, por lo que siguió consultando mapas con el fin de mejorar el pronóstico. Los de la temperatura superficial del agua del Atlántico registraban una anomalía positiva demasiado elevada, mostrando que estaba mucho más cálida de lo habitual, lo que propiciaría un exceso de vapor de agua con el que se alimentaría el huracán. Todo parecía indicar que aquel monstruo podría mantener su categoría máxima hasta la península Ibérica.

Combinando todos los datos, Adrián calculó que era probable que Eolo entrase por Oporto en la madrugada del miércoles 19, día en el que comenzaría el XXIX Congreso para la Prevención del Cambio Climático.

Agobiado, con mucho sueño y sin ser capaz de dormir, comenzó a leer el informe final para el que Ruy le había pedido su aprobación. Prestó especial atención a los compromisos que tendrían que asumir Estados Unidos, India y China al ratificar el acuerdo. Le causaba una sensación de asco y de enfado que hubiese personas que se beneficiarían del fracaso de aquel texto, aunque confiaba en que no se saliesen con la suya. Así que escribió a Ruy para decirle que estaba de acuerdo con todos los puntos. Pasado un minuto, su *ePaper* vibró con la respuesta:

127

Gracias, Adrián, se lo paso al resto de la comisión para que empiecen a trabajar cada cual con su parte.

Respecto a lo tuyo, se hará el sábado, pasado mañana. Con mi gente de confianza.

Adrián le contestó pidiendo que lo avisase en cuanto tuviese los resultados. Aprovechó que el canal por el que se comunicaban era seguro, privilegio que se le concedía a Ruy por ser un alto cargo del Ministerio, para preguntarle, en el mismo mensaje, si Monzón tenía algunos chanchullos en el Ministerio.

Lo que sé oficialmente lo tienes en los documentos que te entregué con los artículos. Operaba al borde de la ley; pese a que se encontraron licencias falsificadas y acreditadas por él, todo quedó como un error administrativo.

«¿Y extraoficialmente?», escribió Adrián. Tras enviarlo se quedó expectante con el *ePaper* en la mano sin perder de vista la pantalla. Un aviso le indicó que tenía un nuevo mensaje:

> Extraoficialmente, era un corrupto y estaba bien respaldado por los de arriba, pero no sé por quién. Se movía en tierras demasiado fangosas y no fuimos capaces de encontrar ni una sola prueba determinante para poder imputarle un delito.

Adrián volvió a escribir: «¿Sabes si él o esos casos de corrupción de los que me hablaste guardan alguna relación con las otras muertes?».

La respuesta no se hizo esperar: «No, que yo sepa». Y Adrián finalizó:

> Gracias, Ruy. Te he mandado también las trayectorias previstas para el huracán. Parece que entrará por Oporto con una probabilidad del cuarenta por ciento.

Ruy cerró el hilo de conversación prometiéndole que al día siguiente comentaría la previsión con su homólogo portugués. Adrián dejó su *ePaper* sobre la mesa y se quedó pensando cabizbajo. Tras unos breves instantes de reencuentro con la tranquilidad, se levantó, apagó la luz y se fue a la cama. Antes de salir del salón, oyó vibrar de nuevo su *ePaper*.

—A ver con qué me sorprendes ahora —le dijo a un Ruy ficticio que no podía escucharlo.

> Soy Lucía Pardo. Nos vemos mañana en la fábrica abando-

nada que hay a la salida de Alcalá de Henares. Estas son las coordenadas (pinche en el *link*). Le estaré esperando a las 21 horas, se lo contaré todo. NO confíe en nadie. Venga SOLO y asegúrese de que NADIE lo sigue. Sea puntual y no vuelva a intentar contactar conmigo NUNCA MÁS.

9

Adrián se había marchado cabizbajo del despacho. Ruy sabía que no le iba a hacer caso, que seguiría actuando e investigando por su cuenta, y de seguir por ese camino podría estropearlo todo. ¿Cómo había podido ir a Belvís de Monroy sin su consentimiento? ¿Es que acaso estaba loco? Haberle entregado los documentos de una investigación policial podría costarle su puesto y su carrera, cosa que no tenía intención de permitir. Tenía que pararle los pies y sería mejor antes que después, así que llamó al jefe de la Policía que habían puesto a su disposición para investigar las muertes y desapariciones de sus compañeros del Ministerio de Cambio Climático.

—Impedid que Adrián siga adelante con sus investigaciones —le ordenó Ruy—, y hacedlo sin llamar mucho la atención.

El policía le aseguró que le encargaría de inmediato a alguien el trabajo.

—Además necesito que averigüéis de qué concesionario salió el coche al que pertenecía la matrícula que te envié antes y sobre todo, quién lo sacó. Ahora voy a tomar un café, vuelvo en media hora. Tenlo preparado para entonces. —Su tono arrogante pretendía recalcar que el plazo no era negociable.

Y

Antes de que le hubiese dado tiempo a subir a su despacho, ya tenía el resultado de la investigación en su *ePaper*. Habían localizado el concesionario y, según estaba leyendo, fue la propia África Núñez quien recogió el vehículo. Se frotó la sien con los dedos para liberar la tensión que aquel inesperado descubrimiento le produjo, y de pronto vio la solución ante sus ojos. Sin duda alguien se tuvo que hacer pasar por ella para que le entregasen el coche, alguien que después les entregó la matrícula a *ellos*. Si identificaban a esa persona, llegarían al fondo del asunto antes de lo que esperaba, y si fuera él quien lo lograse, también conseguiría el reconocimiento y el ascenso que tanto ansiaba. Sin perder un minuto volvió a llamar al jefe de la Policía.

—Necesito que me acompañes a ese concesionario. Recógeme en media hora en mi despacho.

Mientras tanto, y como si de una araña se tratara, se movió con fluidez por su red de contactos para conseguir de forma poco ortodoxa la potestad que le permitiría revisar todos los datos que guardaban en el concesionario. Sabiéndose seguro del poder que acababa de adquirir, irrumpió con actitud altiva en el despacho del director, que estaba cerrando la venta de un coche.

—Quiero todos sus archivos y hablar con el vendedor que tramitó la licencia del coche que estamos buscando.

Con cierto recelo y sin la intención de darles muchas facilidades, no fuese a perjudicarle aquel embrollo de alguna manera, pues desconocía cuáles eran sus intenciones, les entregó una copia de los documentos relacionados con la matrícula que le habían facilitado. Mientras el jefe de la Policía los analizaba, el empleado que había vendido el coche entró en el despacho con cara de susto.

131

—¿Nos puede dejar solos? —le pidió Ruy al director del concesionario.

Cuando cerró la puerta, fue el vendedor el primero que habló:

—No sé qué están buscando y ya les digo que yo no he hecho nada.

—No dudamos de ello, solo queremos hacerle algunas preguntas. ¿Fue ella la mujer a la que le vendió este coche? —Le mostró los documentos que acababan de conseguir y una fotografía de África.

—No, no es ella —contestó sin mirar los documentos.

A Ruy le pareció sospechosa su rápida respuesta.

—¿Cómo es que lo afirma tan seguro sin haber visto de qué coche hablamos?

—Porque a esa mujer no la he visto en mi vida. —Cogió entonces los documentos y los revisó—. Además, este coche no lo vendí yo, solo lo entregué porque mi compañero al que sustituyo estaba de vacaciones, y fue él quien lo vendió.

—¿Fue esta mujer la que recogió el coche? —El policía le mostró su *ePaper* con la fotografía de otra mujer. Le había sido muy fácil localizarla gracias a que había firmado la documentación del coche con su huella dactilar.

Se trataba de la funcionaria del Ministerio que llevaba en paradero desconocido desde el pasado lunes, Vega Antúnez.

—¡Sí, fue ella!

Ruy se quedó boquiabierto al ver la fotografía. ¿Qué tenía que ver ella con este caso? Desde que desapareciera el pasado lunes junto a su compañero de la Comisión Internacional, Pablo Moreno, había visto decenas de fotografías con sus caras. Aún no habían conseguido averiguar qué habían encontrado entre los artículos que recuperaron de la hemeroteca del Ministerio, pero estaban convencidos de que ese había sido el motivo de la desaparición de ambos.

¿Qué vínculo tenía Vega con África?, se preguntaba Ruy.

Ya de camino al Ministerio, el jefe de Policía envió a su equipo una copia digital de la documentación del vehículo y les pidió que recopilasen toda la información que pudiesen sobre Vega Antúnez y, principalmente, que averiguasen si tenía algún tipo de relación con África Núñez.

En poco menos de veinte minutos les enviaron un informe preliminar de la investigación.

En primer lugar, habían conseguido localizar el coche en un desguace a las afueras de Madrid gracias al chip del bastidor, y un equipo ya estaba de camino, por si allí pudiesen encontrar alguna otra pista.

El segundo punto del informe reflejaba, como ya sabían, que Vega Antúnez había estado recopilando información sobre el resto de las muertes atribuidas, erróneamente, al cambio climático. Con su clave del Ministerio había accedido a los trabajos que sus antiguos compañeros estaban realizando antes de morir.

Por último y quizá el punto más importante, se habían encontrado tres autorizaciones que Antúnez había solicitado al servicio de Seguridad para que África Núñez pudiese entrar en el Ministerio de Cambio Climático, donde se había reunido con ella en los despachos que el departamento de Relaciones Públicas les había asignado, según constaba en los archivos. La primera de las tres reuniones tuvo lugar hacía un mes y las otras dos unos días antes de que África muriese: la segunda fue el miércoles 5 y la tercera el viernes 7, la víspera del accidente. No había registro alguno del contenido de dichas reuniones, aunque sí sabían que todas ellas habían durado unos 30 minutos, salvo la última, que duró hora y media a juzgar por el re-

133

gistro de Seguridad sobre la entrada y la salida de África del Ministerio. Ese día había llegado muy nerviosa, según habían comprobado en las grabaciones de las cámaras del CCTV del Ministerio, tanto que los policías de la garita de seguridad salieron para pedirle su documento de identidad y comprobar así si tenía antecedentes penales, temiendo que pudiese atentar en el Ministerio de alguna manera.

¿Qué habrían encontrado esas dos mujeres?, se preguntó Ruy mientras repasaba el informe.

Cuando la Policía se presentó en el desguace preguntando por el coche que estaba a nombre de África, el dueño de aquel cementerio de automóviles no se extrañó en absoluto al ver llegar a cuatro agentes en dos coches. Al contrario, más bien parecía que los hubiese estado esperando. Por ley, él debía dar de baja todos los vehículos que llegaban a su desguace; sin embargo, aquel coche era especial, estaba nuevo y en perfecto uso. Intuía que algo extraño había ocurrido en torno a él y, pese a que lo dio de baja, lo guardó aparte con cierta aprensión. Temía que pudiese tratarse de algo ilegal o incluso que pudiese tener una bomba en su interior. Tal y como estaba el mundo, habría sido un incauto si no hubiese dudado. Tras haberlo examinado escrupulosamente, todo parecía estar en orden.

La Policía fue desmontando cada una de las partes del automóvil por si hubiese algo escondido entre el chasis o los asientos. No encontraron nada, todo parecía estar en orden. Un análisis más detenido del maletero reveló varias manchas de sangre que, dos horas más tarde, el laboratorio confirmó que correspondía a los dos funcionarios del Ministerio que llevaban en paradero desconocido desde el pasado lunes, Pablo Moreno y Vega Antúnez. Sin duda, ya podían esperarse lo peor, pues la forma de las manchas reflejaba que provenían de cuerpos que habían permanecido sin moverse durante un largo periodo de tiempo.

Cuando preguntaron al dueño del desguace quién había llevado el coche hasta allí, este respondió que lo recordaba bastante bien porque le pareció un hombre extraño, con cara de mafioso. Entre sus indicaciones para confeccionar un retrato-robot, destacó que tenía los ojos más juntos de lo habitual y la nariz en forma triangular.

Ruy estaba en casa descansando de una jornada demasiado larga cuando su *ePaper* le avisó que había recibido un email. Lo abrió con la inercia con la que el trabajo absorbe y succiona la vida de aquellos que se la entregan. El correo era de Adrián: estaba de acuerdo con el informe final y adjuntaba las previsiones sobre la trayectoria más probable que tomaría el huracán Eolo. Sus pesadillas se confirmaban. Entraría por Oporto. La vida de los dos corría peligro.

Inmediatamente le contestó para agradecerle su trabajo y para informarle de que había conseguido a un equipo para exhumar el cuerpo de África.

Adrián entonces le estuvo preguntando sobre Víctor Monzón. Ruy sabía que aquel hombre no era trigo limpio y sin duda contaba con un padrino demasiado poderoso que lo había estado respaldando en todo momento durante la investigación que se abrió contra él. No encontraron nada, lo que no significaba que no lo hubiese, él estaba convencido de que Monzón tenía asuntos ilegales.

Cuando se despidieron a través de la pantalla, los dedos de Ruy estuvieron tentados de contarle los nuevos datos que poseía con relación a África y al coche que estaba a su nombre. Finalmente rehusó darle más información relacionada con el caso, pues aún se arrepentía de haberle entregado la carpeta con el informe que la Policía había redactado con lo extraído del GPS del coche con el cual su mujer tuvo el accidente. Dudó en preguntarle si el hombre de la cicatriz tenía los ojos demasiado juntos, pero incluso ese detalle le pareció demasiado confidencial como para compartirlo con Adrián, así que dejó su *ePaper* sobre la mesa y se fue a la cama. Había traicionado su confianza al ir a Belvís de Monroy sin su permiso y de momento no iba a contarle nada más.

Madrid, viernes 14 de agosto de 2065
Temperatura mínima: 25,8 °C
Temperatura máxima: 44,2 °C
187 días sin llover

10

$\mathcal{A}$ pesar de los somníferos que había tomado, Adrián tardó bastante en dormirse y se despertó demasiado temprano. El cansancio le dejaba en cada uno de sus músculos una desorbitada lasitud. Sin embargo, se alegró de no seguir dormido, pues sus sueños rápidamente se habían tornado en pesadillas y como cada noche desde el pasado lunes, África aparecía en todas ellas al borde de la muerte, siempre pidiéndole ayuda, y siempre moría a manos del hombre de la cicatriz. Muy a su pesar, al abrir los ojos, las pesadillas no se evaporaban, sino que se quedaban a su lado, en el espacio ahora vacío que ella ocupaba antes. Se giró hacia ese lado de la cama que siempre le había pertenecido a ella y acarició el trozo de almohada intentando recordar el tacto de la piel de África. Ella no estaba allí y ya nunca volvería a estar.

Ahora se daba cuenta de que, entre todas las emociones y la tensión que había sentido en los últimos días, la pérdida de su mujer había quedado, en parte, eclipsada por los desgarradores descubrimientos que su muerte llevaba aparejados. La recordaba cada hora, cada minuto, pero era como si un velo traslúcido tejido con hebras de miedo, ira e incluso deseos de venganza se hubiese extendido sobre su memoria y hubiese difuminado su huella.

No tardó mucho en levantarse y ponerse a trabajar, quería mantener la mente ocupada para no recrearse en su ausencia. Abrió de nuevo el mensaje que la noche anterior le había enviado Lucía Pardo y, por novena vez, pinchó en el enlace con las coordenadas de la fábrica donde se encontraría con ella horas más tarde. Su *ePaper* le redirigió a los mapas tridimensionales y holográficos del servidor Sousuo. En ellos estudió el terreno, la carretera por dónde llegar, una vía de escape por si las cosas se ponían mal... Aquello, por contra, lejos de apartarle de sus pensamientos, provocaba que bullesen con más intensidad en su cabeza, así que decidió dejarlo y centrarse en las trayectorias previstas del huracán Eolo. Consultó las actualizaciones de los modelos meteorológicos. El cuarenta y siete por ciento de todas las trayectorias que se calculaban como posibles ya indicaban que entraría en Portugal por Oporto. Vista desde las imágenes que enviaba el nuevo satélite Meteosat, aquella colosal tormenta se veía ya más grande que toda la península Ibérica.

Después examinó los datos de la sequía que se mostraban en la web interna del Servicio Nacional de Meteorología, a la que accedió con su clave. Observó que en los últimos tres años había llovido mucho menos de lo normal en la mayor parte del país, siendo la carencia de lluvia más acusada en los últimos ocho meses, por lo que el suelo de los campos, deshidratado, se encontraba agrietado y endurecido, dándole a la tierra un aspecto rocoso. Adrián comenzó a escribir un informe sobre los riesgos que esto supondría con la llegada de Eolo.

Las previsiones apuntaban a que la furia del cielo caería con torrencialidad y el suelo, en este estado, sería incapaz de absorber semejante cantidad de agua, por lo que muchas zonas se inundarían rápidamente.

Los cauces de los ríos, además, se convertirían en un serio problema. Sus caudales eran ahora un veinte por ciento inferiores a los de principios de siglo, y la sequía con la que habían sido castigados había ayudado a que este dato fuese aún mucho más bajo, favoreciendo que sus cauces se hubiesen llenado de basura y ramas secas que, actuando a modo de presas, entorpecerían el curso natural de las crecidas engendradas por las fuertes lluvias, anegando ciudades, pueblos y campos aledaños. Las alcantarillas debían ser limpiadas de inmediato por la misma razón, o quedarían desbordadas, incapaces de tragar toda el agua que iba a llegar hasta ellas.

Si Eolo entraba por Oporto, levantaría olas que probablemente superasen los dieciséis metros de altura y volverían a devastar, una vez más, el litoral norte peninsular. Ya habían construido algunos diques de contención en la última década, pero aún no eran suficientes y ya no había tiempo para levantar más, por más que Adrián lo había recomendado hacía tres años en otro informe que siguió el camino por donde se pierden todos aquellos documentos no muy convenientes a las políticas de turno.

«La magnitud de la tragedia dependerá de la rapidez con la que se pongan a trabajar los distintos organismos regionales y gubernamentales en las medidas preventivas», concluyó Adrián.

Las compañías de seguros, además, habían excluido de sus pólizas los frecuentes desastres meteorológicos que ya no les resultaba rentable asegurar. Las leyes estatales las obligaban a amortizar una pequeña parte de los daños, mientras que de las arcas públicas salía otra parte, pequeña también, del dinero con el que se resarcía a los damnificados. Y el futuro no era más halagüeño: las indemnizaciones del Estado cada vez se concedían con más dificultad debido al exceso de gastos que el cambio climático estaba originando.

141

Pese al informe de Adrián, y para su sorpresa y la de Ruy, las distintas instituciones gubernamentales decidieron esperar un poco para actuar, al menos hasta que las previsiones sobre Eolo fuesen más concluyentes; preferían evitar gastos innecesarios y no alarmar en exceso a la población.

«Su mujer sabía demasiadas cosas.» Adrián repasaba una y otra vez la nota que le dejó Lucía Pardo en el hostal. Aquellas palabras, leídas en un susurro, se mantenían en el aire como si fuesen el zumbido de una mosca. «¿Qué sabías? ¿Qué habías descubierto?», le preguntaba a África en sus pensamientos mientras una idea ganaba forma en su cabeza: quizá algunos de sus secretos estuviesen en casa. Se levantó de la silla con ímpetu, tenía que registrar en cada rincón, cualquier cosa que descubriese, por poco importante que fuera, podría ayudarlo a localizar el camino por el que salir del laberinto en el que estaba perdido desde hacía días.

No sabía muy bien por dónde empezar, así que abrió el primer cajón que se cruzó en su camino, el de una cómoda del salón. No vio nada que le llamase la atención, así que abrió el de abajo. Mientras sus manos revolvían, sus ojos escudriñaban cada detalle. Miraba entre cada mantel y cada servilleta que, con cuidado, habían sido planchados, doblados y guardados en aquel mueble. Abrió la puerta de un armario, otra más, y otra. No detectó nada extraño, más allá de los objetos anodinos que habitualmente guardaban en ellos. Si quería encontrar algo relevante, iba a tener que utilizar la lógica y no buscar al tuntún. Se paró un instante y cerró los ojos para pensar por dónde debería empezar. ¿Qué lugar habría elegido África para esconder algo?, se preguntó a sí mismo. No tardó mucho en darse cuenta de que debía comenzar a mirar entre los álbumes de fotos que su mujer guardaba con ahínco en la estantería de una de las habitaciones. Fue hacia allí sin perder un instante y cogió uno de ellos. Lo ojeó deprisa. Solo encontró las fotografías que tenía preparadas para la exposición que nunca logró hacer. Cogió otro, apenas en quince segundos ya había pasado todas las hojas del álbum. Los siguientes los fue cogiendo y poniendo boca abajo. Pensó que si guardaba allí sus secretos no estarían pegados a las hojas, sino entre ellas. De uno de ellos cayó una foto. La miró. Solo había gente en la calle, Adrián no era capaz de reconocer a nadie. Quizá no le cabía en el álbum y la dejó fuera. Cuando la estantería quedó vacía y el suelo como si hubiesen entrado a robar, cambió de habitación. Abandonó la lógica y volvió a buscar sin orden, mirando en cada rincón de la casa.

En el dormitorio fue directamente hacia la mesilla de noche de África. Sacó los cajones y volcó su contenido sobre la cama. En ninguno había nada que pudiese calificarse como secreto. Tal comenzaba a ser su paranoia que abrió el armario y tiró al suelo con desesperación todo lo que había dentro. Cuando hubo terminado, se miró en el espejo de una de las puertas abiertas. Estaba sudando, con unas ojeras que cada día eran más oscuras y que infectaban su mirada de angustia. Fue incapaz de reconocerse a sí mismo. Entonces observó que detrás de él todo el dormitorio se había sumido en el caos. Sintió que lo que había hecho era ridículo y comenzó a devolver cada objeto a su lugar. Primero colocó la ropa en el armario, luego cogió uno de los cajones y lo llenó de nuevo. Al coger el segundo cajón, aún vacío, notó que algo se deslizaba dentro de él. Lo examinó detenidamente y agarrándolo con las dos manos lo agitó para cerciorarse de lo que había oído. Entonces le dio la vuelta, allí no había nada. Lo recorrió con la

143

vista y con el tacto. Estaba vacío, pero encontró una pequeña cerradura en la base. ¡Tenía un doble fondo! Lo agitó con las dos manos aguzando el oído. Allí había un objeto. Sus secretos. ¡Los había encontrado!

Tanteó la cerradura con los dedos para comprobar su solidez. Estaba claro que solo conseguiría abrirla con la llave, una de las antiguas. No tenía tiempo para buscarla, la cerradura era tan pequeña que podría estar escondida en cualquier sitio. Puso el cajón de pie, apoyado en la pared, y le dio una patada en la que desató toda la tensión que le saturaba. Con el impacto, los trozos de madera se desencajaron dejando al descubierto lo que había en el doble fondo: dos sobres, uno amarillo y otro blanco.

Abrió el blanco y sacó su contenido. Al verlo se mareó, vapuleado por la confusión.

144

Manjit estaba en casa trabajando. Era traductora y estaba transcribiendo al inglés un texto chino cuando sonó su *ePaper*.

—Dime, Adrián.

—¿Estás en casa? —le preguntó entre sollozos.

—Sí, ¿dónde estás tú? ¡¿Qué pasa?!

—Baja, por favor. —Su llanto sonaba como si formase parte de una tempestad.

Manjit salió corriendo. Llamó al ascensor con prisas, el sonido procedente de su hueco le indicaba que estaba en la planta baja, así que decidió bajar a pie para tardar menos. Saltaba los peldaños de dos en dos, agarrada a la barandilla para no caerse. Cuando iba por el tercer piso oyó que el ascensor pasaba por allí camino del quinto, desde donde ella lo había llamado. Siguió bajando y llegó a la puerta de Adrián. Puso el dedo sobre su *SmartKey* y la puerta se abrió. Hacía tiempo que habían configurado la cerradura

para que se abriese con el código que generaban las huellas dactilares de Manjit y de Mateo, por si acaso alguna
vez lo necesitaban.

Al entrar no le hizo falta preguntar dónde estaba
Adrián, solo siguió el sonido de su llanto. Llegó al dormitorio y vio el cajón roto y la ropa desperdigada sobre la
cama, donde él estaba sentado tapándose la cara con las
manos.

—¡¿Qué te pasa?! —preguntó asustada mientras iba a
sentarse a su lado.

—Está... está... está... —Se ahogaba al intentar explicarle lo que había encontrado pero tras tomar aire consiguió terminar la frase—: Estaba embarazada, África estaba embarazada. —Y le tendió la ecografía que había
encontrado en el sobre blanco.

En cuanto consiguió tranquilizarse, le mostró a Manjit
un informe que databa de hacía tres semanas en el que el   145
médico confirmaba que se encontraba en su tercer mes de
embarazo.

—¿No lo sabías?

—No. —Su ahogo había desaparecido y en su lugar
asomaba la desesperación.

—¿Y qué hay en el otro sobre? —Manjit no estaba
muy segura de si aquella era la pregunta acertada: por un
lado, intentaba cambiar de tema para que Adrián dejase de
pensar en la ecografía, aunque por otro, temía que el contenido del sobre amarillo, aún cerrado, fuese más nocivo
que el primero.

Lo abrieron juntos. Dentro había artículos de distintos
periódicos impresos en papel. Eran prácticamente los mismos que Ruy le había dado a Adrián cuando le mostró las
noticias sobre las muertes que al parecer habían sido debi-
das al cambio climático, aunque faltaban algunos. Entre
otros, no encontraron nada sobre Víctor Monzón. ¿Por

qué África tenía guardados esos recortes? ¿Qué sabía ella sobre aquella concatenación de muertes o asesinatos? Se fijaron en que algunas frases estaban subrayadas y en que varios papeles tenían un pequeño agujerito, la marca de una chincheta que indicaba que habían estado colgados en algún lugar. La pregunta era dónde y con qué finalidad. Adrián jamás los había visto en casa y, mucho menos, en una pared.

El último folio impreso no era un artículo de prensa, sino el contrato de alquiler de un piso a nombre de África. Adrián estaba tan nervioso que no era capaz de entenderlo, como si aquellas palabras escritas perteneciesen a una antigua civilización cuya piedra de Rosetta aún no había sido descifrada. Le pasó la hoja de papel a Manjit con manos temblorosas. Ella la recogió con miedo y comenzó a leerla. Estaba muy seria.

146 —África alquiló el piso de al lado hace cinco meses… —dijo con voz titubeante.

Adrián señaló en silencio y con las cejas alzadas en dirección al piso que estaba pegado al suyo.

Manjit le mostró sobre el contrato la fecha en la que había sido arrendado. Sí, era el piso que llevaba vacío desde hacía meses, más bien el que pensaban que llevaba vacío desde hacía meses. Él lo tomó incrédulo, con pulso vacilante, para observarlo con detenimiento. Jamás habría podido pensar que África pudiese ocultarle que había comprado un coche o alquilado un piso. Y desde luego, lo que jamás hubiese esperado es que le ocultase que estaba embarazada, ¿para qué? Si tarde o temprano lo iba a notar.

Su dolor no hacía más que crecer. Ya no solo había perdido a su mujer, ahora sabía que también había perdido a su primer hijo. Desde que se casaron, Adrián había querido tenerlo, pero África siempre se había negado y había tomado las medidas oportunas para evitarlo. No podía asimilarlo. Parecía que África hubiese estado llevando una doble vida a sus espaldas. No pudo evitar pensar de nuevo en un posible amante… ¿De verdad era tan despiadada como para quedar con otro en el piso de al lado arriesgándose a que él los descubriera? ¡No! Entonces, ¿qué escondía allí? ¿Es que aún tenía más secretos? Recordó de nuevo las palabras de Lucía Pardo «Su mujer sabía demasiadas cosas.» ¿Podría ser que utilizase el piso como una caja fuerte donde guardar todo lo que le había contado a Lucía?

Se levantó de un salto de la cama y salió corriendo de la casa seguido por Manjit. La puerta del piso de enfrente estaba cerrada, la empujó con la mano para cerciorarse de ello. No se movió ni un milímetro. Después supuso que África quizá habría configurado sus huellas dactilares para que también él pudiese abrirla, así que puso un dedo sobre su *SmartKey* esperando que la cerradura reaccionara. No ocurrió nada, se mantuvo celosamente sellada. Obviamente África no quería que él entrase allí, pensó Manjit con miedo a lo que pudiesen encontrar dentro. Entonces Adrián comenzó a dar patadas a la puerta para intentar en vano entrar por la fuerza.

—Para, Adrián, te vas a hacer daño. Ahora llamo a un cerrajero. ¡Para! —Intentó sujetarlo como quien intenta detener la venida de un río con las manos.

Agotado, entre jadeos y lágrimas, Adrián se derrumbó sobre el suelo sin reaccionar a ningún estímulo exterior.

El cerrajero llegó en quince minutos. Tras comprobar que el piso estaba alquilado a nombre de la mujer de Adrián, puso dos electrodos sobre la cerradura conectados a un receptor y reventó la seguridad que la bloqueaba.

Cuando Adrián y Manjit pasaron al interior se dieron cuenta de que alguien se les había adelantado. El piso apenas tenía mobiliario y lo poco que había estaba revuelto y tirado por el suelo. No les cabía la menor duda, *ellos* habían estado buscando lo que sea que África hubiese guardado allí.

En una de las paredes del salón observaron una serie de pequeños agujeritos. Supusieron que fue allí donde había colgado con chinchetas los artículos que habían encontrado en el cajón. Frente a la ventana desde la que se veía el andamio de la obra de enfrente, aún quedaban algunas chinchetas en la pared, sujetando pequeños fragmentos de papel que con anterioridad habían formado parte de un folio que, a todas luces, había sido arrancado con celeridad y violencia, a juzgar por los restos. Parecían formar un círculo en torno a un centro en el que otra chincheta estaba rodeada por varios hilos, algunos de ellos aún rotos, que conectaban aquel punto con las zonas donde antes habían estado colgados los folios, como si África hubiese trazado un mapa que apuntaba, convergiendo radialmente, hacia el centro de sus secretos. ¿Qué habría ocupado aquel lugar?

Manjit se quedó mirando por la ventana, asustada, atando cabos. Recordó las palabras de Mateo: «Creo que uno de los que lo asaltaron trabaja en el edificio de enfrente. Todas las mañanas los observaba desde el andamio.» ¡No los estaba espiando a ellos! ¡Era el trabajo que África estaba haciendo aquí lo que vigilaba con atención! Si ella hubiese cerrado las ventanas cuando estuvo aquí, ¡probablemente ahora estaría viva!

Él, aún nervioso, llamó a Ruy para que enviase a la Policía Científica y buscasen huellas o cualquier rastro de las personas que habían entrado allí.

Mientras esperaban, Adrián evocó la escena a su re-

148

greso del último viaje a Estados Unidos, a finales de julio. Aterrizó en Madrid a media mañana, dos horas más tarde de lo previsto. El avión había despegado con retraso de Washington D. C. por culpa de una fuerte tormenta que había dejado el aeropuerto con una capa de cinco centímetros de granizo. Era la última reunión que iban a mantener sobre el cambio climático antes del congreso que se iba a celebrar en Madrid. China y Estados Unidos seguían siendo los países que más CO_2 emitían a escala global, por lo que era de vital importancia llegar a un acuerdo con ellos para que pudiesen anexionarse al nuevo tratado que regularía esas emisiones.

Se sentó en el sofá a descansar, con los ojos cerrados, pues no había sido capaz de dormir en el avión. De pronto comenzó a escuchar pequeños golpecitos en el apartamento que estaba pegado al suyo, como si alguien estuviese clavando algo en la pared. A juzgar por el tiempo que tardaron en terminar, iban a colgar bastantes cuadros.

África llegó poco después de que los golpes cesasen, vestida con uno de los trajes que solía ponerse para ir a trabajar.

«¿Qué tal ha ido la reunión?», le preguntó.

«Bien, creo que bien. —Sonrió y le dio un beso—. ¿Qué tal tú? ¿Sabes que ya tenemos nuevos vecinos? Les he oído colgar cuadros, acaban de parar hace un momento.»

«Ah, ¿sí? —Un ligero tono de sorpresa apareció en su voz—. Pues a ver si son simpáticos, y no como los anteriores.»

Los policías, todos ellos sin uniforme, se distribuyeron por el piso en busca de cualquier tipo de pista que los ayu-

149

dase a entender qué había ocurrido. Encontraron centenares de huellas dactilares, casi todas de la misma persona, y unas pocas pertenecientes a una segunda. Les resultó muy fácil identificar las primeras, pues Adrián les había autorizado para acceder a los datos de identificación de África, donde pudieron comprobar que pertenecían a ella. Sin embargo, no había ningún perfil en la base de datos de la Policía con el que cotejar las segundas huellas, como si fuesen las de un fantasma.

La mayor parte de las que no estaban identificadas se concentraban alrededor de donde África parecía haber trazado aquel mapa radial. Un análisis más detallado reveló que ella había colgado primero los folios y después había escrito sobre ellos, por lo que quedaban impresiones en la pared de algunas de las palabras que había escrito, así que podrían recuperarlo, si no en su totalidad, sí al menos parcialmente.

150

La Policía escaneó toda la superficie para detectar las pequeñas hendiduras dejadas por el bolígrafo. Después la rociaron con un líquido que hizo visibles tenues marcas de tinta que habían calado por detrás del papel. Se podía distinguir con claridad que había una que destacaba sobre las demás: una línea vertical en el centro de la pared, repasada varias veces y trazada con más vigor que el resto. ¿Qué representaría aquella línea?, pensó Adrián.

Una vez unieron toda la información obtenida de los distintos análisis, en el *ePaper* del jefe de la Policía apareció de forma incompleta el mapa que había ocupado aquella pared. En el centro del mismo observaron lo que parecía una cara, similar a la que podría haber pintado cualquier niño pequeño, y en la mejilla derecha, la línea vertical que con anterioridad les había llamado la atención: el hombre de la cicatriz, pensaron todos. Desde su cara partían todos los hilos y la conectaban con aquello que había escrito en los folios: los nombres, algunos de ellos ilegibles, de las personas cuyas muertes recogían los artículos guardados en el cajón.

¿Quizá África había descubierto que el hombre de la cicatriz estaba detrás de aquellos fallecimientos que habían sido atribuidos erróneamente al cambio climático y, por tanto, se convertían en asesinatos? Arriba, a la izquierda de la imagen, en lugar de un nombre, ella había dibujado una interrogación, bien trazada y bien definida. Bajo ella se podía leer un texto corto e incompleto:

Ese hombre me sigue desde... [*fragmento perdido*].

Los [...] la formación de un huracán que [...] llegar a España. Creo [...] va a morir. ¿Quién? Temo por la vida de Adrián, él [...] Ruy también [...] ¿Dónde?

Es importante que Adrián no se entere de [...] su vida en peligro. Yo [...]

151

Adrián se fue a casa seguido de Manjit. Volvieron a su dormitorio. Él no dejaba de pensar en el hijo que había perdido sin saber que lo esperaba. No dejaba de pensar en África, en que ella temía por su vida. ¿Tan peligrosos eran los secretos que había descubierto? Sentía que no podía seguir, que todo su cuerpo se estaba rindiendo, que ya no soportaba más dolor.

Le pidió a Manjit que lo dejase solo, necesitaba asimilar tanto sobresalto. Ella, en silencio, le dio un beso en la frente sin añadir nada y se fue. Antes de salir de la habitación se volvió para mirarlo: se había abrazado a la ecografía y la tristeza derrumbaba su figura abatida.

Más tarde, una duda le asaltó con fuerza: ¿con qué medios había alquilado África el piso y comprado el coche? Quizá con la indemnización que recibió cuando la despidieron pudo haber pagado el coche, pero ¿y el alquiler del piso? Él no había echado en falta dinero en sus cuentas comunes del banco, aunque bien era cierto que su mujer era quien solía encargarse de la economía doméstica. Extrañado, se metió desde su ePaper en la aplicación del banco para consultar los movimientos de los últimos meses. Miró detenidamente los saldos, cada uno de sus pagos y facturas. Ella había estado desviando dinero de su cuenta a otra en la misma entidad bancaria. Lo había estado haciendo desde hacía siete meses. ¿Tanto tiempo llevaba África ocultándole aquello? ¿Cómo era posible que no se hubiese dado cuenta hasta ahora? ¿Tan ciego estaba? Adrián intentó acceder a la cuenta secreta de su mujer, pero estaba bloqueada y no podía hacerlo desde el *ePaper*, así que fue a la oficina del banco que tenía cerca de casa. Las paredes, acristaladas, le permitieron ver que había pocos clientes, así que lo atendieron en cuanto entró.

—Me gustaría comprobar la cuenta que mi mujer abrió hace siete meses. —Le mostró el número en su *ePaper* a la empleada.

Cuando lo introdujo en la pantalla frunció el entrecejo durante un instante y se dirigió a Adrián:

—Me temo que necesita una autorización de su mujer para poder ver esta cuenta.

—Está muerta —le contestó muy serio y bastante seco, no tenía tiempo ni ganas de andarse con rodeos.

A ella se le borró la expresión de indiferencia que hasta entonces tenía, a la par que afloraba entre las arrugas de su cara el corte que se había llevado.

—Lo… siento. Si me permite un momento, voy a consultar con el director.

Se levantó y fue hacia un despacho. Llamó, entró y cerró la puerta. Tras unos segundos la volvió a abrir y desde allí llamó a Adrián:

152

—Si no le importa, pase aquí para que el director le atienda.

Antes de que se sentara, este le tendió la mano y le ofreció su ayuda. Tras comprobar los datos de Adrián, procedió a desbloquear la cuenta de África y le envió a su *ePaper* una copia de los pocos movimientos que se habían hecho desde ella. Había pagado cinco mensualidades del alquiler del piso que estaba junto al suyo, la entrada del coche y había más de una veintena de facturas en los últimos siete meses de la tienda donde habitualmente revelaba sus fotografías. A Adrián le extrañó que hubiese estado pagando dichos revelados desde allí, pues también los había visto en sus cuentas comunes.

La tienda no estaba lejos y conocía al dueño, más de una vez había ido a recoger las fotografías de África cuando ella no podía, así que se acercó para preguntar.

—¡Hombre! —le saludó el encargado—. Os estaba echando de menos, me extrañaba que no vinieseis a por el pedido de África si era tan urgente como me dijo —apostilló con tono jocoso; aquel hombre siempre estaba de buen humor—. ¿Cómo estáis?

Adrián inspiró sin ser capaz de contestar, incluso sin querer hacerlo. Solo ansiaba ver cuál era el pedido tan importante que África le había encargado.

—Liados..., no hemos tenido tiempo. ¿Cuándo te lo dejó? —Su seriedad caló en el dependiente, que perdió su sonrisa intuyendo que algo le pasaba.

—El martes de la semana pasada. Si me das un minuto, te lo traigo. —Desapareció en la trastienda.

Tras unos instantes reapareció con un sobre de grandes dimensiones entre sus manos. Debía medir como un metro de ancho por uno de largo.

—¿Cuánto es? —le preguntó Adrián.

—No te preocupes, me lo dejó pagado.

153

Fue corriendo hasta casa y lo abrió sin perder un instante. Era una fotografía de la pared del piso donde había trazado el mapa que convergía en el hombre de la cicatriz, ahora dibujado en un papel colgado en el centro. Su cara era tal cual la había visto en la imagen que la Policía recuperó de la pared, con la cicatriz repasada varias veces en la mejilla derecha. Desde él salían varios hilos que lo unían con la fotografía de otros hombres, todos ellos muertos. Sus ojos buscaron con rapidez el papel donde había dibujado una interrogación, y bajo la cual escribió el mensaje que recuperaron de forma incompleta, aunque era bastante más corto que el recuperado en la investigación policial. Sin duda había seguido escribiendo después de hacer la fotografía. Cogió una lupa y comenzó a leer:

Ese hombre me sigue desde hace dos meses. Creo que mató a los demás, quizá ellos descubrieron lo mismo que yo.

¿Por qué había hecho una foto de la pared y había querido positivarla en gran formato? ¿Es que temía que la fuesen a encontrar? ¿Esperaba que si así fuese, todos sus hallazgos quedasen a salvo en la tienda de fotos esperando que alguien, tarde o temprano, los localizase? Era evidente que África, tal y como le había dicho Lucía Pardo, la viuda de Monzón, sabía demasiadas cosas y había descubierto demasiados secretos, y demasiado peligrosos. ¿Por qué se los había confiado a Lucía en vez de a él? ¿Qué relación las unía? Le faltaban tan solo unas horas para descubrirlo, en la fábrica se lo contaría todo.

Unas horas más tarde, Adrián volvió a repasar la nota que le había dejado Lucía en el hostal de Belvís de Monroy: «No confíe en nadie. Venga solo y asegúrese de que nadie lo sigue». Manjit le había pedido de todas las formas posibles que no fuese solo, temía que le pudiese pasar algo, pero él temía aún más que aquella mujer se asustase si veía que alguien lo acompañaba y desapareciese llevándose con ella los secretos de África.

Para tranquilizar a Manjit, vinculó su GPS con el *ePaper* de ella, de modo que así podía seguir la posición exacta en la que se encontraba Adrián a cada instante. No estaba muy convencida de aquel método, ya que si necesitaba ayuda no estarían cerca ni ella ni Mateo. Había pensado en seguirlo con el coche, pero Adrián la conocía muy bien y la obligó a prometerle que no iría tras él. Ella aceptó a regañadientes.

Faltaban seis horas para las nueve de la noche y aún buscaba la forma de asegurarse de que nadie lo siguiera. Había mirado callejeros, horarios de trenes, autobuses y metros. Quería encontrar la forma de borrar su rastro. Para ello ideó un itinerario caótico en el que nadie sería capaz de seguirlo, aunque tendría que salir con tiempo de sobra y contar con la puntualidad del transporte público, en la que no confiaba demasiado.

Salió de casa a las seis en punto de la tarde. Escudriñó la calle, primero a izquierda y luego a derecha. Nadie parecía estar esperándolo. Tan solo encontró rastros de rutina en el caminar de los peatones, nada que llamase su atención.

Se encaminó entonces hacia la parada de autobuses que estaba a tres manzanas de su casa, mirando de vez en cuando hacia atrás, desconfiado. Nadie lo seguía. Mientras tanto, hablaba con Manjit a través de sus *Screen-Glasses* y le informaba de dónde estaba en cada instante a la par que ella contrastaba su posición con la que le ofrecía el GPS.

—Funciona perfectamente, Adrián —le dijo mientras

155

comprobaba en internet el historial de todos los artículos que África había ido recopilando, por si encontraba algo más que fuese de ayuda.

Cuando llegó a la parada, el autobús apareció puntual a la hora prevista, las seis y cinco de la tarde. De momento, su plan comenzaba bien. Estaba a punto de descubrir los secretos de África.

11

*H*oras antes Manjit subió a casa desanimada. Había dejado a Adrián hundido, abrazando la ecografía que había encontrado en el cajón. Estaba demasiado preocupada por él y no le gustaba nada que fuese a ir él solo a aquella fábrica abandonada donde iba a encontrarse con Lucía. Entendía que necesitara descubrir todo lo que África le había ocultado, pero parecía que no se daba cuenta de lo peligroso que aquello podría resultar. Odiaba haberle prometido que no lo seguiría. La idea de vincular el GPS de Adrián con su *ePaper* la tranquilizaba en cierta medida, aunque... ¿y si allí no había cobertura?

—Adrián ha encontrado una ecografía que África tenía escondida —le contó a Mateo, al que había llamado con sus *ScreenGlasses*.

No les hizo falta proseguir. Cada uno ya había entendido lo que el otro barruntaba. Sin duda, los dos barajaban la opción de que el niño no fuese de Adrián, aunque había sospechas que era mejor no pronunciar en voz alta, especialmente en un asunto tan complejo y delicado como aquel.

—Adrián sigue empeñado en ir solo a la fábrica. Vamos a vincular nuestros *ePaper* para saber en cada momento dónde está por si pasase algo. Quiero ir a la fábrica para comprobar la cobertura que hay dentro. ¿Me acompañas?

—Claro, voy para casa ahora mismo.

Aparcaron junto a la puerta principal, cerrada a cal y canto. Todo estaba en calma y el silencio quemaba. Hacía demasiado calor y casi no había sombra bajo la que refugiarse. Tras haber vinculado su *ePaper* con el de su marido, como antes lo había hecho con Adrián, Manjit entró en la fábrica por un hueco que había en uno de sus muros mientras Mateo desde fuera comprobaba que no perdía la señal en ningún momento. Ella se movió por todo el interior sin darse cuenta de que alguien la observaba escondido tras una pared medio derruida que había al fondo, sosteniendo una pistola entre sus manos. Manjit estaba demasiado ocupada comprobando la cobertura para reparar en la sombra que a unos metros de ella la estaba fotografiando. El hombre, sin soltar el arma, adjuntó las imágenes a un correo y escribió sobre el teclado virtual: «Ella está aquí».

Inmediatamente recibió una respuesta: «¡QUE NO TE VEA! Si te descubre, se estropearía todo».

Manjit siguió caminando y cruzó la pared a medio caer que estaba junto a ella. Allí también había cobertura, al igual que en el resto de la fábrica. Levantó la mirada de su pantalla. El antiguo recinto industrial estaba lleno de basura. De pronto, comenzó a tener una percepción extraña, como si alguien la estuviese observando. Un escalofrío recorrió su espalda. Registró el hueco tras la pared caída. Allí no había nadie.

Una vez que se fueron Mateo y Manjit, la sombra reapareció por una puerta que estaba oculta en el suelo y continuó trabajando tal y como estaba haciendo antes de que lo interrumpiesen. Tenían que preparar el recinto para cuando llegase Adrián.

—¡Ya puedes salir! ¡Se han ido! —le gritó a su compañero.

Una puerta, al fondo de la fábrica, se abrió y apareció el hombre de la cicatriz. Sus ojos avizores miraron hacia el hueco del muro por donde había salido Manjit de la fábrica. Se quedó pensativo, sin mover un solo músculo de la cara. En las últimas treinta y seis horas algunos elementos habían escapado a su control, lo que lo había obligado a tomar cartas en el asunto. Primero había tenido que eliminar a Lucía Pardo por haber intentado hablar con Adrián y ahora, si Manjit y Mateo seguían inmiscuyéndose en sus asuntos, también les tocaría el turno a ellos.

12

$\mathcal{A}$ntes de subir al autobús, Adrián había configurado sus *ScreenGlasses* para fotografiar y reconocer el rostro de cada pasajero. Esperó a ser el último y subió.

Había decidido ir al aeropuerto y allí alquilar un coche con el que llegar a la fábrica. No había querido ir en el suyo propio porque pensó que, si era cierto que aquellos extraños lo controlaban todo, les resultaría más difícil seguirlo con el plan que había ideado. Eligió la ruta más larga e ilógica de todas las que había encontrado, la cual incluía cinco transbordos. Nadie escogería esa ruta para llegar a Barajas a menos que lo estuviese siguiendo. Sus *ScreenGlasses* irían almacenando en su memoria virtual las fotos que tomasen de los pasajeros en cada autobús al que subiese y las compararían entre sí. Si alguno de ellos era fotografiado en distintos trayectos, la pantalla de sus gafas le mostraría un aviso que solo él vería, lo cual le daría cierta ventaja que esperaba poder aprovechar para desaparecer y llegar al aeropuerto sin nadie pisándole los talones.

Recorrió el pasillo del autobús despacio, mirando a un lado y a otro. Controlaba cómo sus gafas localizaban cada cara y las cercaba con cuadros amarillos que pasaban a ser verdes cuando habían sido fotografiadas.

Cuando las puertas estaban a punto de cerrarse, una chica llegó corriendo con el tiempo justo para subir. Adrián se giró para mirarla y sus gafas la fotografiaron. Vestida con *SmarClothes* de colores claros, avanzó por el pasillo y se sentó detrás de él. Se la veía sofocada y sus mejillas mostraban un tono rojizo que reflejaba el calor que hacía y la carrera que se había dado para coger el autobús.

Tras recorrer varias calles, Adrián miró su reloj: todo iba bien, el tráfico era fluido y el autobús estaba cubriendo su trayecto en el tiempo estipulado. Si todo salía según lo previsto, en cinco minutos llegarían a una parada donde debería estar esperando el 32, el segundo autobús que tenía que coger. Cuando llegaron, se bajó y de nuevo esperó a ser el último en subir al 32; era más fácil fotografiar al pasaje cuando todos estaban ya acomodados.

De pronto, ¡una coincidencia! Alguien del otro autobús había subido también a este. No le habría hecho falta que sus gafas lo avisasen, reconoció de inmediato a la chica que había subido con prisas. ¿Por dónde había entrado ahora? Estaba seguro de que no lo había hecho por la puerta delantera, pues estuvo observando con cautela a cada persona que subía. Supuso que se habría colado por la puerta trasera aprovechando que estaba abierta para que salieran los pasajeros que tenían que bajar allí. Había elegido una ruta en la que fuese difícil coincidir más de dos veces con una persona. A pesar de que incluso ese azar tenía un margen de probabilidad, empezó a ponerse nervioso. Coincidencia o no, su intuición le decía que tenía que librarse de esa mujer lo antes posible, no sin antes ponerla a prueba. Fue hacia ella y se sentó a su lado, junto a la puerta trasera. Él, en el asiento del pasillo y ella en el de la ventanilla.

—¿Tienes hora?

161

Ella lo miró a los ojos y negó con la cabeza sin decir una palabra. A priori no parecía muy sospechosa, no obstante lo comprobaría en la siguiente parada. De momento había conseguido que sus gafas la fotografiasen de cerca y de frente. En caso de que aquella extraña resultase sospechosa le enviaría la foto a Ruy en cuanto pudiese para que ordenase que la identificasen.

Pasados un par de minutos, el autobús volvió a detenerse junto a una marquesina. Las puertas de atrás se abrieron. Adrián observó a su acompañante con el rabillo del ojo, por si hacía el ademán de salir. Esperó, ningún movimiento en su cuerpo le indicó que fuera a hacerlo. Después dirigió su atención a las puertas, que seguían abiertas. En cuanto empezaran a cerrarse, saldría corriendo de allí sin previo aviso, para cogerla desprevenida. Los últimos pasajeros subieron y se oyó el sonido que ponía en marcha el cierre de la salida. En ese momento se precipitó hacia ella deseando ser lo suficientemente rápido para no quedar atrapado entre las puertas.

Ya en la acera, miró hacia atrás enseguida: la chica se había levantado y había intentado salir detrás de él. La vio golpear los cristales e increpar al conductor para intentar bajarse, aunque ya estaban en marcha y aquel no atendió a sus gritos.

Adrián empezó a correr en sentido opuesto, no quería darle tiempo a que consiguiese bajar y lo pudiese encontrar. Al cruzar la calle encontró un taxi libre, lo paró y le indicó el aeropuerto como destino.

En ese momento lo llamó Manjit:

—¿Pasa algo, Adrián? Te has desviado de la ruta que me dijiste.

Habían quedado en que Manjit siguiese desde su *ePaper* también el trayecto hasta el aeropuerto por si se presentaba algún problema.

—No, es que todo está yendo bien y he decidido coger un taxi para llegar antes —mintió para que ella no se preocupase y no decidiera salir tras él. No podía arriesgarse.

—De acuerdo, si hay alguna novedad me avisas.

—Claro, cuenta con ello.

Hasta llegar al aeropuerto no dejó de mirar hacia atrás: ningún coche los seguía.

Sus planes se habían adelantado y ahora le sobraba tiempo. No podía dejarse ver, así que en la terminal se ocultó tras una columna que estaba resguardada por una pared. Se sentó allí a esperar mientras con sus *ScreenGlasses* escaneaba la cara de cuantos había a su alrededor: no hubo ninguna coincidencia con las imágenes registradas en los autobuses. Había conseguido escapar de *ellos*.

Aprovechó entonces para enviarle a Ruy la imagen de la extraña a la que había fotografiado en el autobús y le escribió: «Me estaba siguiendo, comprueba quién es y si está fichada por la Policía, por favor». No le dijo nada sobre su idea de reunirse con Lucía. No deseaba que se inmiscuyese en sus planes.

Seguía avizor, en un estado constante de alerta por si tenía que salir corriendo. Un grupo de adolescentes pasó a su lado en dirección al servicio. Con disimulo se mezcló entre ellos con el propósito de esconderse en los aseos. Por el acento inglés con el que hablaban, sus gorras y su altura, debían de ser los jugadores de un equipo estadounidense de baloncesto. Bajó la cabeza y trató de no llamar la atención, aunque algunos de los muchachos lo miraron extrañados y se alejaron de él.

En cuanto entró a los baños, se encerró en uno de los cubículos. No era el mejor sitio para estar, olía demasiado a producto químico, pero al menos allí nadie podría verlo.

163

Mientras tanto, aprovechó para escribir a Manjit y asegurarle que todo iba bien. Ella le contestó que estaba buscando información sobre los recortes que África tenía guardados. Había lanzado una búsqueda con las frases que estaban subrayadas y resultó haber cierto paralelismo entre todas las muertes de las que hablaban los artículos. Todos los fallecidos estaban vinculados a Gobiernos que habían emprendido medidas enfocadas a preservar el medio ambiente y a posibilitar un crecimiento sostenible de sus economías.

Pasada una hora, pensó que ya era el momento de abandonar su escondite. Abrió la mochila que llevaba colgada a la espalda y se cambió de ropa para evitar que cualquiera que lo hubiese visto entrar al servicio le pudiese reconocer fácilmente. Se afeitó la barba que en los últimos días había dejado crecer y se puso una gorra con la bandera británica en la visera. Después, en el menú de sus *ScreenGlasses,* eligió oscurecer los cristales para que pasaran por unas gafas de sol y ocultasen así parte de su cara. Por último, desdobló la mochila y extrajo dos ruedas y unas asas que tenía replegadas, dándole el aspecto de una maleta de viaje. Parecía que acabase de aterrizar en Madrid y se dispusiese a salir del aeropuerto. Cualquier precaución le parecía poca.

Se dirigió entonces a la empresa de alquiler de coches. Sus esfuerzos por camuflarse habían dado resultado, pues el dependiente lo saludó en un inglés átono, lo que denotaba que no era su lengua materna aunque la dominaba con soltura.

—Puedo hablar español. —No quiso contestar en inglés, aunque también él lo hablaba sin problemas, porque su acento y, sobre todo su pasaporte, lo delatarían.

Tras haber arreglado los papeles del alquiler, le entregó las llaves y le indicó el número de la plaza del aparcamiento donde encontraría su coche. Lo encontró a la sombra y pese a ello, el calor en su interior era insoportable.

Conectó el aire acondicionado e introdujo las coordenadas de la fábrica en el GPS. Una flecha virtual proyectada sobre la carretera a través de sus *ScreenGlasses* le mostró el camino, aunque según le indicó el GPS tardaría en llegar un poco más de lo habitual debido a un atasco. No era un retraso importante y ya había planificado algún contratiempo, así que no se alteró demasiado.

Eran las 20:35 cuando sus gafas le indicaron que había llegado a su destino, diez minutos más tarde de lo que tenía previsto. Aun así, contaba con tiempo de sobra para estudiar sobre el terreno las distintas vías de escape por si algo saliese mal.

Estaba solo. Aparcó el coche y se quedó dentro para llamar a Manjit.

—Ya he llegado y de momento aún no veo a nadie por aquí.

—Ten cuidado, y si pasa algo llámame enseguida, ¿de acuerdo?

—Sí, no te preocupes. Voy a dar una vuelta a la fábrica por si ya estuviese aquí Lucía. Te llamo cuando termine de hablar con ella, ¿vale?

—Sí. Y por favor, ¡ten mucho cuidado!

Salió del coche y se aseguró de haberlo cerrado. Inspiró nervioso y empezó a inspeccionar la zona; el suelo de aquel recinto estaba encharcado de miedo y se empapaba de él con cada una de sus pisadas. Se le hacía demasiado difícil avanzar por aquel lodazal de inseguridad que se aferraba a sus pies, inmovilizándoselos.

Se detuvo para mirar con detalle la instalación de la fábrica. Los cristales de la mayoría de las ventanas estaban rotos o directamente no estaban. En su lugar había tablones grises medio desprendidos, sobre los cuales se había sedimentado demasiado tiempo de abandono, decolorando la madera. Las paredes, con acabado de ladrillo rústico, habían sido violadas por horrendos grafitis y por las huellas negras que habían dejado las llamas de algunas hogueras. El edificio principal estaba rodeado de basura y de hierbajos que acusaban la sequía con brillantes colores dorados. Todas las puertas aguantaban cerradas al embate del vandalismo, aunque visiblemente deterioradas. Se asomó al interior por un trozo de muro que alguien había tirado tiempo atrás, dejando el suelo regado con algunos ladrillos que aún estaban desparramados al pie del boquete.

Dentro, el panorama no era mucho más alentador: había escombros en cada metro cuadrado, tablones y bolsas de plástico tirados por doquier, incluso restos putrefactos de comida sobre los que volaban centenares de insectos iluminados por la luz del sol que entraba por las desvencijadas ventanas.

Una puerta y un muro a medio caer, al fondo, le indicaban que aún no lo había revisado todo, pero no se atrevía a entrar.

Oyó un ruido fuera. Se giró asustado para mirar. Solo era un gato que salió corriendo al ver la brusquedad con la que Adrián reaccionó. Seguía solo en mitad de aquel recinto siniestro. Volvió al coche y se sentó a esperar que el tiempo pasase.

Miró su reloj: las 20:43. Decidió rodear la fábrica mientras esperaba, por si Lucía estuviese ya en la otra parte. Le daba tiempo de sobra para volver allí a las nueve en punto, incluso antes.

Las otras caras de aquella instalación industrial parecían aquejadas de la misma enfermedad que la fachada principal. El abandono había tomado por la fuerza aquellos muros, y tras ganar la batalla se instaló como señor feudal que imponía su propia ley.

Cuando volvió a la entrada principal vio a un hombre. Estaba fumando con una pierna apoyada en el muro. Adrián se quedó petrificado. ¿Quién era? ¿Qué hacía allí? Lo iba a estropear todo. Mientras daba una calada al cigarro, giró la cabeza con desgana hacia él y arqueó sus cejas a modo de un vago saludo impersonal, tras lo cual devolvió la mirada al frente, al infinito. Entonces, Adrián, asustado y nervioso, se fue caminando hacia el coche sin perder de vista al fumador, que no parecía querer ser molestado. Ya más cerca de él, pudo ver que sus ojos estaban más juntos de lo habitual y que su nariz se estrechaba en la parte más alta, en forma triangular. No lo reconoció, pues Mateo no le había descrito al técnico que vio arreglando el ascensor la noche en la que lo atacaron.

Llegó a su vehículo de alquiler y se apoyó sobre el capó. Continuaba mirando a aquel extraño, aunque parecía que él no tuviera el más mínimo interés en Adrián. ¿Quién sería? ¿Lo habría citado también allí Lucía?, se preguntaba mientras comprobaba en el reloj que faltaban cinco minutos para su cita. Tenía miedo de que la visita de aquel fumador se convirtiese en un problema: «Venga SOLO y asegúrese de que NADIE lo sigue», le había dicho la viuda de Víctor Monzón en el mensaje que le envió.

Pasaron dos minutos más. La calma que reinaba a su alrededor se había convertido en tensa inquietud dentro de Adrián. El extraño terminó su cigarro, miró su reloj y volvió a encender otro. Parecía estar abstraído y ajeno al resto del mundo.

Las 20:59. Ni rastro de aquella mujer. Adrián se ahogaba entre las dudas y el miedo, tenía ganas de salir corriendo, la situación comenzaba a no gustarle, pero la ne-

167

cesidad de saber lo que Lucía tenía que contarle mantuvo sus pies anclados al suelo. Sacó su *ePaper* y llamó al número desde el que había recibido el mensaje de la convocatoria. Dejó que sonaran todas las llamadas. Lo intentó varias veces sin que nadie lo cogiera. Decidió esperar cinco minutos más y, en caso de que no llegase, montar en el coche e irse lo más rápido que pudiese.

Las 21:00. La silueta de un coche emergió difusa en el horizonte y parecía dirigirse hacia allí. Quizá fuese ella, pensó aliviado. Entonces el extraño miró su reloj, tiró el cigarro al suelo y lo pisó. Acto seguido miró a Adrián fijamente hasta que sus ojos coincidieron. Una vez se aseguró de que le prestaba atención a él en vez de al coche que llegaba, caminó hacia el hueco del muro y entró dentro de la fábrica. Fuera, todo quedó en un silencio abrasador.

Sin dejar de mirar al boquete por el que el hombre había desaparecido y del que parecía manar el tufo de un peligro escondido, Adrián intentó localizar al coche que se estaba aproximando y que ahora se había perdido en la distancia.

Las 21:02. Su paciencia comenzaba a agotarse. Quería salir corriendo de aquel lugar y al mismo tiempo sentía la imperiosa contradicción de esperar a Lucía para hablar con ella. Desbordado por un tsunami de impulsos que le impedían irse y que a la par le aconsejaban no quedarse, volvió a mirar su reloj. «Tres minutos más y me voy», pensó. A punto estaba de hacerlo cuando la cabeza del extraño apareció tras el muro.

—¿Vas a entrar o no, Adrián? Te estamos esperando. —El gesto de su mano le indicaba que pasase de una vez al interior de la fábrica, adonde regresó de inmediato.

Aquellas palabras, tan imprevisibles como sospechosas, le impactaron tanto que creyó que su pecho iba a quebrarse por la fuerza con la que le latía el corazón. ¿Quiénes me estáis esperando? ¿Tú y Lucía? Y si es así, ¿por qué no ha salido ella en vez de tú?, se preguntó. Quizá Lucía había estado dentro todo el tiempo, probablemente tras la puerta que había al fondo. Sea como fuera, comenzaba a aflorar su sentido de supervivencia y este le decía que se alejase de allí lo más rápido posible. Sin embargo, aquel extraño conocía su nombre y sabía la hora a la que lo habían citado allí, lo que le hizo suponer que habría venido para acompañar a la viuda de Monzón.

Ahogado por las dudas, dio el primer paso.

«Vamos», se imaginó a África a su lado imprimiéndole confianza, mientras un torrente de adrenalina recorría sus venas.

Siguió adelante con pasos cautelosos. Primero uno, despacio, luego otro y otro más, todos llenos de confusión e inseguridad. Se situó frente al boquete del muro, a una distancia prudencial por si tenía que salir corriendo, y miró dentro. No había nadie.

—¿Hola?

Silencio.

«¿Qué hago? ¿Entro o me voy?», pensaba sin que ninguna opción le pareciera aceptable. Decidió continuar. Si aquel hombre le hubiese querido hacer daño, ya se lo habría hecho.

En el *ePaper* Adrián no era más que un punto rojo que se movía sobre un mapa y al que Manjit no perdía de vista. Observó cómo, despacio, se acercaba a la entrada de la fábrica, allí permaneció inmóvil durante unos segundos, tras los cuales desapareció. Manjit se sorprendió. Sabía que el GPS tenía cobertura en todo el recinto, por lo que haber dejado de recibir la señal de Adrián no indicaba nada bueno. Reinició el *ePaper*, por si pudiese ser un fallo

169

del sistema. La pantalla se quedó en negro, con un círculo rojo en el centro donde puso su dedo índice con rapidez. Al reconocer su huella dactilar, el sistema accedió de nuevo a su memoria virtual. Los pocos segundos que tardó en cargarse la aplicación rozaron la eternidad para ella. Cuando todo estuvo en funcionamiento, y sin perder un instante, pidió que volviese a localizar la señal de Adrián.

«Buscando usuario», le indicó la pantalla.

Pasó un segundo, dos..., quince..., treinta. Aquel tiempo de espera no era normal.

«Usuario no encontrado»

Se quedó sin respiración. Algo le había pasado. Estaba segura. ¿Lo habrían seguido a pesar de tanta precaución? Se recriminaba a sí misma no haberlo acompañado, ¿cómo podía haberle prometido que no lo iba a seguir? No se lo iba a perdonar en la vida. Intentó llamarlo sin éxito, pero una locución advertía que la persona con la que estaba intentando contactar no se encontraba disponible. Llamó de nuevo. El mismo resultado. Siguió intentándolo sin éxito hasta cinco veces más.

—Voy a avisar a la Policía, sigue tú llamando a Adrián por si tuvieses más suerte —le dijo a Mateo.

—La Policía no va a ir a la fábrica solo porque haya desaparecido su señal del GPS —trató de razonar Mateo, que también estaba asustado.

—Sí van a ir —respondió ella con seguridad—. Tú sigue intentando localizar a Adrián, por favor.

Dos segundos más tarde la Policía ya estaba atendiendo su llamada.

—¡Oiga, deprisa! He oído unos disparos en la fábrica abandonada que hay a las afueras de Alcalá de Henares. Parece que hay dos hombres. —No le hizo falta simular un tono de urgencia para darle credibilidad a la denuncia, pues estaba muy nerviosa.

—Vamos para allá de inmediato —le indicó un agente.

Mateo la miraba estupefacto. ¿Había mentido a la Policía? No podía creerlo, pero al menos había conseguido que fueran a ayudar a Adrián.

—Nosotros vamos también —le dijo.

13

*E*n el trayecto hacia la fábrica, y tal y como Adrián le había pedido que hiciera si las cosas se complicaban, Manjit llamó a Ruy para ponerle al tanto.

—Manjit, ¡daros la vuelta! ¡Ahora! Inmediatamente mando a un equipo que vaya para allá. Llegarán en una media hora. ¡No hagáis tonterías, puede ser peligroso! De la seguridad nos encargamos nosotros, ¡no os acerquéis a la zona! —le advirtió Ruy, pero Manjit le respondió colgando.

Ya había prometido una vez no ir a la fábrica y se arrepentía profundamente, así que no lo iba a aceptar por segunda vez. Si Adrián tenía problemas, ellos llegarían antes que el equipo de Ruy y unos minutos de diferencia podían ser la diferencia entre la muerte y la vida.

Ruy Vidal y Manjit se conocían desde hacía varios años. A ella nunca le llegó a caer bien del todo. Le veía altivo, con cierto aire de prepotencia y nunca había conseguido congeniar con él, por lo que en las pocas veces que habían coincidido rara vez habían mantenido una conversación superior a cinco minutos.

El GPS les indicó que habían llegado a su destino. A lo lejos vieron el coche de la Policía marchándose de allí. Estaban solos. «Ojalá lleven a Adrián con ellos», pensó Manjit. Lo volvió a llamar y obtuvo el mismo resultado que antes. Mientras tanto, Mateo miraba en todas direcciones con miedo a que el supuesto técnico apareciese de la nada, como aquella noche. Asegurándose de que estaban echados los seguros de las puertas y que estas no se podrían abrir desde fuera, rodearon aquel recinto en busca de Adrián. Iban despacio, observando con suma atención. No encontraron ni rastro de su amigo ni del vehículo que había alquilado en el aeropuerto. Tras haber dado la vuelta entera, aparcaron frente al boquete del muro y encendieron las luces para iluminar el interior. Tampoco allí dentro parecía haber nadie.

Manjit abrió la puerta para bajarse.

—Espera, ¡¿qué haces?! —le dijo Mateo con brusquedad y lo más bajo que pudo, por miedo a que pudiesen oírlo aquellos a quienes tanto temía.

Ella lo miró sin saber muy bien qué contestar. Tenía miedo y solo había seguido su instinto de protección al abrir la puerta. Sabía tan bien como Mateo que aquello era peligroso, pero tenía la necesidad de ayudar a Adrián. Volvió a cerrarla y se acercaron un poco más con el coche al hueco que había en el muro. El sol ya había comenzado a ocultarse y los faros del coche eran lo único que iluminaba la fachada que tenían delante. En el interior, la luz que se colaba por el boquete proyectaba unas sombras oscuras, largas y penetrantes, como si hubiesen despertado a los fantasmas que allí dormían. Se miraron.

—¿Y ahora qué hacemos? —preguntó Manjit, que no sabía si salir, esperar al equipo de Ruy o qué otra cosa hacer.

—No sé… —También él tenía miedo—. ¿Nos bajamos sin alejarnos mucho del coche?

Cada uno abrió su puerta, despacio, y salieron sin cerrarla por si tenían que volver corriendo.

—Quédate un poco más atrás mientras me asomo, así controlamos el interior y el exterior a la vez. —Mateo aún susurraba mientras sus pasos se dirigían titubeantes hacia el boquete.

Miró dentro. Salvo las sombras que se volvían demasiado tenebrosas, no había mucho más.

—¿Adrián? —gritó por si el sonido le mostraba lo que la luz escondía.

Un eco falto de solidez buscó a su amigo mientras se diluía entre cada rincón. Después, el silencio.

—¡Adrián! —también Manjit lo llamaba a voces.

La falta de respuestas adulteraba el sentido de sus gritos, por lo que los dos callaron tras haber vociferado su nombre varias veces más.

—Aquí no hay nadie.

—No sé qué más podemos hacer. —Manjit negaba con la cabeza.

—Vamos a volver al co…

—¡Calla! —le interrumpió Manjit, que creyó haber oído algo.

Quedaron en silencio, aguzando el oído. El sonido se acercaba a ellos.

—Viene un coche…

Era uno eléctrico. Su motor no hacía ruido y solo se escuchaba su rodar por un suelo pedregoso. Antes de que hubiesen podido volver a entrar en el suyo, el otro coche apareció por la esquina y se detuvo. Inmediatamente encendió sus potentes faros en dirección a Mateo y Manjit. Cegados, se pusieron las manos sobre las cejas a modo de visera y entornaron los ojos para distinguir algo. Fue inútil.

Los miró despacio, sabía que no podían verlos con las luces encendidas. Primero la Policía y ahora ellos. Todo debería haber sido más sencillo, pero estaba acostumbrado a que las cosas se complicasen. Marcó un número en el *ePaper* y mientras sonaban los tonos de la llamada, se llevó la mano a la mejilla recorriendo con los dedos la cicatriz que la dividía en dos. Al tacto, su textura era similar a la de la silicona.

Al otro lado de la línea alguien aceptó la llamada pero se quedó en silencio, como era habitual cuando lo llamaba a él.

—Manjit y Mateo han venido otra vez. —Sus palabras sonaban graves y roncas, adecuadas a sus facciones.

—Que no os sigan —contestó un hombre de voz quebrada y áspera como una lija, tras lo cual colgó.

Sacó una pistola y bajó su ventanilla mientras le dio la orden al conductor para que arrancase.

Ruy estaba descompuesto, ¡Manjit le había colgado a modo de respuesta a sus advertencias! Todo ese asunto comenzaba a escapársele de las manos. Esta era la segunda desaparición que le notificaban en menos de tres horas. Era evidente que la organización de extorsionadores había vuelto a mover ficha y ya estaban preparando el jaque mate, pero él nunca había sabido cómo responder a sus jugadas. Estaba seguro de que el siguiente sería él, aunque Manjit y Mateo habían decidido adelantársele. ¿Cómo podían ser tan tercos? ¡Les había avisado que era peligroso! Con ellos allí la operación de rescate se convertía en un riesgo, pero tenía que asumirlo, había mucho en juego.

Sin perder un minuto, y tras haber hablado con Manjit, pidió dos equipos. Uno armado, para que fuese de inmediato a la fábrica, y otro para que rastrease los últimos pasos de Adrián desde que salió del autobús. Quería conocer cada paso que hubiera dado desde que perdieron contacto con él: dónde se había escondido, con quién había hablado…

—Y lo quiero ¡ya! —dijo dando un puñetazo en la mesa, infectándola de su ira.

Ruy había asignado una escolta a Adrián para que lo siguiese allá donde fuese, pero le perdieron la pista cuando él la descubrió en el autobús y se dio a la fuga. Ahora ella también estaba en paradero desconocido y temían que si Adrián la había desenmascarado, también lo hubiese hecho aquel grupo de extraños al que no lograba dar captura, por lo que ahora podría estar secuestrada o, mucho peor y mucho más probable, muerta.

Después supieron que Adrián estaba en el aeropuerto. Había saltado una alarma de localización cuando usó su *ePaper* para pagar un coche de alquiler, pero desconocían adónde se dirigía con él. ¿Por qué se lo estaba poniendo todo tan difícil?

—El equipo ya está listo para salir —le informaron.

Bajó la escalera y los acompañó. Sabía de sobra que no tenía que mezclarse físicamente en el asunto y sentía cierto miedo de hacerlo pese a ir escoltado por su propio equipo, pero si Manjit y Mateo aún seguían en la fábrica cuando llegasen, tendría que reconducir la situación por el mejor camino posible, si es que había alguno que fuese bueno.

Se metió en la parte trasera del furgón, intentando que nadie lo viese allí, no quería comprometer su carrera política. Notó cómo se ponía en marcha y por un instante se vio tentado a rezar para que todo saliera bien, pero rápidamente desestimó la idea: hacía tanto tiempo que no se dirigía a Dios que ya había olvidado la forma de hacerlo. Calculó que a la velocidad a la que iban llegarían allí en unos veinticinco minutos, aunque no sabía si aguantaría tanto tiempo el irritante sonido de la sirena, que les daba prioridad frente a quien se interpusiese en su camino.

Cuando aún no habían salido de Madrid y recorrían las calles saltándose todos los semáforos, el conductor le avisó que tenía una llamada por la línea interna. Sacó una pinza electrónica de su bolsillo y la colocó en una de las patillas de sus *ScreenGlasses* para asegurarse de que se encriptara la llamada y fuera segura.

—Sí —gruñó a modo de saludo sin el menor atisbo del tono interrogativo que en condiciones normales habría utilizado. Cuando estaba nervioso nunca preguntaba, solo afirmaba.

—Adrián ha devuelto el coche hace siete minutos en el aeropuerto. Un equipo va hacia allí.

—Repítemelo…

—Que acaban de tramitar la devolución del coche de Adrián. Hace siete minutos que entregó las llaves y se fue corriendo, según nos acaban de confirmar en la agencia de alquiler.

—¡¿Y por qué hemos tardado siete minutos en saberlo?! —Esta vez sí había conseguido la entonación de pregunta.

—Es lo que tardaron en aparcar el coche, revisarlo y dejar cerrada la devolución.

—¡Que alguien lo encuentre ya y que empiecen a seguirlo!

«¿Cómo es que ha devuelto el coche? ¿No había desaparecido? ¿A qué está jugando?», se preguntaba Ruy. Volvió a llamarlo una vez más, ya lo había intentado varias veces, pero obtuvo el mismo resultado que las anteriores, no se encontraba disponible.

Todo era demasiado incomprensible.

—Nosotros seguimos hacia la fábrica —le advirtió al conductor.

177

Y

Los faros del coche los cegaban. Por mucho que lo intentaban, ni Manjit ni Mateo consiguieron distinguir a quienes iban montados en él. Quizá Adrián también estuviese allí dentro. Les daba miedo acercarse pues aquellas dos luces estaban quietas, como los ojos de una pantera que, agazapada, esperase el momento de saltar hacia ellos.

—¡Entra en el coche! —gritó Mateo.

Allí estarían más seguros y además podrían seguirlos en caso de que escapasen. Pero antes de que se hubiesen podido montar, el otro coche se puso en marcha y se abalanzó hacia ellos a tal velocidad que parecía que fuese a embestirlos. Los dos salieron corriendo hacia la fábrica, buscando refugio por miedo a que los arrollaran. Sin dejar de correr, Mateo miró hacia atrás para ver la distancia que los separaba de sus atacantes. Como los faros del coche ya no le daban directamente en los ojos pudo ver a un hombre asomado por la ventanilla sosteniendo una pistola entre las manos.

—¡Al suelo! —Agarró a Manjit por los hombros y la empujó hacia abajo cayendo los dos a la vez.

Sonaron tres disparos. Los dos respondieron con gritos a cada uno de ellos. Estaban aterrados y temían que les estuviesen disparando a ellos. Hasta que no estuvieron en silencio absoluto y se cercioraron de que estaban solos, no se levantaron del suelo. Para cuando lo hicieron, ya no había rastro alguno del coche.

—¿Estás bien? ¿Te han hecho algo? —se preguntaban el uno al otro, pero los dos estaban intactos.

—¡¿Qué ha pasado?! ¿Quiénes eran? —Manjit estaba histérica.

Miraron su coche. Tres de las ruedas se habían reventado con el impacto de las balas.

—Apenas he podido verle la cara a uno de ellos, pero me ha parecido que tenía una cicatriz en la mejilla, como nos contaba Adrián. —Convulso, tartamudeaba entre cada bocanada de aire que tomaba.

Los dos estaban en estado de *shock,* desorientados. Tal era su turbación que no se dieron cuenta de que el furgón en el que iba Ruy acababa de llegar. Cuando se percataron, salieron corriendo aterrados, pensando que el otro coche había vuelto a por ellos. Fue el propio Ruy quien los siguió mientras los llamaba a gritos por sus nombres, pero estaban tan asustados que tardaron en reconocerlo. Cuando se pararon y les dio alcance, trató de tranquilizarlos.

Con bastante mano izquierda, nada frecuente en Ruy, les preguntó qué había pasado, y mientras contestaban a sus preguntas iban abandonando el delirio y volviendo poco a poco a la realidad. Comenzaron a explicárselo todo, desde que desapareció la señal del GPS de Adrián y llamaron a la Policía con un falso aviso hasta los disparos de aquel hombre.

Mientras tanto, una treintena de hombres vestidos de negro se distribuyeron por la fábrica armados con fusiles coronados por una linterna, por lo que el recinto se vio plagado de pequeñas luces que se movían de un lado para otro.

Habían llevado un vehículo de apoyo que inmediatamente trasladó a Manjit y Mateo al hospital, acompañados de Ruy. De camino les pusieron algunos calmantes por vía intravenosa para que sus pulsaciones recuperaran la normalidad. A su llegada al hospital, dos policías los estaban esperando para tomarles declaración. Ruy había movido algunos hilos para que la llamada que hizo Manjit avisando de un falso tiroteo fuese omitida del informe oficial, así que tan solo tendrían que contestar a algunas preguntas para justificar su presencia en la fábrica abandonada.

179

Υ

—¿Por qué fueron allí? —les preguntó el agente que parecía dirigir aquella especie de interrogatorio. Las arrugas de su piel revelaban una diferencia de unos diez años respecto a su compañero.

—Sabíamos que nuestro amigo había ido y no conseguíamos contactar con él, creíamos que estaba en peligro —explicó Manjit sin levantar la cabeza. Los calmantes comenzaban a hacerle efecto.

—¿Y por qué suponían que estaba en peligro?

—Nos dijo que desde hacía días alguien lo seguía.

—¿Saben quién y por qué?

Ruy se apresuró a contestar por ellos, deteniendo su respuesta con un gesto de su mano:

—De momento, eso lo estamos investigando y es confidencial.

Los policías se miraron con enfado.

—Y su amigo ¿dónde está ahora? —el más joven de ellos retomó el interrogatorio.

—No lo sabemos… Quizá estuviese en el mismo coche que el hombre que nos disparó.

—¿Podrían describir a ese hombre?

—No, apenas pude verle la cara, pero creo que tenía una cicatriz en la mejilla. Ese fue el hombre que Adrián nos había dicho que lo seguía —Mateo contestaba con el mismo cansancio que Manjit—. La verdad es que ahora soy incapaz de recordar más detalles.

El policía con más arrugas sacó su *ePaper* y les mostró una fotografía.

—Y a este hombre…, ¿lo han visto alguna vez?

—Sí —contestó Mateo asombrado—. Es el técnico del ascensor, estaba en mi edificio la noche que atacaron por primera vez a Adrián. Además lo había visto algunas veces apoyado en el andamio de la obra que hay justo enfrente de casa, mirando al piso de Adrián y África.

—¿Está seguro?

—Seguro —confirmó con contundencia.

—Esta imagen es la única que captaron las cámaras de seguridad del aeropuerto, al parecer nuestro amigo es un poco tímido y sabía cómo moverse para evitar que lo grabasen. Fue él quien devolvió el coche que Adrián Salor había alquilado. Pero le hemos perdido la pista. Nos ayudarían mucho si pudieran darnos algún dato más.

Ruy miró la fotografía con atención. Por la descripción que les había dado el dueño del desguace, aquel hombre tenía que haber sido el que le entregó el coche que África había comprado y en el que encontraron la sangre de los dos documentalistas del Ministerio. Parecía que el sujeto de ojos juntos sentía debilidad por los coches. No habían encontrado ni una sola huella dactilar en el que había dejado en el desguace y estaba seguro de que tampoco las encontrarían en el que había devuelto en el aeropuerto, pero aun así ordenaría que lo comprobaran.

181

Cuando los policías se hubieron marchado, Ruy les dio algunos detalles que ya no tenían importancia: sabía más que de sobra que ni Manjit ni Mateo confiaban en él, pero esperaba conseguir que le dijesen todo lo que Adrián no le había contado, pues a la vista estaba que desconocía gran parte de sus planes.

—Desde que me dijo que fue a ese pueblo extremeño le puse escolta, se estaba metiendo en la boca del lobo y tenía que hacer algo, pero él la descubrió y pensó que quería hacerle daño, así que me envió una foto suya para que la identificásemos, y cuando vi su email ya era tarde para decirle que no corría ningún peligro.

—¿Y no podrías haberle avisado de que tenía escolta?

—Se lo propuse, sí… —La miró serio, molesto por el

tono de enfado de Manjit—. Y se negó en rotundo. —Puso énfasis en la última palabra—. Decía que tenía que seguir adelante solo, que si alguien lo acompañaba no encontraría las respuestas que buscaba, por eso lo seguíamos en secreto... ¿Sabéis si alguien más conocía sus planes?

—Aparte de nosotros y de la mujer que fue a visitar a Belvís, creo que nadie más. Fue ella quien lo citó allí para hablar con él —contestó más relajada.

—¿La viuda de Monzón lo citó allí?

Aunque se sorprendió de que Lucía Pardo estuviese mezclada en aquel lío, Ruy se sentía victorioso, pues había conseguido sacarles una información que desconocía y que resultaba de lo más valiosa. Desde que Adrián le contó que el coche negro lo había seguido por la carretera decidió ponerle escolta, quería saber cuáles habían sido todos sus pasos desde que fue a Belvís de Monroy, por si de paso se topaba con los del hombre de la cicatriz o cualquiera de los otros extraños. Puso un equipo a trabajar de inmediato en ello. Intentaron contactar con la viuda de Monzón repetidas veces, pero también ella había desaparecido. La habían buscado en hospitales, aeropuertos, estaciones de tren y de autobuses, estaban siguiendo a sus familiares..., ni rastro de ella. Por eso a Ruy le llamaba la atención que de pronto reapareciese para volver a lo desconocido de la mano de Adrián. Algo no encajaba.

—Sí, le escribió un mensaje y le dijo que fuese solo. ¿Qué ocurre? —Sabían que algo pasaba por la expresión de Ruy.

—Nada, que no lo sabía. Mejor os dejo descansar.

Hasta aquel día Ruy no se había percatado del brillo en los ojos de Manjit del que tanto le había hablado Adrián en el pasado. Pero ahora que había podido charlar tranquilamente con ella sin que sus diferencias alimentasen la animadversión que se tenían, se daba cuenta de que

Adrián tenía razón. Se había quedado ensimismado por una belleza que nunca antes había apreciado, quizá por el gesto duro con el que ella siempre le devolvía la mirada. Era como si estuviese frente a su conciencia, lo que le generaba cierto rechazo hacia Manjit.

Recordaba las tantas y tantas veces que Adrián le había contado cosas sobre ella.

«Por la sonrisa que traes, vamos a hablar del monotema: Manjit, la nueva vecina», recordaba haber bromeado hacía años.

Desde que la encontró en el rellano de su edificio cuando el camión de la mudanza dejaba allí sus muebles, habían coincidido en varias ocasiones por el barrio y Ruy sabía que Adrián se estaba enamorando de ella, así que se recostó en su silla y puso las manos detrás de la cabeza para desplegar todo su arsenal de ironía en busca de unas risas.

«No te pases que tampoco hablo tanto de ella, ¿eh?»

«Nooo, para nada —su voz ya se había contaminado de sarcasmo—. Bueno, ¿qué? ¿Qué te ha pasado hoy con ella?»

«Pues resulta que también se ha apuntado a mi gimnasio, nos hemos encontrado hoy allí… ¡Y hemos quedado para ir a tomar algo!»

Pasaron un par de meses y entre ellos se fue fraguando una relación de amistad en vez de una sentimental. Primero porque, según Adrián, Manjit no parecía sentir nada por él, y segundo porque África había llegado a su vida con demasiada fuerza. La conoció tres meses después que a Manjit, en la cena anual que organizaba el Ministerio de Cambio Climático y a la que África también asistió, invitada por el mismísimo ministro, que era amigo de su padre, le había explicado ella.

Desde el primer momento en el que empezaron a hablar parecían almas gemelas. Lo compartían todo, absolutamente todo. Música, cine, literatura, tiempo libre… No había nada que los diferenciase en cuestión de gustos. Al año ya estaban buscando una fecha para la boda, tras la cual Adrián comenzó a notar cambios paulatinos en África. Poco a poco fue mostrando aburrimiento por aquello que hasta muy poco tiempo atrás la había apasionado. Llegó un momento en el que eran más las cosas que los separaban de las que los unían. La pareja perfecta que se complementaba en todo se había convertido en un matrimonio que sobrellevaba los temporales y se acomodaba en las calmas.

Sin embargo, a Ruy no le costó mucho tiempo reconocer su propia naturaleza de trazos mezquinos en la de África, había observado que ella sabía muy bien cómo jugar a un tira y afloja con Adrián, aunque últimamente les iba mejor. Adrián le dijo, hacía unos cinco meses, que estaba volviendo a ver en ella a la mujer de la que se había enamorado, pero sin duda solo estaba viendo una de las dos vidas que, a juzgar por los últimos acontecimientos, llevaba en paralelo.

Una vez en casa, Manjit y Mateo se fueron directamente a la cama. Los calmantes que les habían administrado se cebaban en sus párpados, que se cerraban sin poderlos controlar, pero no en su mente, donde los tres disparos que habían escuchado en la fábrica retumbaban, si cabe, más fuertes. Para cuando un coche negro aparcó frente a su portal, ellos ya estaban dormidos, copando de pesadillas sus sueños. Un hombre se bajó del vehículo y entró en el edificio. Caminó con paso seguro hacia la escalera y comenzó a subirla. De buena gana hubiese subido en ascensor, pero cuando se encontraba en una misión había que minimizar los riesgos. Y ante la probabilidad de quedarse parado en alguna planta, por baja que fuera, siempre era mejor apostar por la opción más fiable.

Conforme subía escuchaba cómo crujían los peldaños, igual que la noche que estaba escondido en el primer piso esperando a oscuras a Adrián.

Llegó al quinto y se acercó a la puerta del piso de Manjit y Mateo. Tenía las huellas dactilares de Adrián grabadas en su *ePaper*, por lo que la cerradura se abrió de inmediato. Las tenían programadas, al igual que las de África, por prevenir en caso de necesidad.

Pasó al recibidor, se puso los guantes para evitar dejar sus huellas y encendió una linterna. La cocina estaba a la izquierda, junto al salón. Caminó despacio por la casa y llegó al dormitorio. Manjit dormía intranquila, se notaba en los gestos de su cara que las pesadillas la atormentaban. Se fue hacia ellos con paso lento y sujetando la pistola con la mano derecha por si despertaban. Con la izquierda sacó un bote de espray de su bolsillo y lo pulverizó sobre ellos. Era un potente somnífero que los dejaría fuera de juego durante varias horas. Tras inhalar el aerosol, Manjit dejó de gesticular, como si sus sueños más oscuros hubiesen muerto de repente.

Se quedó quieto junto a ella, la miró despacio, con lascivia, sabía que por mucho ruido que hiciese no se despertarían. Dejó la pistola en la mesilla de noche y recorrió su cara con un dedo, sintiendo placer desde su posición de superioridad, sonriendo con crueldad, pero pronto abandonó sus deseos, tenía que irse de allí lo antes posible, cabía la posibilidad de que los estuviesen vigilando. Cogió de nuevo su pistola y se la guardó en uno de los bolsillos interiores de su chaqueta negra sin dejar de mirar a Manjit. Después cerró las persianas y encendió la luz para hacerles algunas fotografías que usarían más tarde para amedrentarles si fuese necesario. Volvió a apagar la luz y a abrir las persianas. Echó un vistazo rápido a la calle. El coche seguía allí y parecía que nadie estuviese acechándolos, o si lo estaban haciendo, al menos no los veía.

185

Regresó al salón sin preocuparse ya del ruido que pudiesen hacer sus pisadas y cogió el *ePaper* de Manjit. Como esperaba, estaba bloqueado y no lo podría usar con sus huellas dactilares, así que lo conectó al suyo y lo forzó con claves numéricas hasta que reventó el sistema de seguridad. Mientras instalaba un rastreador, miró los recortes de prensa que había sobre su mesa, todos los que Ruy le había dado a Adrián. Los observó con cautela, para ver de cuánta información disponía. Los fue fotografiando uno a uno y los dejó tal cual los había encontrado. Después adjuntó todas las imágenes en un email y se lo envió a la misma persona a la que le había enviado las fotografías de Manjit en la fábrica.

—Bien hecho —le diría con su voz quebrada y áspera como reconocimiento a su trabajo.

El rastreador terminó de instalarse en pocos minutos. Ahora ya tendrían acceso ilimitado a todo cuanto Manjit hiciera desde su *ePaper*. Restableció el sistema de seguridad y lo dejó todo tal y como se lo había encontrado.

Antes de salir de la casa volvió al dormitorio donde seguían durmiendo Manjit y Mateo para tomar una última fotografía. Solo de Manjit. Era la que iba a quedarse para él.

Madrid, sábado 15 de agosto de 2065
Temperatura mínima: 25,8 °C
Temperatura máxima: 44,5 °C
188 días sin llover

14

*C*uando Ruy se despertó, ya le habían mandado a su *ePaper* el informe sobre lo que su equipo encontró en la fábrica la noche anterior, mientras él acompañaba a Manjit y Mateo al hospital. Había dejado muy claro que lo primero que quería leer al levantarse de la cama era ese informe. «¡Y yo me levanto muy temprano!», le había gritado con tono arrogante al oficial al cargo de la operación.

Miró por la ventana, el coche del Ministerio ya lo estaba esperando junto a su portal. Eran las seis menos cuarto y el sueño se le pegaba en los párpados con tanta fuerza que no era capaz de abrirlos por completo. Odiaba madrugar tanto un sábado, pero quería supervisar en persona la exhumación del cadáver de África y tenía que hacerse cuando el cementerio estuviese cerrado, no quería que nadie lo reconociese allí y pudiese hacerle alguna foto que lo vinculase a aquel caso. Iría acompañado tan solo por sus personas de más confianza, no quería filtraciones ni comentarios. Como le había prometido a Adrián, la comprobación se haría en estricto secreto.

Pasó por la cocina, se sirvió un café en un vaso de usar y tirar y bajó a la calle. Para él era frecuente salir de casa temprano y sin desayunar, aunque su adicción a la cafeína le había llevado a tener un cajón lleno de esos vasos que después, ya vacíos, tiraba a la calle por la ventanilla.

Abrió la puerta trasera del vehículo y se sentó sin ni siquiera decir buenos días al conductor, este ya sabía adónde tenía que llevarlo, como también sabía que cuando Ruy no saludaba era mejor permanecer callado durante todo el trayecto. Cuando el coche arrancó, sacó su *ePaper* y leyó el informe mientras bebía el café a sorbos.

Se han encontrado pruebas de que hubo un forcejeo a la entrada de la fábrica. Creemos que había dos hombres y quizá estuviesen esperando a Adrián escondidos detrás del hueco abierto en el muro. Localizamos una gota de sangre en uno de los ladrillos que había en el suelo de la entrada. El laboratorio ha confirmado que la sangre pertenece a Adrián. Ahí perdemos el rastro, alguien se encargó de borrarlo —los análisis revelaron restos de lejía en el suelo.

En una de las naves interiores encontramos otra mancha pequeña de sangre. Por la forma, los de la Científica dicen que Adrián estuvo tumbado allí no más de un par de minutos, así que creemos que lo llevaron a la fuerza, quizá inconsciente. Junto a esa mancha descubrimos otra puerta en el suelo. Estaba bien camuflada, detrás de un muro medio caído, por lo que el primer equipo de Policía que se desplazó hasta allí por un aviso de tiroteo no la encontró. La trampilla estaba cerrada por dentro, tuvimos que abrirla a la fuerza.

Abajo vimos las huellas que un coche dejó en la arena. Había bastantes manchas de sangre, una de ellas más grande y uniforme, que indica que Adrián estuvo allí tumbado e inmóvil, probablemente seguiría inconsciente (quizá muerto) durante una media hora —tiempo estimado por el tamaño de la mancha de sangre—. Desde allí fue arrastrado —había señales que así nos lo hacen creer— hasta donde empezaban las huellas del coche, por lo que deducimos que lo habrían subido al mismo para sacarlo de la fábrica.

Hemos seguido el rastro del vehículo hasta la carretera. Al salir del camino por el que escaparon, las ruedas giraron en sentido hacia Madrid. Las huellas corresponden a un todoterreno. Allí perdemos ya el rastro.

Contó los días que quedaban para el Congreso: domingo, lunes y martes, pues el miércoles era la inauguración. Tres días. No era lógico que ya lo hubiesen matado, y menos sin pedirle nada a cambio. Quizá Adrián era la moneda de cambio con la que pretendían comprarlo a él, pero entonces ¿qué pintaba África en medio de aquel lío? Tenía que haber alguna ficha que aún no estuviese en el tablero, y si sabía jugarla bien quizá salvase la vida de su amigo, o la suya propia. Se apresuró a enviar un email con urgencia a su homólogo portugués. Lo más probable es que llevasen a Adrián a Oporto, quizá ya estuviese allí, por lo que le pidió que reforzara la seguridad en toda la ciudad y vigilara los accesos de entrada por carretera. Las últimas previsiones daban ya como probable la entrada de Eolo por Oporto, así que allí se tenía que desarrollar todo, estaba seguro.

Otro email entró en su *ePaper*, mucho más escueto que el suyo, las malas noticias rara vez se notificaban con demasiadas palabras: todavía no habían dado ni con Adrián, ni con la escolta que lo seguía.

Cuando llegaron al cementerio, la verja estaba aún cerrada y cuatro hombres esperaban junto a ella, apoyados en un furgón negro. Ruy había dado la orden expresa de que nadie entrase hasta que él apareciera, así que cuando se bajó del coche uno de los cuatro hombres abrió la verja y se quedó fuera, vigilando, mientras los demás la cruzaron encabezados por su jefe. Caminaban mudos, escuchando el sonido de sus pasos, que se amplificaba entre la soledad de los muertos. Un escalofrío recorrió la cabeza de Ruy; no le gustaban nada los cementerios y menos aquel silencio fúnebre.

Se pusieron manos a la obra sin perder un solo instante. La lápida cedió pronto, aunque se partió en dos, y el féretro quedó al descubierto.

—Que nadie lo abra —pidió Ruy, al que no le apetecía en absoluto ver su contenido.

Con la misma rapidez con la que habían entrado, salieron del recinto. Tras cargar el ataúd en el furgón, se pusieron en marcha hacia el nuevo hospital militar. Ruy ocupó el asiento trasero, no tenía la más mínima intención de perder de vista los restos de África.

192

Manjit, al igual que Mateo, despertó con la sensación de haber dormido profundamente. Lo primero que hizo al levantarse de la cama fue llamar a Adrián por si ya pudiese dar con él, pero obtuvo el mismo resultado que la noche anterior. «La persona con la que intenta contactar no se encuentra disponible», volvió a escuchar. La preocupación se le había adherido al estómago y le impedía comer. Incluso sentía náuseas, provocadas sin duda por su arrepentimiento, por la culpabilidad de haber abandonado a su amigo a su suerte.

Mientras Mateo fue a darse una ducha, ella volvió a revisar cada uno de los artículos de prensa que África había escondido en el doble fondo del cajón, por si hubiese pasado algún dato por alto. Tenían que esconder algún significado, si no individualmente, sí al menos todos juntos. Tuvo que releer la mayoría de las frases para enterarse de algo, su mente estaba lejos de allí y solo con un gran esfuerzo conseguía concentrarse en la lectura. Esperaba encontrar una clave que los condujese adonde estuviera Adrián.

Los fue contrastando uno a uno con los que Ruy tenía guardados. Pero no fue capaz de llegar a ninguna conclusión definitiva. Así que volvió a empezar por el primero, no tenía intención de rendirse. Tomó el que aparecía encima de todos ellos y lo leyó de nuevo:

FUERTES TURBULENCIAS TERMINAN CON LA VIDA DE UN PASAJERO

Martes, 23 de enero de 2063

A. Santos | MADRID

El vuelo de Iberia que opera diariamente entre Madrid y Berlín realizó en la tarde de ayer un trayecto accidentado que se complicó con fuertes turbulencias cuando sobrevolaba los Pirineos. En mitad de las violentas sacudidas, que sembraron el pánico a bordo, un pasajero de nacionalidad española sufrió un infarto y falleció. Muchos otros, así como varios integrantes de la tripulación, sufrieron daños de diversa consideración, de los que fueron atendidos en cuanto el avión aterrizó de emergencia en Toulouse.

El fallecido era un funcionario del Ministerio del Cambio Climático que ya había sufrido otro infarto hacía tres años. Se dirigía a Berlín en misión diplomática para cerrar unos acuerdos en relación con los métodos de captación de CO_2. Cuando recibió asistencia médica ya era demasiado tarde, según aseguró el director del hospital al que fueron trasladados los heridos. El resto del pasaje se recupera favorablemente de contusiones, cortes y traumatismos leves.

Manjit había dibujado un esquema cronológico en el que apuntaba las fechas, nombres y detalles que encontraba en cada artículo. Todos ellos se centraban en muertes o conflictos conectados entre sí por el cambio climático. En el estado de nervios en el que se encontraba no conseguía encontrar la clave que resolvía el problema.

Volvió a llamar a Adrián, todo cuanto estaba leyendo no hacía más que incrementar el miedo que tenía de que su vida estuviese en peligro. Seguía sin poder contactar con él. A desgana continuó leyendo el siguiente artículo:

EL RESURGIR DE LAS SOMBRAS DEL BSW

El macroproyecto medioambiental
que el banco ha firmado recientemente
con una multinacional China genera dudas

Jueves, 9 de julio de 2065

J. C. Muro | ÁMSTERDAM

Hace ya cinco años desde que el banco holandés BSW fue acusado de vender ilegalmente armas a países en guerra, entre otros a Botsuana, uno de los tres territorios implicados en la guerra del Okavango y donde, como se supo más tarde, el BSW controlaba algunos de los yacimientos más importantes de diamantes. El banco, el primero que había asegurado que el 95 por ciento de sus beneficios procedían de la venta de energías renovables —de ahí la sigla de su nombre: Wind ('viento' en inglés), Solar y Bioenergía—, perdió la confianza de los inversores y le costó el cargo al por aquel entonces director general de la entidad, cuya muerte aún es un misterio.

Pese a todo, la entidad supo resurgir de sus cenizas y ahora, tras anunciar la firma de un macroproyecto medioambiental con una de las multinacionales más importantes de China, vuelve a recuperar el apoyo de los mercados y se encamina a ser uno de los bancos europeos de mayor solvencia en el continente asiático. Desde que lo anunciara el pasado lunes, sus acciones en bolsa se han revalorizado un 150 por ciento en solo tres días.

Sin embargo, no todo han sido enhorabuenas y las sombras vuelven a planear sobre el BSW. Algunas voces críticas, en su mayoría procedentes de varias ONG, denuncian opacidad en el proceso y dudan de que el proyecto cumpla con las normas medioambientales internacionales.

Para Ruy las horas pasaban al mismo ritmo con el que iba perdiendo la paciencia, o al menos la poca con la que se había despertado aquel día. ¡¿Cómo podía tardarse tanto en contrastar un análisis de ADN?! Por fin, una puerta se abrió y apareció un médico con bata blanca y una carpeta entre las manos. Se dirigió hacia él con paso decidido y con gesto serio.

—Acompáñeme, por favor —le pidió sin levantar mucho la voz.

Tras recorrer un par de pasillos llegaron a su despacho y una vez entraron cerró con el pestillo para asegurarse de que nadie los iba a interrumpir.

—Iré al grano —le extendió la carpeta que hasta aquel momento había guardado celosamente entre sus manos—. Ese cadáver no corresponde al de África Núñez.

—¿Perdón?

—Lo tiene todo en ese informe. Aún no sabemos la identidad del cuerpo, pero estamos seguros de que no se trata de África. Se trate de quien se trate, el cadáver estaba enterrado en el lugar equivocado.

—África está viva… —Ruy estaba tan sorprendido que verbalizó sus pensamientos en voz alta recordando el momento en el que Adrián le había dicho que escuchó su voz.

—No es eso lo que le estoy diciendo. Desconozco si África Núñez está viva o muerta, lo único que le digo es que el cadáver que nos ha traído no es el suyo.

Ruy acababa de descubrir que África era la ficha que aún no habían movido en el tablero. No era Adrián la moneda de cambio con la que querían negociar, ¡era ella a quien iban a utilizar para que el acuerdo climático al que se llegase en el Congreso les fuese favorable! Aquello solo significaba una cosa: Adrián corría un grave peligro.

15

*R*uy quería una explicación y, como de costumbre, la quería ya. Volvieron a repetir las pruebas por si hubiese podido haber algún tipo de error, pero el resultado era inapelable. El cuerpo del ataúd no era el de África.

—¿Cuáles son las posibilidades de fallar en este tipo de pruebas? —Según la respuesta que le diesen, se enfrentaría al problema de una forma u otra.

—Nulas —contestó categóricamente el médico sacando a relucir su talante militar.

—Entonces, ¡¿de dónde sale este cuerpo?!

Se llevó la mano a la nuca, alterado, y agarró varios mechones de pelo entre sus dedos tirando no muy fuerte para aliviar la tensión. Intentaba pensar cómo afrontar la situación, pues seguramente las vidas de Adrián y África, que ahora parecía estar viva, dependerían de cómo actuase él.

Cogió sus *ScreenGlasses* decidido a dar el primer paso, les puso una pinza eléctrica para encriptar la conversación —un gesto que formaba parte de su rutina como alto cargo ministerial— y llamó al director del departamento de Seguridad, que, con su habitual profesionalidad, no tardó ni siquiera dos segundos en contestar.

—Quiero que un equipo vaya inmediatamente al Anatómico Forense y averigüe cuánta gente estuvo trabajando allí el domingo pasado. Quiero saber quién abrió cada puerta, cuántos cafés tomaron, con quiénes hablaron, a quiénes llamaron, cuántas veces fueron al servicio. Lo quiero ¡todo! —gritó—. Además, y en el más estricto secreto, quiero que encuentren los nombres de quienes practicaron las pruebas de ADN a África Núñez así como una copia del informe que redactaron. Que además alguien rastree las cámaras de seguridad de toda la ciudad, que busquen cualquier coincidencia facial con África en los últimos tres meses, ahora te mando una foto suya. Quiero saber qué sitios frecuentaba, quién la acompañaba y, sobre todo, que os fijéis si en las grabaciones de las cámaras se ve a alguien que la siguiese.

—Está hecho. Ahora mismo lo organizo todo.

—Y una cosa más. Averigua quién transportó el cuerpo de África desde donde se estrelló su coche hasta el Anatómico. Quién conducía la ambulancia, qué paradas hizo, cualquier cosa que puedas averiguar.

Ya había comprobado en más de una ocasión, y en más de dos, la profesionalidad del equipo de seguridad que le habían asignado, así que era cuestión de esperar unas horas para obtener los primeros resultados. Hasta entonces, ¿cuál sería el camino a seguir?, se preguntó.

Era experto adelantándose a todo tipo de situaciones, al menos en lo que a la política se refería, pero ahora era incapaz de anticipar qué ocurriría en los próximos cinco minutos, se sentía indefenso en un campo de batalla nunca explorado. Ya había ordenado a un equipo que siguiera la pista de Adrián y a otro la de su escolta. Ahora quedaba averiguar la identidad del cuerpo que tenían sobre la mesa de la sala 7 del hospital militar y saber dónde estaba retenida África, aunque intuía que si daban con Adrián también darían con ella.

—¿Sabéis ya a quién pertenece el cuerpo? —preguntó.

—Las coincidencias con los casos de desaparecidos en España han dado negativo. Ahora estamos pidiendo la ayuda internacional para cotejarlo con las bases de datos de otros países. Si la desaparición o muerte de esta persona se notificó a la Policía de cualquier país, no tardaremos mucho en dar con su identidad; pero en caso contrario, el proceso puede ser muy largo.

Manjit seguía afanada leyendo y releyendo los artículos de prensa. Había ajustado los parámetros de Sousuo para que buscase coincidencias entre las palabras que había extraído y que creía claves, pero su búsqueda aún no había dado frutos. Cogió otro artículo, uno de los que solo estaban en la carpeta de Ruy y no en el cajón donde África los escondía, y lo volvió a leer una vez más:

199

SIEMBRA VIENTOS, RECOGE TEMPESTADES

Jaime Cortés aparece muerto en una playa asturiana
tras llevar más de una semana desaparecido

Miércoles, 20 de diciembre de 2062
B. Rey | MADRID

Finalmente ha sido hallado el cuerpo del que fue presidente de la empresa eólica ELD (Energía Limpia para el Desarrollo), Jaime Cortés, al que se daba por desaparecido desde el pasado 11 de diciembre. En un primer momento, su familia pensó que podía tratarse de un secuestro, aunque esta hipótesis se desestimó rápidamente al no tener noticias de los supuestos captores.

La Policía aún no ha hecho ninguna declaración,

pues sigue investigando los motivos de su muerte. El nombre de Jaime ha estado vinculado con frecuencia al apellido Corrupción y, según ha podido saber este periódico, familiares de la víctima aseguran que Cortés había estado recibiendo amenazas dos semanas antes de destaparse el caso al que las autoridades habían denominado «La sombra del viento». La empresa eólica, la decimoquinta más rentable del país, con una facturación en 2061 de casi 11.500 millones de euros, fue objeto de estudio por parte del Ministerio de Hacienda, el cual encontró irregularidades en las subvenciones concedidas por la UE, verificadas y tramitadas a su vez por el banco holandés BSW.

La UE se vio obligada a subvencionar (de forma generosa) a las renovables ante la creciente demanda de energía suscitada por el aumento de la población mundial que llega ya a los 10.000 millones de personas en plena crisis de las reservas de petróleo. Pero donde hay dinero, sobre todo si hablamos de bastantes ceros, nunca faltan manos para repartirlo, ni para robarlo. Desde que el Gobierno anunció licitaciones para adjudicar nuevos parques eólicos en 2059, surgieron centenares de empresas «seta», como se las ha llamado, que desviaban ilegalmente una parte importante de los fondos públicos que estaban destinados a las energías renovables. Se cree que tal problema se lleva arrastrando durante años, por lo que es imposible estimar cuánto dinero se ha defraudado de las arcas públicas.

Jaime Cortés dio un paso más en el campo de la corrupción. A los delitos de soborno, cohecho y tráfico de influencias, se le suma el de la especulación de terrenos. Según se ha sabido reciente-

200

mente, había fundado una de estas empresas seta cuya única actividad fue comprar unos terrenos que apenas tenían valor, pero que lo adquirieron días más tarde cuando, haciendo uso del soborno, consiguió que fuesen recalificados para alojar un parque eólico que fue adjudicado a la empresa que él dirigía, ELD, lo que le reembolsó una cantidad desmesurada de dinero. Los meteorólogos pusieron el grito en el cielo al saber que el parque había comenzado a construirse en aquella zona, pues climatológicamente es un área de vientos tranquilos que no conseguirían, ni con mucho, generar los 1200 megavatios para los que estaba diseñado. Según un informe presentado mientras se estaba construyendo el parque, apenas se llegarían a generar 300 megavatios, la cuarta parte del potencial que tendría si se hubiese instalado en una zona más apta para dicho propósito. Pese a ello, la construcción del parque siguió adelante.

201

Cortés viajó hace una semana a la playa de las Catedrales, en Lugo, justo cuando la séptima ciclogénesis explosiva del año la devastó. Se cree que el fuerte temporal pudo arrastrarlo al mar y golpearlo contra las rocas, ya que la cara estaba totalmente desfigurada. El cuerpo fue encontrado en una playa asturiana y trasladado al depósito de cadáveres, ya que estaba indocumentado. Tras un análisis del ADN se comprobó que se trataba de Cortés.

Manjit se dio cuenta de que los artículos que África guardaba solo hablaban de las muertes de funcionarios del Ministerio de Cambio Climático, mientras que los que tenía Ruy, además, informaban de empresarios corruptos que habían fallecido a causa de las inclemencias del tiempo. Algunos de ellos presentaban rasgos comunes, como Víctor Monzón y Jaime Cortés, los dos habían quedado irreconocibles tras su muerte y habían necesitado del análisis del ADN para identificarlos. Existía otra coincidencia en el artículo de Cortés, pues se le relacionaba, aunque fuese mínimamente, con el banco BSW. Pero tampoco esto ayudaba a Manjit a conseguir su objetivo. Quizá lo tuviese delante de sus narices y no lo veía. Tiró con ira los papeles que tenía en las manos a la mesa y cerró los ojos moviendo el cuello para hacer crujir las cervicales. Necesitaba liberar la tensión de las dos horas que llevaba sentada en la misma posición.

Respiró hondo y pausadamente, varias veces, hasta que se dio cuenta de que seguir por ese camino no la ayudaría a progresar. Ya había extraído toda la información de los artículos y no podía exprimirlos más, tenía que ir más allá. Era el momento de empezar a manipular todos los datos que había apuntado y darles forma de alguna manera.

Tecleó una y otra vez en el buscador Sousuo las notas que había ido tomando y por fin encontró algo que podía ser interesante, o al menos un aliciente para seguir adelante: Monzón y Cortés habían sido compañeros de estudios de la misma promoción en sus años universitarios, pero no solo eso: Cortés también había pertenecido a la ONG WarmNed Planet. ¿Demasiada coincidencia para dos personas que habían hecho negocio ilícito con las energías renovables y cuyas muertes guardaban cierto parecido? ¿Serían amigos? Recordó que el profesor que había ido a visitar a la Escuela de Ingenieros y cuyo nombre vio en una esquela, volvería de sus vacaciones el lunes. Con suerte, también conocería a Cortés y podría darle algún detalle sobre sus vidas, aunque no tenía muchas esperanzas, pues ¿qué podría ser tan turbio del pasado de dos estudiantes como para tener repercusión en el futuro? La intuición le decía que aquellas dos personas tenían algo extraño en común y que quizá le pudiesen ayudar en la ONG WarmNed Planet, así que buscó información sobre ellos y les escribió un email.

Pese a que había conseguido algo, poco en realidad, su angustia no remitía. Seguían sin saber nada de Adrián y eso le dejaba un vacío en el pecho que la ahogaba sin cesar. Tomó aire e intentó indagar un poco más sobre el banco BSW y su relación con la eólica ELD. Comenzó a rastrear con manos temblorosas entre las múltiples ventanas virtuales que se abrían en sus *ScreenGlasses*, cada vez más nerviosa, hasta el punto de que no fue capaz de aguantarlo más.

Mateo había salido y a ella la soledad de la casa se le estaba estancando en los pulmones obstruyendo las vías respiratorias, así que sin pensarlo dos veces bajó a la calle y comenzó a pasear sin saber muy bien hacia dónde. El calor era asfixiante y no la ayudaba a respirar mejor. Se detuvo junto al charco de sombra que dejaba uno de los árboles de la calle para descansar un poco. Pasó junto a una sucursal bancaria cuyas paredes, acristaladas, le permitían ver la actividad del interior. Al principio aquel detalle pasó inadvertido ante sus ojos, pero tras unos segundos se dio cuenta de que podría ir a la sede principal que el banco BSW tenía en Madrid para intentar despejar allí algunas de sus preguntas. Consultó los horarios en su *ePaper* para saber si estaría abierta. Los nuevos tratados permitían abrir a los bancos todos los sábados del año, con independencia de que cayeran en festivo, como aquel día. Tuvo suerte, aún faltaban dos horas para que cerrase. Tenía tiempo de sobra, además estaba junto a una línea de metro que la llevaría directa hasta el BSW sin hacer trasbordos.

Cuando cruzó la inmensa puerta giratoria, tuvo la sensación de haber entrado en un mundo desconocido, pues las colosales dimensiones del vestíbulo la hacían sentirse

203

excesivamente pequeña. Habían conservado junto a la entrada las alargadas y oscuras estatuas que antaño presidieron uno de los edificios más emblemáticos de Madrid, convertido ahora en la sede española del BSW. Además, el interior del edificio estaba perfectamente acondicionado, por lo que el contraste de temperaturas era realmente significativo respecto al exterior, de unos veinte grados.

Caminó despacio hacia una de las ventanillas, sintiéndose intimidada ante la atenta mirada de decenas de cámaras de seguridad.

—Buenos días, ¿en qué puedo ayudarla? —se ofreció sonriente un muchacho de unos treinta años.

—Buenos días, estaba pensando invertir algo de dinero sin saber muy bien ni cómo ni dónde. Estuve buscando algo por internet y me han gustado varios de los fondos de inversión que ofrecen aquí.

—Exactamente, ¿cuáles han sido los que ha visto?

—No recuerdo los nombres... —Sonrió simulando una falsa inocencia—, pero seguro que usted me puede aconsejar.

El muchacho comenzó a mostrarle estadísticas y datos que parecían prometedores. Manjit ponía cara de interesada, incluso de sorprendida ante alguno de sus comentarios.

—Creo que el que más me ha convencido es el Fondo Premium Platino, pero... ¿me podría decir exactamente en qué invertirían mi dinero de optar por ese fondo? —se interesó Manjit.

—Siempre en energías renovables. Es nuestro lema.

—Bueno..., como hace tiempo se habló tanto de las inversiones que este banco hacía en armamento... quería asegurarme. —Volvió a sonreírle intentando ganar su complicidad. Él le devolvió la sonrisa sin querer comentar nada al respecto—. ¿Podría comprobar si una de esas empresas en las que voy a invertir mi dinero es la eólica ELD?

204

—Creo que no es un dato al que pueda acceder, pero si me da un momento se lo puedo mirar.

—Claro.

Manjit le observó moviendo los brazos en el aire, lo que le indicaba que estaba buscando la información entre las pestañas que se desplegaban a través de sus *Screen-Glasses*. Pocos segundos más tarde hizo el gesto de coger algo y llevarlo hacia la pantalla virtual que estaba frente a Manjit. En ella apareció una lista con las empresas de energías renovables en las que BSW invertiría su dinero.

—Esto es todo lo que he podido encontrar, pero no veo la eólica que usted me dice.

—No se preocupe, era simplemente la curiosidad de una novata que se mete por primera vez en el mundo de las finanzas. Como mi marido trabaja en ELD intentaba barrer para casa. Si no le importa, me llevo toda esta información a casa, lo consulto con él y vemos qué es lo que más nos interesa. —Manjit arrastró todos los documentos que había sobre la pantalla virtual hasta su *ePaper* y se aseguró de haberlos guardado.

—¿Puedo ayudarla en algo más?

—No, muchas gracias.

Cuando el empleado vio que Manjit salía del edificio, se levantó de su silla y desapareció por un pasillo en el que reinaba el silencio y la calma de un sábado. Subió por una escalera al primer piso y llamó a una puerta en la que, con letras doradas situadas a la altura de los ojos, se podía leer: «Director general». No se atrevía a abrir sin más y esperó unos segundos hasta que una voz le permitió acceder.

—¿Qué desea? —le dijo el director sentado al fondo de su despacho con las *ScreenGlasses* en una mano y su *ePaper* en la otra.

—Disculpe que le interrumpa. Una mujer india de unos cuarenta años ha estado aquí preguntando por las empresas en las que invertimos el dinero de nuestros fondos. Por si acaso se corresponde con la persona que nos dijo que estaba buscando, la he grabado con la cámara de la ventanilla, para que pueda comprobarlo.

Hacía varios días que el director había dado instrucciones precisas a sus empleados para que lo avisasen a él personalmente en el caso de que alguien fuese haciendo demasiadas preguntas, especialmente si se trataba de una mujer india. Sabía que tarde o temprano aquel asunto lo salpicaría y parecía que Manjit se estaba acercando demasiado.

Tras agradecer al empleado la información y una vez que se quedó solo, miró la grabación. ¡Sí, era ella! Detuvo el vídeo un momento para maldecir cada una de sus facciones, después se puso sus *ScreenGlasses* y puso una pinza electrónica en una de las patillas para encriptar la conversación. Tras los tonos de la llamada, y cuando esta fue aceptada, escuchó el silencio al otro lado de la línea, lo que significaba que él estaba escuchando.

—Manjit ha estado aquí haciendo preguntas sobre las empresas en las que invertimos.

—No te preocupes. Si sigue molestándonos, también la eliminaremos. Ya tengo a alguien ocupándose de ella —dijo un hombre, de voz quebrada y áspera como una lija.

No hizo falta una despedida, todo lo que se tenía que decir ya se había dicho, así que los dos dieron por concluida la conversación.

Manjit decidió volver a casa en metro. Al pasar por los tornos puso su *ePaper* sobre uno de ellos para pagar el viaje y este se abrió de inmediato. Llegó distraída al andén, repasando toda la lista de empresas que le había facilitado el banco. Junto a ella había bastante gente esperando, en fin de semana la frecuencia no era tan alta como

206

entre diario y los pasajeros se iban acumulando en el andén. Miró la pantalla de información. Quedaba un minuto para que llegase el tren. De pronto escuchó un susurro detrás de ella, como si alguien estuviese diciéndole algo al oído. Fue incapaz de entender qué le decían. Le recordaba demasiado a la historia que les había contado Adrián del templo de Debod, cuando escuchó esos susurros entre los setos cercanos. Asustada, se volvió para tratar de identificar a las personas que estaban junto a ella. Nadie parecía sospechoso, podría haber sido cualquiera. Sintiéndose incómoda, guardó el *ePaper* en el bolso y avanzó unos pasos por el andén, hasta la línea de color rojo que avisaba de la peligrosidad de acercarse tanto al borde. Sin perder de vista lo que pasaba a su espalda, vio cómo el tren comenzaba a entrar en la estación. Ya frenando, pero todavía a bastante velocidad, fue acercándose y en el mismo momento que estaba a punto de pasar frente a Manjit, alguien la empujó a las vías.

16

*P*or fin habían dado con una coincidencia en el laboratorio del hospital militar al cotejar el ADN del cuerpo que estaba enterrado en el nicho de África con las bases de datos internacionales. Se trataba de una mujer holandesa, Saskia van Dijk, cuya familia había denunciado su desaparición hacía tres semanas y media. Fue un caso que tuvo bastante repercusión mediática, pues se trataba de una de las diez personas con más conocimientos sobre el bloqueo de *hackers* a nivel mundial. La Policía de Ámsterdam había escrito un informe sobre su desaparición y ahora Ruy lo estaba leyendo.

El día en el que desapareció, el 20 de julio, había salido de casa y había recorrido a pie varias calles hasta llegar a la estación Amsterdam Centraal, donde había comprado un billete de tren para ir a Bruselas. Su jefe de la unidad informática del banco BSW aseguró que no le había pedido el día libre, por lo que le extrañó que faltase a trabajar, ella nunca lo hacía y siempre era puntual. Subió a ese tren a las 11:53 de la mañana, como mostraban las imágenes de las cámaras de seguridad. Iba vestida con un traje azul con flores estampadas y llevaba un maletín de color rojo. Para cuando el tren llegó a Bruselas, ella ya había de-

208

saparecido. Ni estaba dentro ni se la había visto salir en ninguna estación. Simplemente se había desvanecido.

Según la declaración que la Policía había tomado al conductor del tren, cuando se hizo la revisión para asegurarse de que no quedaban pasajeros dentro antes de cerrar las puertas, encontraron un maletín rojo. Esperaron diez minutos por si alguien lo reclamaba, a veces un usuario se dejaba algo olvidado y antes de salir de la estación regresaba corriendo para recuperarlo, pero nadie reclamó ese maletín, así que lo llevaron al departamento de objetos perdidos y lo dejaron allí por si su dueña volvía a por él.

—¿Cómo sabe que pertenecía a una mujer? Nosotros no hemos dicho que buscásemos a una mujer —le había preguntado la Policía al ferroviario ante su respuesta.

—No, ustedes no lo han dicho. Pero en el asa del maletín estaba escrito el nombre de su propietaria.

La Policía había requisado el maletín y comprobado que era cierto. Cuando lo abrieron estaba vacío, lo que se intuía debido a que pesaba poco.

En una segunda declaración, la Policía le había preguntado al conductor si había visto su contenido. «Desde luego que no», negó rotundamente sin tratar de disimular su enfado. Era algo que estaba terminantemente prohibido por la compañía y jamás había incumplido las normas, así que el simple hecho de habérselo sugerido le ofendió de tal forma que rehusó seguir colaborando en la investigación, entre otras cosas porque pensaba que si lo acusaban de haber sustraído el contenido del maletín, podría encontrarse en breve con una carta de despido.

—¿Podría decirnos si pesa lo mismo que cuando lo llevó a la consigna?

Cogió el maletín de mala gana y lo sopesó en su mano mirando fijamente y con enfado a los policías.

—Creo que sí —respondió con sequedad.

209

—¿Cree o está seguro?

—Pues no estoy seguro. —Se lo devolvió con la misma brusquedad con que lo había tomado—. No le presté la menor atención a su peso cuando lo cogí en el tren. Pesaba poco, pero no sé si ha engordado o adelgazado algún gramo con la dieta a la que le hayan sometido, no tengo una báscula en la mano… —Con evidente ironía, les devolvía el golpe, acusándoles a ellos de haber robado lo que contenía.

Nadie sale de casa con un maletín vacío para coger un tren a otro país, así que dedujeron que alguien lo había vaciado durante el viaje y dejado de nuevo en su lugar.

En Bruselas no consiguieron dar con nadie que se hubiese fijado en una mujer con un vestido azul con flores estampadas. Parecía que al llegar a esa estación el universo se la había tragado y desde entonces nadie más había vuelto a saber de ella.

Según declararon algunos de sus amigos y compañeros de trabajo, se dirigía a Bruselas para presentar una protesta a las instituciones europeas por algo relacionado con el cambio climático que no quiso especificar a nadie. Pertenecía a una ONG cuyos años de esplendor habían pasado, WarmNed Planet. Poco a poco dicha ONG había ido desapareciendo debido a problemas de corrupción interna. Ahora tan solo quedaba con vida la sede holandesa gracias a la lucha constante de los últimos tres activistas, dos desde la desaparición de Saskia. Uno de ellos le había comentado a la Policía que su compañera había estado nerviosa las dos semanas anteriores a su desaparición. Decía que había descubierto algo y creía que la estaban siguiendo. Algo raro y peligroso, había dicho ella. No contó detalles, lo quería mantener en secreto para, según su compañero, no poner a nadie más en peligro.

Por último, el informe que estaba leyendo Ruy recogía

los resultados de la autopsia del cuerpo que habían llevado al hospital. Saskia van Dijk no había fallecido en el accidente del coche. Ya estaba muerta cuando este ocurrió, de un disparo en la cabeza, por lo que alguien tuvo que introducir su cuerpo en el coche antes de que se incendiase.

Sin saber muy bien por dónde abordar la situación, Ruy se quedó en silencio, sin mover ningún músculo. Parecía pensativo, pero en realidad tenía la mente en blanco. Temía por la vida de Adrián, pero principalmente por la suya. ¿Cuándo le tocaría desaparecer a él? ¿Con la llegada del huracán?

Una llamada interrumpió sus temores. Era Manjit. Tal y como estaba transcurriendo la mañana, lo que menos le apetecía en el mundo era hablar con ella. En condiciones normales no habría contestado, pero si tenía noticias de Adrián o de sus captores era de vital importancia actuar cuanto antes, así que de mala gana aceptó la llamada.

211

—¿Pasa algo, Manjit?

La escuchó respirar deprisa, casi sin voz. Sin duda estaba muy nerviosa.

—Lo he visto…, lo he visto… ¡El hombre de la cicatriz, lo he visto!

—¿Dónde? —Ruy pareció haber resurgido con ímpetu de su ensimismamiento cual ave fénix de sus cenizas.

—En el metro… hace un minuto. —Sus palabras se entrecortaban y casi se podía notar en ellas el rápido palpitar de su corazón—. Oí susurros…, como los que escuchó Adrián en el templo de Debod, y justo cuando estaba llegando el tren… alguien me empujó por la espalda con fuerza…, no con la suficiente como para tirarme a las vías… Perdí el equilibrio, pensé que iba a caer…, la persona que estaba junto a mí me agarró. —Tragó saliva, le estaba costando mucho esfuerzo contarlo—. He tenido miedo de subir a ese tren y me he quedado fuera… —Respiró hondo—. Cuando se puso en marcha vi a ese hombre a través de una de las ventanillas. Me estaba mirando y vi su cicatriz. ¡Ruy, ayúdame, por favor! —lloró gritando, aún tenía muy presentes los disparos de la noche anterior y estaba aterrada.

—¿En qué línea de metro estás? ¡Ahora mismo ordeno que cierren todas las salidas!

La Policía llevó a Manjit a casa. Llegaron a la vez que Mateo, que estaba abriendo el portal. Ella les agradeció su ayuda y les dijo que no hacía falta que la acompañaran hasta su piso, el que estaba entrando en el edificio era su marido.

En el ascensor se abrazó a él y llorando de nuevo le contó lo que había sucedido.

—Creo que no querían matarme. —Intentó tranquilizarse—. Si lo hubiesen querido, me habrían empujado con más fuerza.

—¿Por qué? ¿Qué tienen contra nosotros? —Mateo parecía incluso más asustado que ella.

—No lo sé, deben haberse sentido amenazados cuando he ido al banco a preguntar por la eólica ELD. O quizá sea otra cosa. La verdad es que no lo sé… —Había congoja en su voz.

—No entiendo por qué no me llamaste, hubiese ido contigo.

—Puff… —Resopló sin encontrar respuesta—. Estaba agobiada en casa, salí a pasear y se me ocurrió de pronto. No pensé que fuese a ser tan peligroso.

—Date prisa, están subiendo —escuchó desde el salón de Mateo y Manjit por el pinganillo que llevaba en la oreja mientras daba la vuelta al marco de fotos junto al cual ponían las llaves.

Si eran lo suficientemente listos, se darían cuenta de que alguien había entrado en su casa. Debían considerarlo como un aviso para que dejaran de meter las narices donde no les llamaban.

Aquello no le gustaba. Había sido todo demasiado rápido y tendría que haber contado con más tiempo, las cosas no podían hacerse así. Corrió hacia la puerta para irse de allí cuanto antes. Al abrir, antes de darle tiempo a salir de la casa, oyó que el ascensor había llegado al quinto piso y en menos de un segundo se abriría con ellos dos dentro. Cerró y rápidamente fue a esconderse en la habitación de invitados.

—No puedo salir, ya están aquí. ¡Haz algo! —le dijo entre susurros por las *ScreenGlasses* a su compañero que aún lo esperaba en la calle.

Inmediatamente este subió por el andamio de enfrente hasta la quinta planta, desde donde podría observarlos sin ser visto y decirle qué estaban haciendo en todo momento.

A Ruy le parecía que el día no se iba a acabar nunca. Desde el hospital militar había ido directamente al Centro de Seguridad de la Red de Metro, donde se controlaba cada una de las cámaras que estaban distribuidas por todas las estaciones. Si era cierto que el hombre de la cicatriz había estado allí, tendría que aparecer en alguna de las grabaciones, ya que la Policía no lo había encontrado en ninguna estación.

La directora del Centro puso a su disposición una pantalla en la que podrían visualizar lo que habían grabado aquella mañana. Ruy le indicó la parada en la que estaba interesado y la hora exacta en la que había recibido la llamada de Manjit. Vieron cada una de las grabaciones de las veintitrés cámaras de CCTV que esa estación poseía. Buscaban el momento en que alguien se acercara a Manjit para empujarla cuando el tren estuviese llegando. El programa de reconocimiento facial fue escrutando el rostro de todos los pasajeros que aparecían en el vídeo en busca de los rasgos de Manjit. El resultado fue negativo. Ninguna cámara había registrado su entrada en aquella estación.

—¿Hay algún punto ciego en el andén? —le preguntó a la directora.

—No, ni en el andén ni en el resto de la estación.

Ruy se quedó pensativo mirando las imágenes que tenía delante.

—¿Podemos detener la imagen cuando llega el tren y aumentarla?

—Claro, sin problema.

Fueron revisando a cada pasajero que esperaba en el andén, pero Manjit no estaba allí. Ni ella ni el hombre de la cicatriz.

—Discúlpame un momento. —Le pidió un poco de intimidad levantando una de las manos tal y como lo habría hecho un policía para detener el tráfico. Le dio la espalda y se alejó unos metros para llamar a Manjit.

Mientras escuchaba los tonos de la llamada, volvió a dejar la mente en blanco. Era incapaz de concentrarse en nada que no fuese su propia muerte y la llegada de Eolo.

—Dime, Ruy. ¿Habéis encontrado algo? —contestó Manjit ansiosa.

—No, nada… Ni siquiera te hemos encontrado a ti.

—¿Qué significa eso? —respondió ella con asombro.

—Que no estás en las grabaciones de las cámaras de seguridad. Las hemos mirado todas entre el momento que me llamaste y media hora antes. No te hemos visto ni entrando en la estación ni esperando en el andén.

—Eso es imposible..., yo estaba allí. —Mientras hablaba con Ruy entró desde internet en su cuenta del banco para enviarle una copia del pago del billete de metro que se había efectuado cuando pasó su *ePaper* por el torno de entrada. Para su sorpresa, no había ningún registro del pago—. No puede ser... —dijo a media voz—. La Policía me recogió allí.

—Sí, pero me dijeron que ya estabas fuera de la estación cuando te fueron a buscar.

De nuevo habían vuelto al mismo punto de confusión al que llevaban todos los caminos que conducían a *ellos*.

Tras la conversación y todavía nerviosa, se dio cuenta de que en la estantería del salón había una fotografía que estaba dada la vuelta. Se la había hecho Mateo el año pasado y le había gustado tanto que decidió enmarcarla. Normalmente dejaban sus *SmartKeys* junto a ella, aunque esta vez habían entrado tan alterados que no lo habían hecho.

—¿Por qué le has dado la vuelta a mi foto? —le preguntó a su marido señalando con el brazo hacia el marco.

—Yo no le he dado la vuelta.

—Pues cuando me fui de casa para dar un paseo estaba bien, estoy totalmente segura.

Los dos se miraron. Alguien había entrado en casa y quizá aún siguiese allí. Se levantaron del sillón de un salto y fueron a la cocina para coger un cuchillo cada uno. Si no estaban solos, al menos esta vez no estarían desarmados. Miraron en la despensa, era tan pequeña que de un simple vistazo comprobaron que allí no había nadie. Después fueron hacia la habitación de invitados, de puntillas, sigilosos. La puerta estaba cerrada, ¿desde cuándo la cerraban? Siempre estaba abierta. Mateo se puso a un lado, soste-

215

niendo el picaporte con una mano, Manjit al otro lado. Gesticulando con la boca, sin pronunciar una palabra y ayudándose de los dedos, Mateo contó hasta tres y abrió la puerta empujándola con fuerza para coger desprevenido a quien quiera que pudiese estar allí dentro. Un golpe seco sonó dentro de la habitación. Sus corazones empezaron a palpitar con fuerza, recordándoles que la mejor opción era salir corriendo. Pese a ello, entraron. El cuchillo les temblaba en las manos. Lo sostenían en posición de ataque, dispuestos a luchar contra cualquiera que pretendiese amenazarlos. Allí no había nadie, solo una caja tirada en el suelo. La puerta había chocado contra la estantería y había tirado la caja, que aterrizó con un golpe seco.

Registraron el resto de la casa y por último fueron al salón. Pese a que ya habían estado allí prefirieron asegurarse de que nadie se escondía detrás del sofá o la mesa. Manjit se acercó a las ventanas que daban a la terraza y entonces, por el rabillo del ojo, advirtió que alguien la estaba mirando con unos prismáticos. Pero cuando reaccionó y miró en esa dirección no descubrió a nadie, y ni siquiera estuvo segura de que lo hubiera visto con claridad.

—Creo que alguien estaba en el andamio mirándonos con unos anteojos —le dijo a Mateo algo alterada.

Los dos salieron a la terraza. No vieron a nadie y la puerta de la obra que daba acceso a la escalera para subir por el andamio estaba cerrada. No había actividad ni escuchaban ningún ruido. Parecía que ningún obrero estuviese trabajando allí. Por precaución, corrieron las cortinas de todas las habitaciones.

Desde el andamio controlaba cada movimiento de Manjit y Mateo. Cuando estuviesen distraídos, avisaría a su compañero para que saliese de la casa. Los vio andar nerviosos de un lado a otro del salón, hasta que por fin se sentaron y Manjit recibió una llamada.

—Vete ahora, están sentados y ella está hablando por teléfono.

Salió muy despacio de la habitación. ¿La puerta estaba cerrada o abierta cuando entró? No lo recordaba y tampoco le importaba demasiado, así que la cerró intentando no hacer ruido. Recorrió el pasillo de puntillas, con una pistola en la mano por si lo descubrían. Paso a paso llegó al recibidor mientras escuchaba a Manjit terminar la conversación con Ruy. Estaba a punto ya de irse cuando su compañero le habló por el pinganillo.

—Acaban de darse cuenta de que la fotografía está dada la vuelta. ¡Corre!

Salió de la casa, cerró la puerta con sigilo y enfiló corriendo las escaleras.

—Ya estoy fuera.

—Perfecto, yo voy a quedarme en el andamio para ver qué hacen.

Poco después Manjit miraba hacia allí. Le sería imposible distinguirlo, se había escondido tras la lona verde que cubría el andamio y sonreía satisfecho. Los había visto nerviosos, con un cuchillo en la mano, buscando en el armario de su habitación, bajo la cama, en el salón. Sí, habían entendido su mensaje. Si su compañero había terminado el trabajo del metro con éxito, estaba seguro de que se habrían quitado del medio de una vez por todas a Manjit y Mateo; si no, las cosas se pondrían peor. Si la mujer seguía acercándose a *ellos* aún más, no les quedaría otro remedio que matarla, pese a que no les interesaba sumar demasiados asesinatos a su lista, ya se estaban exponiendo demasiado y la Policía les pisaba los talones.

Y

El sábado ya comenzaba a extinguirse y pese a ello a Manjit se le antojaba que el lunes quedaba demasiado lejano, como si estuviese en la otra orilla de un mar alborotado por el miedo. Hasta el lunes no podría hablar con el profesor Acosta en la Escuela de Ingenieros y tampoco podía hacer mucho más hasta que lo consiguiese. Esperaba conseguir información de Monzón y Cortés, tenía un buen presentimiento; el empujón en el metro había sido un aviso que le confirmaba que iba por buen camino. Sin duda, indagar en el pasado de aquellos dos hombres la ayudaría a avanzar aún más y por ende, acercarse a Adrián. Estuviese donde estuviese, esperaba encontrarlo con vida.

Cayó en la cuenta de que era 15 de agosto, día en el que se festejaba la independencia de la India. Llamó a sus padres, que habían vuelto a su país como ayudantes humanitarios. El cambio climático golpeaba con más fuerza a los más desfavorecidos y la diferencia entre ricos y pobres se había acentuado en aquel país superpoblado, por lo que cualquier ayuda, por mínima que fuese, siempre era mucho cuando se trataba de gente que no tenía nada.

Estuvieron hablando largo rato, sobre todo por ellos, que notaron algo extraño en la voz de su hija, una sombra oscura que abrazaba cada una de sus palabras. Ella hacía un verdadero esfuerzo por parecer animada, sin embargo había ciertos rasgos, algunos gestos quizá, que no pasaron desapercibidos a los ojos de sus padres.

—¿Va todo bien con Mateo, hija?

—Muy bien. —Esa sonrisa sí que era sincera—. Está aquí conmigo.

—¡Hola! —Se situó detrás de Manjit y agitó su mano para saludarlos.

Tras terminar la conversación, dejó el *ePaper* sobre la mesa y se fue al sofá con Mateo. Después de toda la angustia que había pasado y la que seguía sintiendo al no tener noticias de Adrián le dolía bastante la cabeza, así que no hizo caso cuando oyó un pitido que procedía de su *ePaper*, sería algún mensaje de sus padres, que siempre olvidaban decirle algo, por lo que decidió leerlo más tarde. Un nuevo pitido la apremió a hacerlo. Tras el tercero, Mateo se levantó para silenciarlo. Al ver la pantalla, el gesto de su cara cambió por completo, como si el asombro le hubiese desencajado la expresión.

Adrián vuelve a estar disponible. ¿Quiere localizarlo?

Inmediatamente Mateo pulsó sobre el texto para que les mostrase dónde estaba. Habían olvidado cerrar el programa con el que localizaban su posición y aún estaba en funcionamiento. Tardó algo menos de un segundo. Su puntito volvía a encontrarse sobre el mapa, estaba quieto, sin moverse, sobre el mismo lugar donde habían encontrado el coche de África en llamas. Manjit llamó a Ruy, y Mateo a Adrián. Por muchas veces que lo intentaba, seguía sin cogerlo —tampoco Ruy—, pero al menos ahora ninguna operadora le decía que no se encontraba disponible.

219

17

*S*entían miedo. Después de la experiencia de la noche anterior no se atrevían a ir solos a buscar a Adrián, por si esta vez les disparaban a ellos en vez de a las ruedas del coche. Además, se veían incapaces de ayudarle si se encontraba en peligro, ellos dos solos no podrían hacer nada contra alguien que fuese armado. En el *ePaper*, el punto que indicaba su posición sobre el mapa continuaba parpadeando sin moverse del mismo sitio. Temían que pudiese estar muerto. Mateo, sin éxito, seguía llamándolo una y otra vez.

Tras varios intentos más, Manjit por fin consiguió hablar con Ruy. Estaba alterada y comenzó a hablar atropelladamente sin haberle dado tiempo a saludar:

—¡Ha aparecido! ¡Adrián ha aparecido!

—¡¿Dónde está?! —vomitó un grito endurecido por la sorpresa.

—Donde encontraron a África. Justo en el mismo lugar del accidente. Tenemos que ir sin perder un momento.

—¿Os ha llamado?

—No, no contesta a nuestras llamadas. Teníamos vinculados nuestros *ePaper* y hace algo más de dos minutos su señal volvió a estar disponible.

—Puede ser u... —empezó Ruy, pero ella se le adelantó:

—Tienes que enviar a la Policía hacia allá ahora mismo. Nosotros vamos también, ¿dónde nos encontramos?

—No, Manjit. ¡No! —Elevó el volumen de su voz aún más—. Puede ser una trampa. Ya visteis anoche que todo esto no es ningún juego, ¡es peligroso! ¿No te das cuenta?

—Sí, me doy cuenta, pero si le ha pasado algo a Adrián quiero estar presente cuando lo encontréis. Además nos necesitáis: si se mueve, solo podremos saber dónde está desde mi *ePaper*.

—No va a servir de nada que os diga que no, ¿verdad? —¡Qué terca era! Lo iban a complicar todo de nuevo.

—No.

—Que sepas que estoy totalmente en contra. —Su enfado era notorio—. Si no queda otra opción, vendréis con nosotros. ¡Ni se os ocurra ir por vuestra cuenta! Mando a una unidad que se vaya adelantando y ahora os recogemos en coche, iremos escoltados por otro furgón.

En el fondo le iba a venir bien no ir en primera línea de combate. Si aquello era una trampa, como así lo creía, necesitaría a dos equipos, uno para que lo protegiese a él.

La sirena del coche bramaba con estrépito entre las calles advirtiendo la urgencia con que se movía. De camino a casa de Mateo y Manjit, Ruy llamó a Adrián, quizá él tuviese más suerte, pero tras agotar los tonos no halló respuesta. ¿Qué estaba haciendo Adrián? ¿Estaría aún vivo? ¿Por qué había ido al mismo lugar donde encontraron el coche de África?

Cuando llegaron Manjit y Mateo los estaban esperando en la puerta de su edificio. Ruy iba en el asiento del copiloto. Antes de que les hubiese dado tiempo a abrocharse los cinturones de seguridad, el conductor volvió a pisar el acelerador con vehemencia y en poco menos de diez minutos ya habían salido de la ciudad. El escaso tráfico de un día festivo los había ayudado a moverse con fluidez por las calles.

Ruy se volvió hacia ellos con tono agrio:

—Esto que estamos haciendo escapa a toda lógica y, dicho sea de paso, a toda legalidad. Vosotros no deberíais estar aquí, por lo que en ningún momento... —Les apuntó amenazador con un dedo a la par que comenzaba a gritar—: ¡En ningún momento os está permitido salir del coche!

Manjit, que fingió no oír aquella advertencia, le contestó señalando su *ePaper:*

—Está aquí. —Utilizó la misma acritud, no hacía falta que le advirtiese que no había que salir del coche, no tenía ninguna intención de hacerlo.

Mateo puso su mano sobre la rodilla de Manjit para pedirle que se tranquilizara. Sabía lo visceral que era y lo poco que aguantaba a personas como Ruy, tampoco a él le caía bien, pero prefería hacer el viaje sin discusiones ni tensiones innecesarias.

—No te preocupes, que nos quedaremos dentro del coche —zanjó Mateo.

Ruy se volvió hacia delante con mirada desafiante, mientras ellos volvían a llamar a Adrián. Mismo resultado.

El primer equipo les llevaba algunos minutos de ventaja, pero no muchos. Incluso llegaban a ver sus luces a lo lejos, en la oscuridad de la noche, iluminando la carretera cuando esta era larga y lo suficientemente recta, o cuando las curvas no interrumpían la visibilidad.

No les quedaba mucho para llegar. Doce minutos, según indicaba el buscador Sousuo.

El *ePaper* de Manjit comenzó a pitar suave y lentamente. El punto que indicaba la posición de Adrián se estaba moviendo. Primero despacio, y enseguida ganando rápidamente velocidad. Sin duda iba en coche, pero ¿adónde?

—¡Se mueve! —gritó Manjit pasándole su *ePaper* a Ruy, que comunicó la nueva posición al equipo que iba delante.

«La trampa, ya somos su presa», pensaba mientras les indicaba a las unidades qué carreteras tenían que coger.

Volvieron a llamarlo sin que diera señales de vida.

No podían acelerar más. Iban algo más rápido de lo que aquellas curvas, la noche y el sentido común les dictaban. Acelerar aún más implicaba un riesgo serio de accidente, por lo que mantuvieron la velocidad. Rodeados de árboles y de una vegetación que sufría los efectos de la sequía, avanzaban por una carretera estrecha con demasiados socavones que zarandeaban el coche cuando las ruedas tropezaban en ellos. Muchos de los pinos, iluminados por los faros, mostraban sus troncos desnudos, agrietados, incluso muertos algunos de ellos.

Cuando llegaron al lugar donde el *ePaper* les había indicado la primera posición de Adrián, vieron a tres hombres uniformados y con armas buscando entre los árboles, el primer equipo había parado allí un instante para dejar a algunos agentes inspeccionando la zona y, según habían informado a Ruy, ya habían encontrado algunas manchas de sangre fresca que, presumiblemente, pertenecerían a Adrián.

El punto del localizador seguía avanzando, giró a la izquierda; ellos iban detrás a unos diez minutos. Todos estaban tensos. No sabían qué estaba pasando. Enmudecieron

223

de nuevo. La voz de Ruy, de vez en cuando, cuarteaba el silencio cuando indicaba al equipo delantero la nueva posición que veía en la pantalla del *ePaper*. Su voz, aunque firme, tenía un tono suave, como si tuviese miedo de quebrantar la falsa calma que había dentro del coche. Estaba intranquilo, él también había sentido el acoso de las sombras, de los sonidos de la noche, de las llamadas que quedaban en silencio cuando las descolgaba, y con cada kilómetro que avanzaban se acercaban a esas sombras. Ya tenían a Adrián, era solo cuestión de tiempo que también fueran a por él.

El punto rojo del mapa los estaba conduciendo a algún lugar que desconocían y quizá ni siquiera indicaba la posición de Adrián. Quizá solo era un cebo que los guiaba a la boca del lobo. En cierto sentido, sentía alivio de que un equipo les llevase dos minutos de ventaja, serían ellos los primeros en conocer la verdadera forma que tendría ese punto y enfrentarse a él en caso de que no se tratase de Adrián. Les había dado la orden expresa de disparar si se encontraban en una situación de peligro. La carretera serpenteaba demasiado y los nervios atizaban aún más las náuseas.

Finalmente el punto se detuvo.

Según el mapa, se había detenido junto a un hospital.

Manjit sintió miedo, incluso llegó a desear no haber ido. Su corazón bombeaba sangre cargada de un molesto hormigueo en su pecho. Su respiración se volvió menos profunda, angustiada. ¿Estaría muerto?, se preguntaba a la vez que se hacía la sorda para no oírlo ni en sus pensamientos.

Las señales reflectantes de la carretera anunciaban la proximidad del hospital, brillaban con una intensidad efímera que moría en las sombras de la noche cuando los faros dejaban de iluminarlas.

El primer equipo informó de que había llegado y que comenzaban a desplegarse.

—Id con cuidado, no os hagáis muy visibles… y que no haya errores. —Y con ello Ruy se refería a que si era necesaria la fuerza, que no hubiese ninguna baja entre el personal del hospital, médicos o enfermos.

—Entendido —contestó uno de sus subalternos.

Dos minutos más tarde llegaron en el segundo coche. Todo estaba en calma, no había ni rastro del primer furgón ni de sus ocupantes, como si un sedante hubiese aletargado cuanta vida hubiese en los alrededores. Desde luego, se habían tomado al pie de la letra la orden de no hacerse muy visibles, pensó Mateo.

—Todo listo y despejado —le dijo la misma voz a Ruy a través de sus *ScreenGlasses*.

—Voy a salir —se dirigió a Manjit y Mateo—. Bajo ningún concepto os mováis del coche. Si mis hombres ven movimientos extraños, primero dispararán y luego preguntarán.

Abrió la puerta y puso un pie en el suelo. Al hacerlo sintió miedo. «Ya estoy donde *ellos* quieren, y ¿ahora qué?» Temía por su vida.

Manjit y Mateo vieron cómo se aproximaba con paso dubitativo a las dos columnas de piedra que hacían de portones y daban acceso al aparcamiento. Siguió adelante hasta que la oscuridad se lo tragó, emergiendo nuevamente cada vez que se acercaba a una farola.

Ruy cruzó una pequeña pasarela de piedra que comunicaba el hospital con el aparcamiento a través de un pequeño parque bien cuidado, con setos y algunos árboles. Solo escuchaba el sonido de sus pisadas y el chirriar rápido de algunos grillos. Se detuvo para mirar el tejado del edificio y comprobar el despliegue de sus hombres, pero la oscuridad le impedía ver nada.

Al otro lado de la puerta principal del hospital se le unió el jefe de Policía de la primera unidad, que apareció de la nada. No lo esperaba allí, así que se asustó al encontrárselo de sopetón. El vestíbulo estaba vacío, como si todo el mundo hubiese desaparecido por arte de alguna magia extraña y solo hubiesen quedado las dos máquinas de café. Un hombre vestido de blanco estaba sentado tras el mostrador de la recepción. Levantó la cabeza al sentir que la puerta se abría y miró a Ruy con expectación, mostrándose disponible para resolverles cualquier tipo de duda.

—Buenas noches. Hace diez minutos un hombre ha llegado a este hospital. Se llama Adrián Salor. Creemos que aún está aquí —le dijo el policía enseñándole su placa.

El hombre vestido de blanco se levantó sin decir una sola palabra y cruzó la puerta que estaba a su espalda. La dejó entreabierta. Pudieron ver cómo le susurraba algo a quienquiera que estuviese allí dentro y que no alcanzaban a ver, como tampoco lograban entender sus cuchicheos. Tras un breve instante, salió una mujer. También vestía de blanco. Era alta y robusta, con algunos kilos de más y excesivamente maquillada para trabajar en el turno de noche de un centro médico. Su primera reacción fue estudiar a los dos hombres que tenía delante, aunque enseguida esbozó una sonrisa que se quedó a medias y se presentó:

—Soy la enfermera jefe al cargo esta noche, en qué puedo ayudarles. —Su voz ronca, así como sus dientes amarillentos, llevaban grabados la huella del tabaco.

—Policía. —Volvió a mostrar la placa—. Estamos buscando a un hombre que se llama Adrián Salor y que ha llegado a este hospital hace diez minutos.

Ella se quedó mirándolos inmune a la autoridad de

aquella placa. No era la primera vez que algún policía iba al hospital, así que estaba familiarizada con el protocolo a seguir.

—¿Alguno de ustedes es Mateo o Manjit?

Se sorprendieron de la pregunta. No era la que esperaban, pero le servía de respuesta a la suya: ¡Adrián estaba allí! ¿Cómo si no iba a conocer aquella mujer los nombres de sus amigos? Ruy no había advertido que la enfermera desconocía si Manjit era un nombre de mujer o de hombre, por lo que si hubiese contestado afirmativamente, se lo habría creído sin problemas. La duda que le asaltaba era si Adrián se encontraba bien o no.

—Han venido con nosotros, pero están fuera. ¿Adrián está bien?

—No le puedo contestar a eso. Hace diez minutos ha ingresado un hombre en estado inconsciente. Una llamada anónima nos avisó que se encontraba tirado en la carretera y una ambulancia lo ha traído hasta aquí. Está indocumentado, por lo que desconocemos quién es. Sin embargo, los compañeros que lo han recogido han dejado escrito en el informe que recibió algunas llamadas de Mateo y Manjit. Trataron de contestarlas, pero parecía que el dispositivo estaba bloqueado y no reconocía sus huellas dactilares. Ahora mismo no pueden verlo, los médicos lo están atendiendo y haciéndole algunas pruebas. Si me acompañan, les indicaré dónde pueden esperar.

El tiempo pasaba lentísimo. Esperaron veinte minutos, que se convirtieron en treinta, cuarenta... Estaban nerviosos. Metidos en aquel coche, en mitad de la noche y sin saber nada de Adrián, cada vez más impacientes. Tenían el espacio justo para que sus rodillas no tocasen el asiento delantero. Sus piernas se movían incesantes y

227

Manjit trataba de cruzar una sobre la otra, obligada a hacer malabares para conseguirlo en tan poco espacio. Enseguida se cansaba y buscaba otra posición. Les daba miedo salir y la angustia que sentían les impedía estar dentro. Llamó a Ruy.

—Manjit, va todo bien. Adrián está aquí. Ya podéis venir si queréis.

Le bastó oír aquello para abrir la puerta, no sin cierta cautela y mirando a su alrededor, pues no olvidaba que los policías primero iban a disparar y luego a preguntar.

Tras entrar en el hospital, Ruy les tranquilizó pero cierto desasosiego aún manejaba sus impulsos nerviosos.

Un médico salió a explicarles que habían encontrado una alta concentración de narcóticos en la sangre de Adrián, lo que le había sumido en un sueño profundo. Calculaban que aún le faltaban unas cuantas horas para despertarse; pese a ello se encontraba bien, aunque le dolería bastante la cabeza al día siguiente.

Horas más tarde Adrián consiguió desprenderse del efecto del sedante y despertó con un dolor de cabeza tan punzante que llegaba a taladrarle los pensamientos. Mostraba hipersensibilidad a la luz y le costaba abrir los ojos: cada vez que lo intentaba los destellos de luz blanca que reflejaban las paredes de la habitación se le clavaban como dagas. Entreveía su entorno borroso, tenía la cara amoratada, quizá a causa de un fuerte golpe, y se sentía aturdido, mareado, hasta la cama le daba vueltas. No sabía dónde estaba y tampoco respondía a las voces de los médicos. Solo intentaba tocarse la muñeca izquierda, que tenía vendada, mientras balbuceaba algo que nadie logró entender. El dolor de cabeza fue remitiendo, y aunque dejó su huella y la amenaza de volver, acabó por rendirse al abrazo de los analgésicos que los médicos le habían inyectado.

—¿Qué pasa, Salor?, ¿le estás empezando a coger gusto a los hospitales o qué? —No era la broma más adecuada para ese momento, pero Ruy, allá donde fuese, necesitaba su momento de gloria en el que todos le prestasen atención. Así había conseguido hacerse visible en todos los círculos de poder y consideraba que parte de su éxito político radicaba en la capacidad que tenía para hacerse notar, ya fuese para bien o para mal.

Todos lo miraron con gesto de desaprobación y Mateo rompió el hielo acercándose a la cama de su amigo:

—¿Cómo estás?

Adrián trató de responderle con una sonrisa y en su cara apareció una mueca de dolor. Intentaba hablar, pero sus palabras morían al tomar el aire que necesitaba para darles vida. Quedó en un silencio roto por sus ojos enrojecidos, por su llanto reprimido, por todo el dolor que guardaba dentro y que respondía sin engaño a la pregunta de Mateo.

—Salor, tengo que decirte algo. —Ruy cambió su tono a uno más serio—. Quizá no sea el momento adecuado, pero creo que es mejor que lo sepas cuanto antes…, en privado. —Y dirigió su mirada hacia Mateo y Manjit.

Ellos hicieron el ademán de levantarse, interrumpido por la mano de Adrián, que les pedía que se quedasen. Tenía que contarles algo demasiado importante.

Pese a que Ruy consideraba que hubiese sido mejor estar a solas, inspiró y bajó la voz para que las paredes no pudiesen oírlo:

—Tenías razón, el cuerpo que había en el ataúd de África no era el suyo. —Tras varias horas dándole vueltas a cómo decírselo, había decidido que la mejor forma era esa, sin rodeos.

Manjit y Mateo explotaron en asombro ante aquella frase que escondía mucho más de lo que ellos sabían.

—Ya lo sé... He estado con ella —respondió Adrián a media voz.

Y comenzó a contarles lo que le había ocurrido en las últimas veinticuatro horas.

$\mathcal{A}$drián había dudado varias veces si entrar en la fábrica o no. Sentía cómo la inseguridad y el miedo se le clavaban en las piernas impidiéndole avanzar. Cada uno de sus pasos suponía un desafío físico y mental. Llegó junto al boquete abierto en el muro, apoyó una mano en el paramento y asomó la cabeza con cautela a través del hueco para escudriñar el interior antes de entrar. Tan pronto como lo hizo, unas manos se abalanzaron sobre él desde ambos laterales. Eran fuertes, robustas, grandes. Comenzó un forcejeo en el que supo que tenía todas las de perder. Dos contra uno. Por mucho que trataba de desprenderse de aquellas garras de hormigón, siempre perdía.

Allí estaban aquellos dos hombres: el que había estado fuera fumando y el otro, que era el que más fuerza tenía. Lo reconoció al instante por su cicatriz en la mejilla. Adrián no iba a darse por vencido, aunque lo estuviese, y se revolvía como una lagartija entre los brazos de sus captores, lanzando patadas adonde tuvieran la fortuna de acertar. Con el único brazo que tenía libre luchaba a puñetazos, que le eran devueltos aún con más fuerza en la cara, en el abdomen… El que tenía los ojos más juntos le dio una patada en el costado derecho que le dejó fuera de combate durante unos instantes. El dolor se propagó hacia el pecho y apenas le dejaba respirar mientras sus sentidos se nublaron parcialmente.

Esos breves segundos fueron los que aprovecharon para pegarle nuevamente en la nuca con un objeto que Adrián notó macizo y pesado, quizá se tratara de la empuñadura de una pistola. De inmediato notó un líquido caliente y viscoso que se derramaba por su pelo y goteaba dejando el suelo plagado de minúsculos cráteres rojos. Aquel golpe, propinado con aguda violencia, terminó por desorientarlo del todo y se dejó llevar a aquella profundidad negra que se hundía en sus ojos. Luchó con sus escasas fuerzas por mantenerse consciente para intentar huir. No pudo, ganó la oscuridad.

232   Cuando despertó le asaltó un tremendo dolor de cabeza. Se llevó la mano derecha a la nuca. La izquierda estaba apresada por algo negro que pesaba bastante. Aún no estaba del todo consciente y se notaba ajeno a sí mismo y a su cuerpo dolorido. Tocó algo mojado en su pelo, el escozor que sintió lo obligó a separar rápidamente la mano de la cabeza y volvió en sí de golpe, como si hubiese despertado de una pesadilla. Había muy poca luz. Aun entre las sombras pudo distinguir su mano manchada de sangre. Lo que había tocado era una herida. De pronto lo invadió un mareo que alteraba las dimensiones de cuanto lo rodeaba. Cerraba y abría los ojos con dificultad para intentar controlar el errático movimiento con el que se movía la penumbra en torno a él. Sintió náuseas y volvió a quedarse dormido.

Las pesadillas se le hicieron oscuras y cenagosas.

Abrió los ojos, más consciente que la vez anterior, y se llevó de nuevo la mano a la cabeza. Ya no sangraba. Alguien le había curado la herida y ahora estaba cubierta por una gasa. ¿Cuánto tiempo había pasado dormido? ¿Era de día o de noche? ¿En dónde se encontraba? Incapaz de contestar a sus preguntas, trató de incorporarse en la cama donde lo habían tumbado. Apoyó su mano derecha sobre el colchón y fue entonces cuando se dio cuenta de que lo habían encadenado a la pared. Un grillete anclado a su muñeca se convertía en su carcelero. Pese al dolor que aún rondaba su cabeza, y se materializaba con un agudo pitido en sus oídos, trató de liberarse inútilmente. Le dolía la muñeca de intentarlo y aun así, la anilla de acero seguía intacta. Miró angustiado la habitación; aunque la luz era tímida, pudo ver que no había ninguna ventana, solo una puerta. Una sombra llamó su atención al fondo de la habitación. Intentando vencer la pesadez en sus ojos, confirmó que no estaba solo. Sintió miedo. Terror.

Tardó algo menos de un minuto en acostumbrarse a la penumbra. La sombra estaba sentada en una silla, inmóvil junto a la puerta. Casi no podía distinguir sus facciones, pero aquellas que sí reconocía le devolvieron todo su dolor.

—¿Cómo estás? —musitó la sombra desde el fondo.

Su voz sonó distinta, pero igual a la vez.

—¿África? ¿Eres tú?

No le hizo falta ninguna confirmación. La reconoció cuando ella levantó la cabeza, que hasta ahora había mantenido gacha. La escasa luz reveló su rostro a duras penas. No le hacía falta más. ¡Era ella!... ¡¿Cómo era posible?!

África se mostró distante. En silencio. Mirándolo sin moverse.

—¿Có... có... cómo... cómo...? —tartamudeó nervioso, llorando. Las ideas fluían tan rápido en su cabeza que se atropellaban unas a otras al tratar de salir por su boca.

Se levantó para acercarse a su mujer, olvidando que no podía ir muy lejos. Cuando la cadena se tensó, se quedó parado, extendiendo el brazo que tenía libre hacia ella, esperando que fuese a su encuentro, que lo abrazase y lo besase para calmar todo el dolor que había sufrido por su muerte.

Ella no hizo nada, se quedó allí, sentada, mirándolo. Ahora que estaba más cerca, volvió a fijarse en su cara: en su gesto triste, cansado, en sus facciones desencajadas. Tenía un ojo amoratado e hinchado y una herida que le partía el labio. También la vio más delgada…, pero ¿no estaba embarazada?, recordó Adrián de pronto. Quizá había perdido al niño. La idea le deprimió y dio un paso atrás para sentarse en la cama. Estaba mareado por el dolor de cabeza, aunque la confusión que sentía aún lo mareaba más.

234

—Te curé la herida mientras dormías. Sangrabas mucho. Espero que ya te encuentres mejor.

—¡¿Que esperas que ya me encuentre mejor?! ¡¿Y ya está?! —Su voz sonaba a decepción y enfado—. He pasado la peor semana de mi vida. Hasta ahora creía que estabas muerta y tú… —Enmudeció de angustia negando con la cabeza—.Tú… ¿tú solo esperas que me encuentre mejor? ¡¿Crees que esta es la mejor forma de saludarme?!

Ella giró la cabeza hacia arriba, a la derecha, indicándole que hiciese lo mismo. Adrián miró en la misma dirección y descubrió una cámara con una lucecita roja encendida junto al objetivo. Los estaban vigilando.

—Si me acerco, *ellos* volverán —susurró.

Adrián imaginó una sala con monitores donde aquellos hombres que lo habían llevado hasta allí los controlaban sin perder detalle.

—¿Te han hecho daño?

Ella negó con la cabeza y con tristeza en sus ojos.

—¿Qué es lo que quieren de nosotros?

—Que detengas el Congreso del cambio climático. —Las palabras salían apagadas de su boca.

—Pero yo no puedo detenerlo... —Se giró hacia la cámara y gritó—: ¡¡Me habéis oído?! ¡Yo no soy nadie, no puedo detener nada!

Una idea súbita quebrantó sus pensamientos y se volvió de nuevo hacia África.

—¿Y si no lo consigo? —balbuceó con miedo.

A ella se le derramaron algunas lágrimas que se apresuró a limpiar con la mano. Esa era la respuesta que habría querido evitar a cualquier precio. Lo habría dado todo por no haberla visto llorar ante aquella pregunta. Si no conseguía parar el Congreso, y era evidente que no tenía el poder para detener tan colosal evento, ella moriría. Nadie buscaría un culpable, nadie la echaría de menos. Oficialmente ella ya estaba muerta.

Se levantó anegado de impotencia y fue a abrazarla, pero de nuevo la cadena se lo impidió. Tiró de ella con todas sus fuerzas, notando una punzada de dolor en el costado donde le habían dado la patada. La argolla se le clavaba en la muñeca y le cortaba la circulación. Pese a sus esfuerzos, no consiguió liberarse. Se sentó en el suelo, en realidad casi se cayó, y lloró desconsoladamente, al igual que África desde su silla. Parecía como si otras cadenas, forjadas de miedo, la retuviesen también a ella.

—Me obligaron a desactivar tu huella dactilar de la puerta de casa para que no pudieses entrar. Los oí decir que te esperarían a oscuras —dijo entre sollozos—. Me han obligado a muchas cosas, Adrián. Por favor, ten cuidado cuando lo encuentres...

Antes de que pudiese terminar la frase, la puerta se abrió y el hombre de la cicatriz la cogió del pelo con extrema violencia y la arrastró por el suelo fuera de la habi-

235

tación. Cerró de un portazo y Adrián siguió oyendo cómo ella aullaba de dolor por el pasillo.

—¿Cuando encuentre qué…? ¿Qué tengo que encontrar? —gritó desesperado.

¿Se refería a los artículos de prensa? ¿A la ecografía? ¿Al mapa de la pared del piso contiguo al suyo? ¿Qué era lo que tenía que encontrar?

Pasó las siguientes horas pensando en su hijo, en ella, en sus palabras, en lo que le harían si no lograba suspender el Congreso… Quizá Ruy pudiese hacer algo para aplazarlo y así ganar tiempo, tenía que haber alguna forma de detener aquella locura, pero con más de 170 países invitados y confirmados, sería imposible cambiar las fechas y lo sabía, a no ser que… Sí, ¡el huracán Eolo! Si las previsiones eran acertadas, sería lo suficientemente potente como para obligar a cancelar el evento. Un rayo de esperanza lo iluminó como si el amanecer hubiese roto una densa noche. Entonces recordó lo que Ruy le había dicho hacía unos días:

«Si el huracán viene, mejor. Tendremos más cobertura en los medios, vamos a adelantar los vuelos de los asistentes por si acaso y añadimos visitas culturales a la agenda.»

Así que el Congreso se iba a celebrar con o sin el huracán. El estrés que le generaba la idea de perder de nuevo a África despertó de su letargo al mareo que antes lo había noqueado y enseguida se quedó otra vez dormido.

Volvió en sí con la boca pastosa, como si no hubiese bebido nada en un par de días. No sabía cuánto había dormido y desconocía si era sábado, domingo o lunes; había perdido la noción del tiempo y en aquella habitación sin ventanas le era imposible orientarse. Estaba aislado, por mucho que gritase nadie lo iba a oír, pero lo intentó hasta quedarse afónico. La angustia se fue apoderando de él lentamente, como si se estuviera deleitando devorando a su víctima. Saber que tenía que hacer algo para ayudar a África lo mantuvo lúcido.

Luchó nuevamente contra la argolla. A duras penas cedió un centímetro, llevando al límite la elasticidad de su piel. De seguir así, pronto se la desgarraría, pero tenía que escapar de allí como fuera. La muñeca comenzó a sangrarle y aun así siguió tirando hasta que el agotamiento y el dolor lo vencieron. Pensó que aunque lograra soltarse, no tenía la más remota idea de dónde encerraban a África, que probablemente estaría encadenada a otra pared, como él.

Visto que por la fuerza le iba a ser imposible huir, comenzó a urdir un plan. Estaba convencido de que lo iban a liberar tarde o temprano, ¿cómo si no podría detener el Congreso? Cuando lo soltaran, se dirigiría despacio a la puerta, sin que nadie pudiera anticipar sus movimientos, y entonces cogería la silla lo más rápido que pudiese y la estrellaría con todas sus fuerzas contra la cabeza del hombre de la cicatriz. El resto lo improvisaría, ya que no podía hacer planes más allá de la puerta, donde se aventuraría a lo desconocido.

Satisfecho con su idea, se sentó sobre la cama dirigiendo una mirada amenazadora hacia la cámara que lo vigilaba. Esperaba llamar así la atención de *ellos*. Necesitaba que entrasen y lo liberasen. Si aquello salía mal, esta vez no solo volvería a llorar la muerte de África, sino también la de su hijo, y no se sentía capaz de hacerlo por segunda vez.

Al cabo de unos minutos se abrió la puerta. La luz que se coló por su hueco era mucho más intensa que la penumbra interior. Una silueta a contraluz se fue acercando a él muy despacio. Pronto descubrió la cicatriz en su meji-

237

lla que tanto miedo le infundía. Se fijó con atención en el resto de su cara, de forma rectangular. Quería guardar en su memoria cada facción para detallárselas a la Policía a fin de elaborar su retrato robot. Tenía el entrecejo permanentemente fruncido y una mueca de asco contorneaba sus labios. Pelo corto, más en los laterales que en la parte superior, y ojos claros, aunque no pudo distinguir su color por las sombras que se cernían sobre ellos.

Cuando llegó junto a él, le tendió un vaso de agua que Adrián rehusó con desprecio pese a la sed que tenía.

—Es mejor que no hagas tonterías, tienes las de perder.

—¡Quiero ver otra vez a África! —le exigió lleno de ira.

El hombre de la cicatriz dejó el vaso junto a él y, como si no hubiese oído su petición, se dio media vuelta y salió de la habitación cerrando la puerta.

—¡He dicho que quiero volver a ver a África! —gritó corriendo detrás de él, tirando lo más fuerte que pudo de las cadenas.

La muñeca le abrasaba bajo el hierro y de nuevo volvía a sangrar.

Extendió amenazador su dedo índice hacia la cámara de CCTV y les gritó que pagarían por todo lo que le estaban haciendo a su mujer. Después cogió el vaso y tras beber el agua a toda prisa lo tiró contra la cámara acertando de pleno, aunque quedó intacta. Su primer impulso fue arrojarlo incluso con el agua, pero estaba demasiado sediento como para desperdiciarla. Le dejó un sabor extraño en la boca y casi de inmediato empezó a notar que sus piernas no eran capaces de soportar su propio peso. Intentó llegar a la cama, pero la visión caleidoscópica con la que sus ojos empezaron a desdoblar la realidad se lo impedía. Se dio cuenta de que le habían echado algún tipo de droga en el agua antes de desplomarse inconsciente.

Υ

Manjit, Mateo y Ruy se quedaron sobrecogidos por el relato de Adrián y por el terrible dolor que se desprendía de él. Los tres guardaron silencio sin encontrar motivos de ánimo o consuelo. Antes de que ninguno pudiese reaccionar, un médico entró en la habitación y les pidió que dejaran descansar un poco al paciente, así que salieron al pasillo, aún mudos, donde esperaron unas horas hasta que las pruebas confirmaron que Adrián se encontraba bien y podía volver a casa.

Manjit y Mateo lo ayudaron a salir del hospital. Los analgésicos que le habían dado camuflaban su dolor de cabeza con un leve mareo que lo obligaba a caminar despacio. Pese a que las radiografías no mostraron ninguna vértebra rota, la patada que le habían dado en el costado aún le dolía e incluso le impedía respirar con normalidad. Ya en el vestíbulo les pidió que parasen un momento, necesitaba sentarse a descansar en una silla. Una vez repuesto, apoyó las manos en las piernas para levantarse. Al hacerlo notó un pequeño pliegue de forma rectangular y poco espesor en el bolsillo derecho del pantalón. No recordaba haber guardado nada allí, así que lo sacó con curiosidad. Era un papel, doblado varias veces. Qué extraño, pensó, él no solía usar papel, lo escribía todo en su *ePaper*. Al desdoblarlo vio que estaba escrito y, sin duda, era la letra de África.

239

Ayúdame a salir de aquí, por favor. Estoy embarazada. Si no haces lo que te piden, nos matarán a mí y a tu hijo. Tienes que terminar lo que yo empecé, solo así seremos libres. Solo tú sabes lo que hay que hacer. Ten cuidado con lo que encuentres y no se lo confíes a nadie, a NADIE.

Te quiero.

¿Qué era lo que él sabía? Él no sabía nada, se decía a sí mismo, no tenía la más mínima idea de lo que había que hacer.

«Ten cuidado cuando lo encuentres»..., ¿era ese papel a lo que se refería?

19

El sábado por la mañana, mientras Ruy se dirigía al cementerio para exhumar los restos de África, otro coche, en otra zona de la ciudad, transitaba por unas calles que habían amanecido desiertas. Casi costaba reconocerlas sin tráfico y sin gente, tanto que incluso los primeros rayos 241 de luz de la mañana se perdían al recorrerlas. Con las ventanillas oscurecidas, parcialmente las de delante y opacas las de atrás, se movía sigiloso intentando pasar desapercibido. El conductor conocía perfectamente dónde estaban situados los controles de la Policía y callejeaba para evitarlos. Pese a sus esfuerzos para no cruzarse con nadie, se encontraron con un par de personas y algunos taxis, nada de lo que preocuparse. El ocupante del asiento central trasero mantendría su anonimato sin problemas. Dentro del coche negro nadie hablaba. Sabían que era mejor no hacerlo cuando él estaba dentro y, menos, en situaciones como aquella.

Cuando llegaron a su destino, dos hombres vestidos de negro y con pinganillos en las orejas, a través de los que recibían instrucciones, acababan de abrir las puertas del garaje y las volvieron a cerrar en cuanto el vehículo las cruzó. Tenían órdenes de quedarse allí encerrados el resto del día para asegurarse de que nadie más pudiera entrar.

Por motivos de seguridad, las tres plantas del garaje habían sido desalojadas la noche anterior y las cámaras de vigilancia desconectadas, como ya habían hecho otras veces. El coche bajó por la rampa hasta la última planta y se detuvo en medio de aquel apabullante vacío. Solo se habían encendido las luces del techo, cuyos sensores detectaron movimiento, de modo que las paredes quedaban a oscuras, dando la sensación de encontrarse en mitad de la nada.

Las cuatro puertas del coche se abrieron y de ellas salieron cuatro hombres que volvieron a cerrarlas nada más bajarse. Todos ellos iban uniformados de negro, como los dos que habían visto en la puerta, y llevaban su pistola en la mano así como pinganillos en la oreja. El conductor se quedó junto al vehículo por si el plan se torcía y tenían que salir a toda velocidad. Los demás fueron a explorar el terreno. Conforme iban avanzando, las luces del techo se iban encendiendo, de manera que penetraban en la oscuridad durante una pequeña fracción de tiempo, como si esta los escupiese al sentirse invadida.

Cuando el conductor escuchó por el pinganillo que el recinto estaba despejado y era seguro, se dirigió a una de las puertas traseras y la abrió. El hombre que estaba sentado en el asiento central se apeó con paso firme y seguro, encaminándose rápido hacia la salida, a poco menos de dos metros. Cuanto menos tiempo permaneciese en espacios abiertos, menos posibilidades tendría de ser visto. Al llegar, se abrió un portón de pesado acero. Detrás estaba el hombre de la cicatriz.

—¿Se ha vuelto a despertar? —preguntó el recién llegado con su voz quebrada que llegaba a raspar el tímpano como una lija.

—No, ahora duerme.

242

Adrián se había despertado antes de lo que esperaban, estaba delirando y no tardó en volverse a quedar dormido. Aun así, habían llamado al hombre de la voz quebrada, pues sus órdenes eran claras. Quería ser él mismo quien supervisase la operación para que no hubiese errores. De ello dependían todos sus planes y un solo error podría desenmascararlos, como ya había ocurrido el viernes anterior en el departamento de documentación de la Comisión Internacional en el Ministerio del Cambio Climático. Afortunadamente, nada que no se pudiese solucionar con un disparo.

Tras recorrer un par de pasillos se montaron en un ascensor que funcionaba con una llave de la que tan solo había una copia. Los hombres vestidos de negro se quedaron junto a él para asegurarse de que nadie más intentaba abrirlo. Bajaron en silencio tres pisos hasta un búnker. Cuando el ascensor se abrió, observaron un pasillo con varias puertas a los lados. Avanzaron un par de metros y entraron por una de ellas a una sala de paredes blancas, iluminadas como si estuviese entrando la luz del sol pese a que no había ninguna ventana. En el centro había una mesa flanqueada por cinco sillas. Dos de ellas estaban ocupadas. Al verlos entrar, el hombre y la mujer se levantaron de inmediato, como si le debiesen respeto o le tuviesen miedo. El hombre de la voz áspera miró la pared digital de su izquierda, donde se veía cómo África curaba las heridas de Adrián, que permanecía inconsciente tumbado sobre la cama, con una mano encadenada a la pared.

—Ella le está limpiando la sangre —dijo la mujer, que aún permanecía de pie.

—No la saquéis de allí hasta que Adrián se despierte. Es muy importante que sepa que está viva. —Sus cuerdas vocales lijaban cada palabra que nacía de ellas—. Solo así podremos utilizarlo para nuestros propósitos.

243

El hombre de la cicatriz dio un paso hacia él.

—La puerta está cerrada. Aunque lo intentase, no podría salir.

—Bien, bien… —Sonrió quebrando aún más su voz.

Salvo algún imprevisto, todo estaba saliendo según lo planeado.

Hasta que Adrián despertó, todo el mundo permaneció tenso dentro de la habitación, el hombre de la voz áspera suscitaba incomodidad en cuantos lo rodeaban. A través de la pared digital observó que Adrián había vuelto en sí confundido y desubicado. Su plan estaba saliendo a la perfección, Adrián acababa de reconocer a África. Una sonrisa mezquina se dibujó en sus labios.

Prestaba suma atención a lo que estaba ocurriendo en la sala contigua: Adrián luchaba contra las cadenas para acercarse a su mujer. Eso era exactamente lo que estaba buscando. Con ojos inyectados en pura crueldad, se volvió hacia el hombre de la cicatriz para darle instrucciones:

—¡Que no hablen más! Sácala de ahí ¡ya!

Escasos segundos más tarde contempló cómo su hombre la arrastraba por el pelo. Volvió a sonreír. Una llamada le robó el instante de placer que le procuraba aquella escena. Sus *ScreenGlasses* ya llevaban incorporadas las pinzas para encriptar la conversación, así que se las puso y aceptó la llamada en silencio, como siempre.

—Desde anoche tenemos acceso al *ePaper* de Manjit. Sigue investigando los artículos de prensa y ha encontrado la clave, pero creo que no se ha dado cuenta.

Colgó sin contestarle. Esa otra mujer estaba empezando a ser un problema y era posible que quizá la hubiese menospreciado. Unos minutos más tarde volvió el hombre de la cicatriz a la habitación.

—Ve a por Manjit. Asegúrate de que deja de indagar en nuestros asuntos.

—Pero...

—¡Sin peros! —gritó con aquella voz que infundía terror allí donde era escuchada.

Adrián se había vuelto a quedar dormido y hasta que despertase no había mucho que hacer en aquella sala, así que se fue a otra para poder trabajar mientras esperaba.

—Avisadme en cuanto se despierte —dijo desde la puerta al hombre y la mujer que se quedaron en las mismas sillas donde los había encontrado.

Cuando llegó al salón de juntas, cerró por dentro, no quería que nadie lo molestase. Desdobló su *ePaper* hasta que adquirió las dimensiones de un folio y comenzó a trabajar con él. Sus nuevos negocios en China iban a reportarle una gran cantidad de dinero. Para ello deberían saltarse cerca de un centenar de leyes medioambientales internacionales y dejar el suelo de varias comarcas inutilizable para la agricultura, pero sabía exactamente cómo hacerlo y, sobre todo, cómo ocultarlo. Para ello era imprescindible suspender el XXIX Congreso para la Prevención del Cambio Climático, con lo que ya prácticamente contaba, pues todo estaba organizado. Quedaban algunos problemas menores, como las ONG que no dejaban de manifestarse, lo cual no era preocupante pues controlaban los principales medios de comunicación. Si no les daban voz y se ocultaban sus acciones a la opinión pública, se limitarían a colgar algunas pancartas y poco más. Era cierto que algunos medios de escasa repercusión habían recogido la opinión de los activistas y se habían mostrado críticos. Pero esos artículos habían sido descargados solo por algo más de mil personas, nada significativo para sus intereses. Sin embargo, con WarmNed Planet tuvieron que pasar de nuevo a la acción, y con tantas muertes a la espalda, al final la Policía ataría cabos sueltos, lo que le intranquilizaba bastante.

Recibió otra llamada. Esta vez era el director del BSW. Descolgó y de nuevo se quedó en silencio.

—Manjit ha estado aquí haciendo preguntas sobre las empresas en las que invertimos —le dijo.

—No te preocupes. Si sigue molestándonos, también la eliminaremos. Ya tengo a alguien ocupándose de ella.

Se había consumido ya la mayor parte del día cuando llamaron a la puerta. Era el hombre de la cicatriz. Adrián se había despertado de nuevo. Fueron juntos hasta la sala donde lo estaban monitorizando y se sentaron a esperar el momento adecuado para llevarle la droga. Tenían que sacarlo inconsciente de allí para que le fuese imposible reconocer cualquier elemento del búnker, pero antes el hombre de la voz áspera necesitaba comprobar algo.

Miró la pantalla virtual de la pared donde veía a Adrián sentado en la cama. Estudiaba cada expresión del prisionero, cada uno de sus movimientos. Finalmente le vio dirigir su mirada hacia la cámara y en sus ojos reconoció la rabia y la ira que estaba buscando. Sí, ¡ya era suyo!

—Llévale el agua —le dijo al hombre de la cicatriz.

Habían echado suficiente droga como para dormirlo durante varias horas, a fin de evitar contratiempos.

Cuando Adrián reventó el vaso contra la cámara, una sonrisa volvió a asomarse en su boca. Sabía que su inquilino estaba rebosante de odio y que haría cualquier cosa que le pidiesen con tal de volver a estar con su mujer. ¡Ya es mío!, se repitió con satisfacción. En ese momento Adrián cayó al suelo inconsciente por el efecto del sedante.

—Sacadlo de aquí y dejadlo exactamente en el mismo punto donde estrellamos y quemamos el coche. Y rápido.

Cuanto más tiempo retuviesen a Adrián, más tiempo lo estaría buscando la Policía, y eso suponía un problema.

Cuando el hombre de la cicatriz fue a desencadenarlo, lo agarró de la camiseta con la mano izquierda para levantarlo unos centímetros del suelo y liberó su ira contra él dándole un puñetazo en la cara que sació sus ansias de venganza. A Adrián comenzó a sangrarle la nariz.

Madrid, domingo 16 de agosto de 2065
Temperatura mínima: 26,7 °C
Temperatura máxima: 44,6 °C
189 días sin llover

20

La luz de un nuevo día se abría tras las puertas del hospital. Los ojos de Adrián sintieron un sucedáneo de libertad al ver el sol, pero su mente y su corazón seguían presos en la perpetua noche de aquella habitación sin ventanas donde había pasado las últimas veinticuatro horas, y donde aún tendrían retenida a África.

De la nota que acababa de encontrar en su pantalón, y que ella le habría guardado mientras curaba su herida, dedujo que su hijo aún estaba vivo, lo que se convirtió en un atisbo de esperanza entre tanta desolación, una esperanza que se convertía también en miedo ahora que sabía que lo podría volver a perder todo, pero haría cuanto estuviese en su mano para evitarlo, e incluso más.

Bajaron las gradas del hospital hasta el coche que esperaba fuera. El dolor que Adrián sentía en el costado cuando dejaba caer su peso en cada escalón era compensado con creces por su ira y el ansia de venganza.

Caminaron por el aparcamiento bajo la imponente presencia del monte que se extendía al fondo del paisaje. Estaba dividido en dos mitades por varias pistas de esquí construidas desde la cima hasta su base, como si fuesen heridas blancas que se abrían entre la vegetación. A esa hora de la mañana ya eran muchos los esquiadores que descendían veloces por la nieve sintética que había salvado el negocio del esquí, obligado a adaptarse al nuevo clima. Con el ascenso de las temperaturas, la extensión del hielo acumulado por las nevadas se había reducido en todas las zonas montañosas de la península Ibérica, de forma considerable en algunos casos, desapareciendo incluso por debajo de los dos mil metros de altitud. Unos datos que llevaban alarmando desde hacía años a quienes habían realizado cuantiosas inversiones en ese deporte, pero con la revolución de los nuevos materiales habían conseguido imitar la textura y las propiedades deslizantes de la nieve virgen en unas planchas alargadas que ahora sustituían varias de las hectáreas que antaño pertenecieron a la naturaleza. Tras un incendio que resultó haber sido provocado, parte de la belleza de aquel monte se había convertido en cenizas muertas y humeantes. El terreno, hasta entonces protegido, se recalificó y se adjudicó de forma opaca a una empresa que lo convirtió en una estación de esquí. Tras más de diez años, las faldas de aquella montaña volvían a lucir un verde adolescente al que aún le quedaban muchos años para convertirse en la sombra de lo que fue.

Ruy le prometió a Adrián que comenzarían a buscar a África ese mismo día, a condición de que él se fuese a casa a descansar y que aceptase una escolta. Sus primeros pasos serían buscar a los dos médicos que falsificaron las pruebas del ADN de África. Nadie los había vuelto a ver desde el día del accidente. Sus fotografías y todos sus datos habían sido eliminados de los archivos del Anatómico Forense. Pese a ello, la Brigada de Investigación Tecnológica de la Policía consiguió la dirección del domicilio de uno de ellos con un software especializado en recuperar información borrada. Fue en vano, era un edificio abandonado y desde hacía décadas allí no había vivido nadie.

Sus retratos robot, así como los que habían hecho del hombre de la cicatriz y del de los ojos juntos con las indicaciones de Adrián y de Mateo, no sirvieron para mucho. No encontraron ni una sola coincidencia facial suya en Sousuo ni en los archivos policiales, pero al menos ya tenían identificadas a cuatro personas y podían emitir la orden de búsqueda y captura. Enviaron las cuatro imágenes a la Policía de Oporto, donde los agentes ya estaban rastreando cada palmo de la ciudad.

En cuanto llegó a casa, y con el dolor de cabeza apagándose poco a poco, Adrián recalculó las posibles trayectorias del huracán para saber con cuánto tiempo contaba para terminar aquello que se suponía que África había empezado. Se confirmaba con una probabilidad del setenta y cinco por ciento que Eolo entraría en la península Ibérica por Oporto la noche del martes al miércoles, día de inauguración del Congreso. Ya se había blindado el hotel donde se alojarían los representantes políticos que asistirían al Congreso. La mayoría de ellos ya estaban en Madrid y los pocos que faltaban llegarían al día siguiente. Todo estaba listo para que se celebrase el evento, por lo que Adrián sabía que era una carrera contrarreloj y cada minuto contaba.

Junto a Manjit repasaron toda la información que había extraído de los artículos. No encontraron nada que les indicase qué era exactamente lo que África hacía antes de que la secuestrasen. Quizá habría destapado algo ilegal y estuviese siguiendo su rastro, pero tan solo contaban con aquellos papeles y el mapa del piso contiguo, lo que no ayudaba demasiado para llegar al fondo del asunto. Adrián suponía que su mujer habría dejado en algún lugar una pista más o algún documento clave que los ayudase a entenderlo todo. ¿Cómo si no iba a continuar lo que ella empezó? Puso su casa del revés buscando un doble fondo escondido en algún otro cajón, mueble o puerta. El piso que había alquilado África, había sido registrado por la Policía de cabo a rabo y, antes, por alguien que todavía no habían identificado, así que de haber algo, tendría que estar en su propia casa.

Tras cerciorarse de que no le había quedado ni un solo rincón donde buscar, supo que aquello iba a ser demasiado difícil y no le quedó más remedio que confiar en que Ruy diese con una solución lo antes posible. No entendía por qué África no había sido más explícita en la nota que le metió en el bolsillo, aunque imaginaba que no habría querido escribir más por miedo a que descubriesen el papel. Adrián temía que no iba a disponer de tiempo ni de medios suficientes para salvar a su mujer y a su futuro hijo.

254

El informe que Ruy había encargado el día anterior a la Policía le llegó al *ePaper* cuando salía del hospital. Lo abrió de inmediato y comenzó a leer.

Hemos rastreado cada cámara de seguridad en busca de los últimos movimientos de África Núñez. No se ha encontrado nada sospechoso hasta el miércoles antes de su muerte. Tras haberse reunido con Vega Antúnez en el Ministerio, se dirigió hacia la puerta del Sol. En su trayecto, varias cámaras de CCTV la captaron mirando hacia atrás, como si alguien la estuviese siguiendo o como si tuviese miedo de que lo estuviesen haciendo, pero en ningún momento de la grabación se detecta a nadie que siga sus pasos. Una vez en Sol, cogió el metro hasta su casa. En la última imagen que tenemos suya de ese día, se la vuelve a ver mirando hacia atrás antes de salir de la estación del metro. Tuvo que ver algo extraño, pues salió corriendo de la estación; sin embargo, en las grabaciones no hay registrado nada fuera de lo normal.

El jueves antes de su accidente vuelve a aparecer en la estación de metro que hay frente a su casa a la 10:13 de la mañana. Se la ve mirar hacia atrás con recelo, pero parece que con menos inseguridad. De allí se dirige a la sede central del banco BSW y a la salida del metro sigue mirando hacia atrás con más insistencia, como si sus miedos se hubiesen acentuado en el trayecto. En las imágenes de la cámara de seguridad que el banco tiene en la fachada se la ve alterada y, tras ella, una vez que entra en el banco, aparece una sombra. No podemos identificar a la persona pero parece que se trata de un hombre corpulento, aunque en ningún momento se le puede identificar en la grabación, solo se aprecia su sombra. Cuando salió del banco, África cogió un taxi y ya no sabemos adónde fue.

Del viernes solo tenemos su entrada en el Ministerio del Cambio Climático. Estaba muy nerviosa, incluso alterada. Llegó en taxi y cuando salió volvió a coger otro. No sabemos con qué destino.

¿A ella también la estaban siguiendo?, se preguntaba Ruy. ¿Qué era lo que había descubierto?

El miércoles 5 de agosto África salió del Ministerio con una carpeta en la mano; allí llevaba toda la documentación que le había enseñado a Vega Antúnez. Camino de la Puerta del Sol creyó percibir que la estaban siguiendo. Ya lo había sentido con anterioridad y más frecuentemente en los últimos días. Miró atrás en repetidas ocasiones, pero no alcanzó a ver a nadie, quizá una sombra a cierta distancia de ella, no estaba segura, y entre el gentío que atestaba el centro de la ciudad era imposible confirmarlo. Caminó deprisa hacia el metro, quería llegar a casa lo antes posible.

Cuando el tren llegó a la estación más próxima a su casa, y antes de salir a la calle, volvió a mirar atrás, inquieta. Ahora sí estaba segura, había vuelto a ver la misma silueta entre aquellos que se habían bajado en la misma parada que ella. No quiso esperar a confirmar de quién se trataba y salió corriendo a casa.

Una vez allí, fue a su dormitorio, sacó el segundo cajón de su mesilla de noche y lo vació encima de la cama. Tenía que darse prisa en guardar los documentos que llevaba en la carpeta para que Adrián no los viera. Con la mano palpó la parte superior del hueco que había dejado el cajón y despegó de allí una minúscula llave con la que abrió el doble fondo. Había dos sobres, uno de ellos contenía las ecografías, el otro el contrato de alquiler. Sacó este y lo unió al contenido de la carpeta, cerró el doble fondo con llave y recolocó la ropa interior. Aquellos papeles ya estaban seguros. Después cogió la llave y la tiró a la basura para que nadie la encontrara.

Dos días después, el viernes 7, África volvió al Ministerio para hablar con Vega Antúnez antes de viajar al día siguiente a Belvís de Monroy. Salió de casa apresurada, aquella visita era demasiado importante y se le estaba echando el tiempo encima. Tenía que ir a la hora que sabía que Adrián estaría reunido y no se toparía con ella. No había puesto aún el pie en su portal cuando su *ePaper* la avisó de que había recibido una imagen. No conocía el número desde el que se la enviaban. La abrió extrañada y se quedó boquiabierta.

Eran tres fotos suyas hablando con Vega en la calle. Acababan de confirmarse sus sospechas: alguien las había estado siguiendo. Pensó en la sombra que llevaba tiempo siguiéndola. No contaba con aquello y sabía que ahora su vida corría peligro. Salió a la calle descompuesta y con manos temblorosas paró el primer taxi que vio.

Ya dentro del vehículo, su *ePaper* volvió a sonar, esta vez con el aviso de una llamada.

—África, tenemos que hablar de las fotos. —La voz sonó ronca al otro lado de la línea. Después escuchó un carraspeo para aclarársela.

Ella, al borde de un ataque de nervios, guardó silencio hasta que la reconoció.

—¿Ruy?

Tras salir del hospital, a última hora de la tarde del domingo, Adrián comenzó a sentir de nuevo dolor en su costado derecho, donde había recibido la patada, por haber pasado buena parte del día revolviendo su casa en busca de una pista que lo ayudase a entender qué estaba ocurriendo. Agotado, subió a casa de sus vecinos. Mateo estaba preparando una maleta pequeña para irse al aeropuerto. El final de la primera quincena de agosto había tocado a su fin y eso significaba que él tenía que volver a trabajar. Habían cancelado sus vacaciones en cuanto se enteraron de que África había sufrido un accidente de tráfico y volvieron a Madrid de inmediato para estar con Adrián.

El trabajo obligaba a Mateo a viajar con demasiada frecuencia, y esa exigencia cada vez le resultaba más dura. Le costaba mucho separarse de Manjit, especialmente aquel día que la veía demasiado nerviosa y cansada. A la mañana siguiente tenía una reunión en Londres a primera hora, la había intentado anular por activa y por pasiva, pero era demasiado importante y lo único que consiguió fue condensar en el mismo día todas las gestiones pendientes con la filial inglesa, así estaría de vuelta en Madrid por la noche y se quedaría con Manjit y Adrián hasta que todo hubiese terminado.

Aunque Manjit no se quejó en ningún momento, tampoco a ella le hacía demasiada gracia que se fuera; desde que les dispararon sentía miedo de estar sola. Para que no notase la pena en sus ojos, se esforzaba en sonreír y estar animada, pero sabía que no lo engañaba. Aun así llegaron a la solución perfecta: Adrián subiría a pasar la noche con ella —ya le tenían preparada la habitación de invitados—, pues aunque hubiera querido dormir en su casa, no habría podido con todos los cajones por el suelo y los muebles a medio desmontar. Además, la escolta que Ruy le había asignado se quedaría vigilando el edificio toda la noche, por lo que todos, en mayor o menor medida, dormirían tranquilos.

Mateo insistió en ir solo al aeropuerto, no quería alargar la despedida ni potenciar el temor de Manjit al verlo partir. Cuando se hubo ido, ella se disculpó ante Adrián y se fue con ojos vidriosos al cuarto de baño, donde podría derramar algunas lágrimas que pasarían desapercibidas con un buen colirio. En el fondo tenía miedo de que algo malo le pudiese pasar a su marido durante el vuelo o en Londres, y rezó varios sutras para que nadie lo siguiera.

Adrián miró por la ventana, había dos policías no uniformados vigilando la entrada y otros dos en el rellano del piso de Manjit, lo que le hizo sentirse protegido.

Tras haber cenado, Manjit se levantó de la mesa y salió del salón con paso inseguro. «Tengo que enseñarte algo», le dijo y volvió con dos sobres en la mano y un reflejo de duda en su expresión.

—El martes pasado, cuando nos contaste la historia de la cápsula del tiempo y del hombre de la cicatriz, nos costó creerte. —Bajó la mirada apesadumbrada por la ver-

güenza que sentía al admitirlo—. Fuimos al templo de Debod para intentar entender qué te había pasado. No había
rastro en la tierra de que nadie hubiese estado allí la noche
anterior excavando, así que pensé que todo había sido una
alucinación y que la cápsula aún estaría allí... Y lo estaba.
Dentro estaban las dos cartas que nos contaste...

Aquellas palabras fueron un nuevo puñetazo para
Adrián.

Se las dio. Estaban cerradas, tal y como recordaba. Sumido en la confusión y aturdido, la realidad volvió a des-
doblarse para él: aquello cambiaba la forma en la que se
había imaginado cómo había ocurrido todo. Cayó en la
cuenta de que alguien las tuvo que volver a enterrar después de haber encontrado él la foto del templo de Debod.
Hasta entonces creía que había sido África quien había
modificado el contenido de la cápsula del tiempo. Ahora
estaba claro que había alguien más. Ella no pudo haberlo
hecho, la tenían secuestrada.

Tuvieron que haberla raptado después de haberse encontrado con Lucía...

¡Ella!, pensó. ¡Tenía que haber sido la viuda de Monzón la que manipuló el contenido! Solo así tenía sentido.
África debió haberse sentido amenazada y por alguna razón confiaba en esa mujer, así que habría ido a verla para
explicarle qué hacer en caso de que a ella le pasase algo,
por eso Lucía lo había citado en la fábrica, para contárselo
todo. ¡Sí! Esa era la única explicación lógica, aunque ahora
temía por la vida de Lucía, de la que nadie sabía nada. De
algún modo *ellos* se enteraron de sus planes, quizá la siguieron, y la habrían hecho desaparecer.

Miró la letra de África en la solapa del sobre y fue incapaz de contener el torrente de recuerdos que se le vino
encima. Lo abrió de inmediato. Dentro solo encontró un
folio en blanco. Le dio la vuelta y la otra cara también es-

taba virgen. Lo miró extrañado. Abrió también el que ponía «Para África». En su carta, cada palabra había permanecido escrita tal y como él la redactó. Entonces, ¿por qué la de África estaba en blanco? No tenía ningún sentido que Lucía le hubiese dejado una carta en blanco.

Cuando el asombro que lo aturdía se deshinchó, vinieron a su memoria los Juegos Reunidos de Sherlock Holmes con los que tanto había disfrutado en su infancia. Quería ser un gran detective y jugaba a escribir notas secretas con tinta invisible que solo se revelaba al mojar el papel con un pincel impregnado de un líquido que venía dentro del juego. Creyó haber dado por fin con aquello que África le dijo que tuviese cuidado al encontrar: ¡tenía que ser aquel folio en blanco con un mensaje oculto! ¡Por fin todo comenzaba a tener sentido!

Acercó el papel a una bombilla. No pudo ver nada al trasluz. Recordó también que había tinta invisible que se volvía de color con una fuente de calor, así que fue a la cocina junto a Manjit y encendieron uno de los fuegos radiantes. Tampoco consiguieron ver nada escrito y le daba miedo mantenerlo tanto tiempo junto al foco caliente por si el papel se ponía a arder. Tuvo cierto reparo a la hora de llamar a Ruy para ver si él podía pedir que lo analizaran en el laboratorio; África le había pedido que no se lo confiara a nadie cuando lo encontrase, pero no le quedaba tiempo para resolver el problema y no podía hacer otra cosa.

—Dale el papel a uno de los policías y él lo llevará al laboratorio. Quedaos en casa, que es donde estáis más seguros. En cuanto sepamos algo, te aviso —le recomendó Ruy a través de las *ScreenGlasses*.

Una hora después ya tenía los resultados del laboratorio. El folio estaba en blanco. No había sido tratado con ninguna sustancia química y no ocultaba nada. Adrián no le quiso creer: las piezas solo encajaban si había algo escrito en él.

Sintió un profundo pesar por haberle entregado a Ruy algo que África le pidió que no confiase a nadie y por primera vez empezó a dudar de él. Que Ruy formase parte del problema era algo que también hilaba con lógica toda la trama criminal. Él era el único que en realidad lo había presionado sutilmente al enseñarle los artículos de prensa en los que se hablaba de las muertes relacionadas con el cambio climático, el único que le había sugerido que Estados Unidos, India y China no debían firmar el acuerdo. Nadie le había dado ninguna otra información, ni siquiera cuando estuvo secuestrado. Solo África le había confirmado con sus lágrimas que el plan a seguir pasaba por impedir la celebración del Congreso.

Probablemente Ruy Vidal habría sido el brazo ejecutor de las muertes que leyó sobre sus compañeros del Ministerio. Comenzó a sentir asco por su arrogancia, por su forma de ser, por la forma en la que lo había engañado... Pero al menos había terminado lo que África empezó y había desenmascarado a Ruy. Pensó que por eso habían estado tensos entre ellos dos durante los últimos meses. África habría descubierto que la seguían y que Ruy estaba detrás de todo.

Se puso bastante nervioso y la ira lo abrasaba por dentro. Encima le había precisado el lugar y la hora donde impactaría el huracán para que lo tuviese todo preparado con tiempo, ¿cómo había podido estar tan ciego? Al menos ahora lo sabía y contaba con dos días para detenerlo.

Tanto Adrián como Manjit se sintieron inseguros al estar rodeados por la escolta que el propio Ruy les había puesto. Abrieron la mirilla de la puerta y vieron a los policías sentados en el rellano, conversando tranquilamente. Por si acaso las cosas se ponían feas, echaron todos los cerrojos para que solo se pudiese abrir desde dentro y desactivaron la apertura electrónica. Después se fueron a la cocina y cogieron un cuchillo cada uno. No tendrían el menor reparo en usarlo si alguien entraba en casa. Se sentían poseídos por la paranoia y la impotencia de saberse asediados.

De momento, Adrián pensó que lo mejor sería comportarse con Ruy como si no sospechase nada. Si jugaba mal aquella baza, lo perdería todo.

Madrid, lunes 17 de agosto de 2065
Temperatura mínima: 27,1 °C
Temperatura máxima: 45,7 °C
190 días sin llover

21

*L*a despertó el sonido de una llamada. Mateo quería hablar con ella antes de entrar a la reunión para saber qué tal habían pasado la noche. Era el único momento del día en el que iba a estar libre, después tendría demasiado trabajo si quería resolver todas las gestiones antes de volver a Madrid por la noche.

—Buenos días —le susurró con voz cariñosa—. ¿Cómo estás? ¿Has dormido bien?

—Hola. —Su voz aún estaba despertando en sus cuerdas vocales—. Sí…, me costó dormir, pero he descansado. ¿Qué tal estás tú?

—Bien, yo bien. Empiezo ahora con las reuniones, si me da tiempo te llamo luego, ¿vale?

—Sí, no te preocupes, que todo está controlado. —El sueño enmascaraba la preocupación de la noche anterior.

—Y Adrián, ¿cómo está?

—Bien…, bueno, regular. —Estuvo tentada de contarle lo que habían descubierto, pero prefería no preocuparle, tampoco hubiese podido hacer nada desde Londres.

—A ver si todo esto pasa cuanto antes y… —Se oyeron unas voces al fondo—. Cariño, te tengo que dejar, vamos a empezar. Cuidaos, ¿vale? Te quiero.

—Y yo a ti también.

Cuando Manjit salió de la ducha y terminó de arreglarse, encontró a Adrián en el salón tecleando en su *ePaper*. Por el tamaño de sus ojeras debía haber pasado la noche allí sentado. Estaba intentando acceder con su clave del Ministerio a los documentos en los que habían estado trabajando Víctor Monzón y otros tantos antes de morir, por si así era capaz de entender en qué estaba metido Ruy.

—No podía dormir y me vine aquí para ver si encontraba algo más —le explicó tras haberse saludado.

—¿Y ha habido suerte?

—No. —La aflicción daba forma a su cara cansada.

Ella le puso una mano sobre el hombro.

—¿Siguen ahí fuera los policías?

—Sí, no se han movido en toda la noche. —Tenía la mirada inexpresiva, contagiada de la falta de esperanza que mataba su ánimo.

—Anoche, antes de dormirme, escribí a mi padre. Aún le quedan contactos en la embajada india y les ha pedido que busquen alguna información sobre Ruy.

No era una solución, aunque podía aportar alguna ayuda para salir del laberinto, sobre todo ahora que parecían estar más cerca del final. Pese a ello, Manjit no conseguía animarse; en los últimos días les habían disparado, habían secuestrado a Adrián, ahora África estaba viva pero secuestrada y Ruy parecía estar detrás de todo. No estaría tranquila hasta que viese que el peligro ya había pasado, por muy cerca que estuviesen de la salida. Además, empatizaba demasiado rápido con el dolor ajeno, sobre todo con quienes tenía más cerca, así que ver a Adrián como si estuviese muerto en vida, sin poder hacer nada para ayudarle, la deprimía en exceso.

—Bueno, ¿qué te parece si descansas un poco y bajamos a desayunar a un bar?

Él se quedó pensativo, como si debatiese en su fuero interno la respuesta a aquella pregunta. Echando una última mirada a los artículos que tenía sobre la mesa, se levantó de la silla y se dispuso a callar el hambre que gritaba en su estómago. Se levantó demasiado deprisa para lo poco que había dormido, y un leve mareo le oscureció momentáneamente la vista provocándole cierto picor en la herida de la nuca. Aquella sensación lo devolvió al momento fugaz en que vio a África sentada en la silla, llorando frente a él. A las cadenas que le impedían abrazarla. A la nota escrita donde le hablaba de su hijo. A su incapacidad para suspender el Congreso y lo que esto implicaba.

Tras el desayuno, Adrián le dijo a Manjit que se iba al Ministerio. Quería tantear a Ruy, ver cuál era su idea para detenerlo, pese a que la mayoría de los políticos y científicos que iban a asistir al Congreso ya estaban en Madrid e iba a ser imposible aplazarlo siquiera. No entendía muy bien qué se proponía: bajo la amenaza de la llegada de un huracán de máxima categoría él mismo lo podría haber cancelado, y sin embargo no lo hizo, lo que le indicaba a Adrián que aún no estaban puestas todas las cartas sobre la mesa.

Teniendo a periodistas de medio planeta acreditados para el XXIX Congreso para la Prevención del Cambio Climático, aquello que Ruy esperaba de esa cumbre tendría repercusión a nivel mundial. Quizá fuese eso lo que precisamente le interesaba: si en mitad de la devastación del huracán Eolo conseguía que los políticos no firmaran el documento, se emitiría un mensaje desesperanzador a todos los países, lo que paralizaría al menos otra década más las negociaciones para llegar a un acuerdo.

Las primeras nubes del huracán ya tocaban la península Ibérica. El azul del cielo se rompía por algunas bandas de nubes lechosas y deshilachadas que se irían haciendo más densas conforme Eolo fuese acercándose más y más.

Se despidieron y cada uno de ellos tomó un camino. Adrián se fue escoltado hasta el Ministerio y Manjit, sola, volvió a casa para trabajar un poco en los textos que aún le quedaban por traducir. Después, ya por la tarde, iría a la Universidad Politécnica para hablar con el profesor David Acosta. Había llamado a la conserjería del departamento de Ingeniería Energética de la ETSII y le dijeron que solo iba a estar en su despacho para las tutorías de un curso de verano que había empezado ese mismo lunes. Indagar en el pasado de Monzón y Cortés quizá los ayudase a salvar a África y a entender las intenciones de Ruy. Además, le mantendría la mente ocupada. Estando sola se sentía desprotegida, temerosa, así que cualquier actividad era bienvenida.

268

Al llegar a la Escuela de Ingenieros, la encontró demasiado solitaria, como en su visita anterior. Se dirigió al despacho del profesor Acosta y llamó con los nudillos sin obtener respuesta. Volvió a intentarlo. Nada. Trató de empujar la puerta, pero estaba cerrada, así que se sentó a esperar en el banco que estaba justo enfrente, quizá se hubiese retrasado con la duda de algún alumno.

Miró el largo pasillo. Habían dejado apagadas las lámparas del fondo, por lo que la luz se iba degradando según aumentaba la distancia. De vez en cuando sonaban algunos ruidos lejanos: un golpe, unas pisadas, algún murmullo… Quizá ya estuviese asustada, pero aquellos sonidos y la oscuridad del pasillo la apabullaban.

«No seas tonta —se dijo—. Nadie te ha seguido.»

Intentando permanecer tranquila, se puso sus *Screen-*

Glasses para leer un libro mientras esperaba. Quince minutos más tarde llegó un hombre alto, con un maletín en la mano, y abrió la puerta que Manjit había encontrado cerrada.

—¡Perdone! —Se abalanzó hacia él llamando su atención desde el banco donde estaba sentada—. ¿Es usted David Acosta?

El profesor detuvo el movimiento con el que se disponía a aislarse del resto del edificio cerrando la puerta a su paso, relajó el brazo y dio un paso hacia ella.

—Sí, soy yo. ¿Qué desea?

—Si tiene un minuto, me gustaría hablar con usted.

—Sí, claro. Pase. —Y extendió la mano invitándola a pasar.

Ella se quedó de pie, ya dentro, junto a la puerta. El profesor le había pedido un minuto para retirar la montaña de libros que había sobre su mesa con el fin de dejar un hueco libre a través del cual pudiesen hablar. Manjit observó el despacho con detenimiento. Una ventana al fondo dejaba ver un sol que, en poco menos de dos horas, caería hacia el abismo de la noche. Las paredes estaban llenas de estanterías en las que el caos predominaba, con decenas de libros amontonados unos sobre otros. Junto a ella, en la pared, encontró algo que tras haberlo mirado durante varios segundos la perturbó. Aquello lo cambiaba todo·y lo volvía aún más peligroso. ¡*Ellos* no eran lo que parecían ser! No podía creérselo. La zozobra le latía con fuerza en la cabeza. Tenía que avisar a Adrián de inmediato, antes de que fuese demasiado tarde para él.

Aún llevaba puestas las gafas. Miró de reojo al profesor, que en ese momento se agachaba para soltar una pila de libros en el suelo, y con un movimiento de sus manos ordenó a sus *ScreenGlasses* que lo grabasen todo.

El ritmo de su corazón se aceleró frenéticamente, quizá

ahora mismo incluso ella estuviese corriendo un grave peligro en aquel despacho. No quería pasar allí ni un instante más.

—Ya está todo, siéntese, ¿en qué puedo ayudarla?

Manjit lo miró, no para contestarle, sino más bien para que también su cara quedase grabada en el vídeo que estaban grabando sus gafas. Se quedó en blanco.

—Quería… quería preguntarle por los exámenes. Si no le importa, vuelvo en otro momento, no me encuentro muy bien. —Abrió la puerta y salió lo más deprisa que pudo.

—Espere, ¿necesita ayuda?

Manjit no le respondió, en cuanto dobló la esquina del pasillo corrió escalera abajo. Casi podía palpar el peligro a su lado, como si algún extraño, en la sombra, estuviese a punto de abalanzarse sobre ella. Al mirar hacia atrás por si el profesor la seguía, chocó con alguien. Gritó aterrada, lo que provocó que el estudiante con el que se había topado se asustase también. Salió a la carrera de la Escuela de Ingenieros sin haberse disculpado.

Hasta que no estuviese dentro del coche no estaría tranquila. En cuanto se sentó y cerró todas las puertas, activó la conducción automática con destino a su casa y llamó a Adrián para avisarle de lo que había visto.

«El usuario se encuentra ocupado», le notificó la locución.

—No, por favor, Adrián, necesito hablar contigo —suplicó ella en voz alta como si pudiese oírla.

Volvió a intentarlo una vez más.

«El usuario se encuentra ocupado», escuchó de nuevo, así que decidió dejarle un mensaje. Cuando sonó el pitido que le anunciaba que ya podía hablar, comenzó a hacerlo muy nerviosa:

—Adrián, no son lo que parecen. ¡Estás en un gran peligro! Escóndete y llámame en cuanto oigas esto.

270

No había querido decirle nada más, lo que acababa de descubrir era demasiado peligroso y tenía que contárselo cara a cara: si no le mostraba el vídeo que acababa de grabar, difícilmente lo creería.

Buscó en Sousuo información sobre lo que había visto en el despacho del profesor. «Una coincidencia», pudo ver en sus *ScreenGlasses*. Abrió el enlace: era otro artículo de prensa. Tras leerlo, lo guardó en su memoria virtual. Ahora entendía muchas cosas. Miró por el espejo retrovisor, nadie la seguía, y sin embargo no dejaba de sentirse en peligro.

Su mente iba hilando unos acontecimientos con otros, ya todo tenía sentido. De pronto se dio cuenta de que su memoria virtual no era el sitio más seguro para guardar lo que acababa de encontrar. Recordó que Adrián había archivado el artículo donde estaba la foto del hombre de la cicatriz y que al día siguiente había desaparecido. Quizá *ellos* la hubiesen manipulado de alguna manera y quizá pudiesen también manipular la suya. Sintió miedo: si esa gente se enteraba de que ahora ella lo sabía, irían a matar. Decidida a evitarlo, puso las manos sobre el volante y, activando la conducción manual, cambió de ruta.

Comenzaba a caer la tarde. Adrián acababa de llegar a casa, abatido porque no conseguía avanzar en su averiguación. Veía cómo se acercaba el miércoles y no lograba encontrar la forma de salvar a África. Le había sido imposible hablar con Ruy, que se había pasado todo el día fuera del Ministerio con distintos líderes políticos de otros países. En vísperas del Congreso en su agenda todo eran reuniones. Adrián había aprovechado para seguir investigando en el Ministerio los informes y proyectos que habían llevado a la muerte a las anteriores víctimas. En los casos más recientes, Ruy había estado a cargo de la parte política de dos de esos proyectos, tal y como ocurría ahora con él mismo. Demasiadas coincidencias, pensó. Sin embargo, esta vez sería diferente, esta vez él sabía a lo que se enfrentaba y, sobre todo, a quién se enfrentaba, y estaría prevenido.

Miró por la ventana. Había un coche aparcado justo enfrente con dos ocupantes en los asientos delanteros. Lo seguían a todas partes. Tener escolta se había convertido en una carga de la que pretendía librarse lo antes posible sin levantar sospechas, no se fiaba de ellos siendo Ruy quien se los había asignado.

«Así me tiene controlado las veinticuatro horas del día», pensó.

Quería escribir a Manjit, temía comunicarse con ella por voz por si tenían pinchada su línea, cuando recibió una llamada. En la pantalla del *ePaper* leyó «Número desconocido» e inmediatamente descolgó por si se trataba de noticias sobre África.

Silencio al otro lado de la línea. También él se quedó callado durante unos segundos, tras los cuales se decidió a hablar:

—¿Quién es?

—Si no haces todo lo que te pedimos, ella morirá. —Era la voz del hombre de la cicatriz, la reconoció al instante.

—¡¿Qué queréis de mí?! Yo no puedo detener el Congreso. ¡Dejadla libre, por favor! —suplicó trémulo.

—Lo primero que tienes que hacer es librarte de la escolta que te han puesto. —Hablaba con voz pausada, clara, como si quisiese asegurarse de que cada una de sus palabras se entendiese con claridad, pero lo que Adrián no entendía era el por qué.

Si la escolta se la había puesto Ruy y él era uno de

ellos, ¿por qué le pedían eso? ¿Había juzgado mal a Ruy? ¿O no era más que otra de sus tácticas de despiste?

En ese momento recibió una segunda llamada, la que Manjit le estaba haciendo tras haber salido de la Escuela de Ingenieros. Un pequeño recuadro apareció a la derecha de la pantalla para indicarlo. Pulsó sobre la opción de «Ocupado».

—¿Cómo me libro de ellos? —preguntó él para ganar tiempo.

La Policía había instalado un localizador de llamadas en su *ePaper* y quería prolongar aquella conversación todo cuanto le fuese posible para darles tiempo a encontrar la posición exacta desde donde el hombre de la cicatriz se había puesto en contacto con él.

Manjit volvía a intentarlo y de nuevo él pulsó la misma opción.

—Baja a la calle. Sal del edificio en tu coche. Que te sigan… Y no cuelgues.

¡Bien! Lo había conseguido. Estarían hablando el tiempo necesario, incluso más. Quizá la Policía ya estuviese mandando una unidad hacia donde se hallara el hombre de la cicatriz. Ojalá África estuviese allí. Temía que Ruy tuviese a su gente trabajando en la Policía y que pudiesen sabotear la localización de la llamada. Todo intento de dar con ellos había sido infructuoso: alguien tenía que estar ayudándolos. Recordó entonces que Ruy le había dicho que había un topo en el Ministerio. Sin duda, tenía que ser él mismo.

Prefirió ser optimista, no tenía otra opción. Si las cosas salían bien, en pocos minutos todo habría acabado.

Tal y como le había pedido, salió de su casa y avisó a sus escoltas para que lo siguiesen. Los dos coches, uno detrás de otro, se pusieron en marcha.

—Gira ahora a la derecha —le dijo la voz.

Cuando llegó a la siguiente esquina le pidió que se desviase a la izquierda. Sabían dónde estaba en cada momento, así que era obvio que habían pinchado su *ePaper* y conocían su localización. Eso explicaba muchas cosas.

—¿Adónde vamos?

Adrián no obtuvo respuesta. Pasados unos segundos le indicó que siguiese recto.

Se estaba alejando del centro en dirección a las afueras. Tras veinte minutos se incorporó a una autovía, miró por el retrovisor: la escolta todavía seguía detrás de él.

—Acelera, que no puedan seguirte.

Pero por muy rápido que fuese, no conseguía perderlos de vista. Las líneas dibujadas sobre la calzada se volvieron rojas a través de sus *ScreenGlasses*, indicándole que estaba superando los límites de velocidad permitidos.

El tiempo pasaba y no oía que la Policía hubiese llegado al lugar desde donde lo estaba llamando. Quizá aquello no fuese a salir bien.

274

Manjit llegó a la estación de Atocha y dejó el coche en el aparcamiento. Entró corriendo a la zona comercial. En una de las tiendas de nuevas tecnologías, compró una memoria física —del mismo material que un *ePaper* pero del tamaño de un dedal—. Comprobó que el vídeo seguía guardado en su memoria virtual, lo había bloqueado bajo una clave de seguridad cuántica, así que era imposible de quebrantar e imposible de borrar. Como toda precaución era poca, pues estaba segura de que habían pinchado la señal de Adrián, había apagado la señal del GPS para que nadie la pudiese localizar.

Guardó el vídeo y el artículo en la memoria que acababa de comprar y los desbloqueó. Ya nadie podía borrarlos a menos que encontrasen aquel pequeño dispositivo, así que lo metió en un sobre, se fue a la zona de consignas y lo metió en una de las taquillas. Había pagado su alquiler en metálico para evitar que la operación quedase registrada en su *ePaper* o a su nombre, a fin de no generar ningún rastro electrónico. La máquina expendedora le confirmó el pago y de ella salió una tarjeta que funcionaba a modo de llave. Se la guardó en el bolsillo del pantalón y volvió al aparcamiento.

Miró a su alrededor insegura. Estaba rodeada de gente, pero solo era una persona más entre otras muchas y nadie parecía estar fijándose en ella, así que se fue hacia el coche simulando estar tranquila y no llamar así la atención. De camino a casa estuvo todo el tiempo pendiente del retrovisor. Nadie la había seguido. Su vídeo estaba a salvo.

Cuando llegó al garaje vio que el coche de Adrián no estaba, así que lo llamó para saber adónde había ido. Necesitaba hablar con él y era demasiado urgente. De nuevo la locución le indicó que el usuario con quien intentaba contactar no se encontraba disponible. Aparcó y se bajó del coche. Fue entonces cuando se dio cuenta de que había algo pegado en la pared de su plaza de aparcamiento. Eran dos fotografías. En una ella estaba en la fábrica adonde había ido para comprobar la cobertura del GPS, y en la otra estaban en la cama, dormidos, ella y Mateo. Se quedó aterrada. Una de las fotografías tenía algo escrito. Acercó su mano temblorosa a la pared y la cogió para leerlo:

Si tú te acercas a nosotros, nosotros nos acercaremos a ti.

El pánico se desató en su interior asolando la razón. En cuanto despegó la segunda fotografía de la pared, las luces del garaje se apagaron con un golpe de fondo y solo quedaron iluminadas, tenuemente, las luces de emergencia. Gritó histérica.

—Manjit... Veo que has... recibido... nuestra nota. ¿Tienes... miedo? —dijo muy lentamente, entrecortando las frases y oculta en la oscuridad, la voz de un hombre que sonaba demasiado cercana, con un tono nasal, deforme, como si se estuviese tapando la nariz.

Ella volvió al coche para salir de allí corriendo, pero la puerta no se abría. Comprobó su llave: funcionaba bien y estaba emitiendo la señal. El problema debía estar en el receptor, no la reconocía. Supuso que habrían hecho un barrido de frecuencias. De ser así, no conseguiría abrir el coche con la SmartKey y quizá no tuviese tiempo de hacerlo de forma manual, así que corrió hacia el ascensor.

Pulsó el dispositivo para llamarlo. Las manos le temblaban sin control.

—Sabemos... que has... hecho... una copia... del vídeo... que has... grabado... y vamos a hacerte... mucho daño. ¿Dónde... la has... escondido? —La voz nasal chocaba contra las paredes del garaje y parecía proceder de todas partes.

Ella gritó desesperada pidiendo auxilio.

La luz de la pantalla del ascensor estaba parpadeando, lo que significa que alguien tenía la puerta abierta en alguno de los pisos y no bajaría hasta que la cerrase. Siguió llamando una y otra vez, pero la luz seguía brillando con intermitencia. Entonces empezó a aporrear la puerta metálica esperando que el ruido se propagase por el hueco y alguien lo oyese.

—¡Por favor, que alguien me ayude! ¡Socorro!

Entre penumbras vio la sombra de un hombre, alto y muy delgado, que se aproximaba hacia ella.

—Has jugado... bien... a los detectives... y al final... nos has... encontrado. —El ritmo pausado que imprimía a cada palabra, los silencios que dejaba entre ellas y la maldad con que las pronunciaba la enloquecían de puro miedo—. Lo que no sabías... es que nosotros... también... te encontraríamos... a ti... y quien juega con fuego... Manjit..., acaba... ¡quemándose! —pronunció la última palabra con voz ronca y tenebrosa a modo de amenaza, seguro de lo espeluznante que sonaría.

Ella gritó. Gritó y volvió a gritar. Gritaba sintiéndose segura de su muerte, llorando acorralada contra el ascensor.

Tenía la puerta de la escalera justo a su derecha. Había probado a abrirla con su llave, pero al igual que había ocurrido antes en el coche, el barrido de frecuencias inhabilitó la cerradura. Era incapaz de pronunciar una palabra. Su única esperanza era que alguien oyese sus gritos, pero parecía que esto tampoco iba a suceder.

—¡Por favor, por favor! —Daba con el puño cerrado en la puerta del ascensor mientras suplicaba que se abriese.

De pronto oyó cómo el mecanismo se accionaba y el ascensor comenzaba a bajar. Pero ¿desde qué piso? ¿Llegaría a tiempo? Los pasos de aquel extraño se aproximaban más y más hacia ella, muy lentamente, como si no tuviese ninguna prisa por llegar, o como si quisiese prolongar el sufrimiento que infundía.

—No debiste... haberte implicado... tanto... Todo esto... no iba... contigo..., y ahora... lo sabes. Qué pena... que no vayas... a poder... contarlo.

A cada paso que él daba, más alto gritaba ella.

—¿Dónde... está... el vídeo? —Cuando el hombre se encontraba a solo unos metros, pudo ver una cuerda entre sus dos manos: iba a estrangularla.

En ese momento Manjit oyó un pitido detrás de ella: el ascensor había llegado al garaje. Las puertas se abrieron despacio, y ella entró a toda prisa. Pulsó el cinco. Lo hizo tantas veces como pudo para que se cerrase cuanto antes, pero las puertas siempre se mantenían abiertas durante unos segundos. El hombre que la seguía, al ver que se iba, aceleró sus pasos. Manjit sabía que el ascensor no se cerraría a tiempo. Le temblaban las piernas. Se ahogaba. Sentía a aquel hombre demasiado cerca y ella aún estaba a su alcance. Entonces se fijó en el extintor que estaba junto al ascensor. Alargó el brazo, casi podía rozar el de aquel hombre, que lo había extendido para que los sensores de la puerta lo detectasen y no se cerrara.

Manjit cogió el extintor y con un movimiento rápido lo desbloqueó a la vez que enfocó contra el hombre la boquilla por la que salió el polvo blanco a presión. Una niebla irrespirable los envolvió a los dos. Ella tosía, al igual que el hombre. De hecho, su tos sonaba tan cerca que casi parecía que también hubiese subido al ascensor. Manjit tenía los ojos cerrados, era imposible mantenerlos abiertos por el escozor que el polvo provocaba. De pronto, notó una mano sobre su hombro y sin pensarlo un instante dirigió el extintor hacia la cabeza de su atacante golpeándolo todo lo fuerte que pudo. Oyó un golpe seco. El hombre había caído al suelo inconsciente. Tres segundos más tarde las puertas se cerraron y comenzó a subir al quinto piso.

Se ahogaba en el aire cargado del polvo químico que habría apagado cualquier incendio, salvo el que ardía en su interior, que la tenía aterrorizada. Palpó el aire a su alrededor con los ojos cerrados, que le escocían como si se le hubiesen clavado miles de agujas en ellos. No había nadie.

Estaba sola.

El hombre que tenía los ojos más juntos de lo normal subió por el andamio hasta que estuvo justo enfrente de la casa de Manjit y Mateo. Desde allí veía a la perfección el salón. No había tenido ningún problema para subir, Adrián se había llevado a la escolta y él conocía la clave para desactivar la alarma del andamio, la había aprendido cuando estuvo trabajando allí durante las dos semanas que estuvo espiando desde allí.

Horas antes, cuando los suyos detectaron que Manjit los había descubierto, trazaron un plan. Tenían su *ePaper* pinchado, al igual que el de Mateo, por lo que habían visionado el vídeo que ella grabó. Lo primero era impedir que se pusiese en contacto con Adrián y le contara lo que había descubierto, eso lo echaría todo a perder. Lo segundo sería librarse de los escoltas que vigilaban el edificio, cuantos menos obstáculos hubiese mucho mejor. Determinaron que llamarían a Adrián y mantendrían su línea ocupada, así nadie podría ponerse en contacto con él. Le darían instrucciones para que se fuese de la ciudad, matando así dos pájaros de un tiro, ya que sus escoltas lo seguirían y estarían fuera hasta que todo hubiese acabado. La llamada se haría desde el búnker, donde tenían la posibilidad de ocultar su ubicación para que nadie pudiese localizar dónde estaban. Las denominaban «llamadas fantasma» y hasta el momento, gracias a ellas, habían conseguido zafarse de la Policía.

El siguiente paso sería encargarse de Manjit. Uno de sus hombres la esperaría en su garaje y la aterrorizaría para descubrir dónde había guardado la copia del vídeo, tras lo cual la estrangularía. Por si él fallaba, o por si ella no entraba por el garaje, el mejor de sus francotiradores iría al edificio de enfrente y dispararía a matar en cuando la tuviese a tiro.

Acomodado en el andamio, tomó posición y comenzó a prepararse oculto bajo la lona verde que cubría la fachada del edificio en obras. Del maletín que llevaba en una mano sacó las piezas de un arma y comenzó a montarla. Una vez hubo terminado, apuntó hacia el salón de la casa de Manjit y Mateo. Sí, desde allí podría hacer blanco con facilidad.

Todo iba según lo previsto.

Y

En cuanto Manjit salió del ascensor, entró corriendo en casa y se aseguró de dejar la puerta bien cerrada. La cocina estaba justo a la izquierda, fue al fregadero para lavarse los ojos, que aún le escocían, y llamó a la Policía.

Mientras la operadora automática le pedía que esperase unos instantes, oyó cómo se abría la puerta de casa. Lo hacía despacio. Fue hasta el vestíbulo a tiempo para ver cómo alguien ya había introducido un pie dentro. Se puso a gritar de nuevo mientras empujaba la puerta para impedir el paso del extraño. Estaba fuera de sí, había enloquecido. Oyó que el extraño le gritaba, pero era tal su angustia que no entendía nada. Siguió empujando hasta que consiguió cerrar la puerta y puso una silla bloqueándola. Corrió a la cocina y agarró un cuchillo con todas sus fuerzas.

Cuando volvió al vestíbulo, la silla estaba a punto de ceder por la fuerza con que el extraño forcejeaba. Estaba tan alterada que no se había dado cuenta de que la Policía estaba intentando hablar con ella a través del *ePaper*. Solo gritaba y gritaba. Se quedó frente a la puerta con el cuchillo en la mano, lista para luchar contra aquel hombre. Al fin, él logró abrirla. Al menos, la silla se quedó en medio de los dos y le impedía acercarse. La luz del descansillo se había apagado, así que tan solo distinguió, y durante unos breves instantes, la silueta del extraño que entraba en su casa.

Manjit salió corriendo por el pasillo y se encerró en el cuarto de baño, cuya puerta tenía un cerrojo que nunca habían usado. Lo echó justo a tiempo, antes de que el hombre empezase a aporrear también esa puerta. El cerrojo iba cediendo con cada empujón, arrancándolo de la madera. Oía gritos al otro lado que seguían siendo incomprensibles para ella. Las astillas de la madera anunciaron que el cerrojo iba a saltar de un momento a otro.

280

Ya no le quedaba voz en la garganta. Ya, casi, no le quedaba vida en su cuerpo. Los gritos de aquel hombre comenzaron a hacerse más claros, como si la angustia ya no le taponase los oídos.

—¡Manjit! ¡Manjit! —gritaba.

La puerta se abrió con un fuerte estruendo.

—¡Soy yo, Manjit! ¡Soy Mateo! ¡Soy yo!

Él no se acercó, pues temía que pudiese hacerle daño con el cuchillo que blandía sin control. Se dio cuenta de que sus ojos estaban nublados, cegados de terror, y de que no lo veía aunque lo estuviese mirando. Dio un paso atrás para que se tranquilizase. Dio resultado, ella por fin lo reconoció. Tiró el cuchillo al suelo y se lanzó hacia él para abrazarlo. Apenas se mantenía de pie y era incapaz de dejar de llorar.

—Me quería matar… Me quería matar —repetía entre sollozos.

—Tranquila, ahora estoy contigo. No va a pasarte nada. Te lo garantizo. —La besaba una y otra vez mientras la sostenía con firmeza entre sus brazos para intentar tranquilizarla. Notaba el temblor de su cuerpo como si sostuviese un pájaro asustado entre las manos—. Vamos al salón. Siéntate y descansa mientras te traigo un vaso de agua.

Desde la mirilla de su arma telescópica vio cómo Manjit y Mateo entraban juntos al salón. Siguió la cabeza de ella hasta que se sentó en el sofá y esperó a que se tranquilizara y dejase de moverse para disparar.

El dedo ya estaba preparado sobre el gatillo.

—Cuéntame lo que te ha pasado, pero por favor, Manjit, tranquilízate. Ahora estoy contigo y no va a pasarte nada. Te lo aseguro.

—Lo… lo… lo encontré… —Era incapaz de expresarse con coherencia—. No son ellos, no son ellos…

El francotirador, desde el edificio de enfrente, estaba viendo cómo ella movía los labios. El blanco aún no era limpio. Se movía demasiado y había empezado a hablar. Además, no sabía por qué, oyó las sirenas de la Policía aproximarse, así que tenía que darse prisa.

No disponía de tiempo para asegurar el blanco al cien por cien y solo tendría una oportunidad, ya que ellos se resguardarían tras sentir el primer disparo si fallaba. Centró la cruz de la mirilla en la frente de Manjit y apretó el gatillo. El arma escupió un sonido seco, amortiguado por el silenciador.

El proyectil avanzó rápido hacia su objetivo. Entró por la ventana haciendo añicos el cristal, al tiempo que Manjit había comenzado a moverse nuevamente para abrazar a Mateo, pero no lo hizo con la rapidez suficiente y la bala le atravesó la sien.

Inmediatamente se desplomó envuelta en sangre.

22

*A*drián seguía conduciendo sin saber muy bien adónde ni por qué. No había conseguido librarse de su escolta ni un solo momento por mucho que lo había intentado, incluso cometió varias infracciones de tráfico para lograrlo. Fue en balde. Cuando el tráfico se lo permitió, lo adelantaron para ponerse a su altura y le pidieron que bajara las ventanillas para que les explicase qué estaba haciendo. Habían intentado llamarlo varias veces por sus *Screen-Glasses*, pero el usuario siempre estaba ocupado. Adrián no entendía por qué le pedían explicaciones, ¿es que acaso no eran cómplices de lo que estaba ocurriendo? Por la expresión que veía en la cara de sus escoltas, la respuesta era no. Entonces, ¿se había apresurado a juzgar a Ruy? ¿Por qué le habría puesto una escolta real si su intención era matarlo si no conseguía nada de él?

Decidió confiar en ellos y, sin bajar la ventanilla para que el hombre de la cicatriz no notase ningún ruido extraño, les indicó por gestos que le estaban ordenando qué tenía que hacer a través de las *ScreenGlasses*. En el otro coche parecieron captar el mensaje, redujeron la velocidad para volver a ponerse detrás de él y no lo perdieron de vista.

La llamada estaba durando demasiado, algo no iba bien. No habían conseguido localizarla. De haberlo hecho, aquel hombre ahora estaría detenido.

—Escúchame bien —volvió a increparle la voz—, las vidas de tu mujer y de tu futuro hijo están en juego. Nos pondremos en contacto contigo en el Congreso del cambio climático. —Y colgó.

Al instante, Adrián redujo la velocidad, lo que le alivió bastante, ir tan rápido le había puesto demasiado nervioso y estaba asustado, *ellos* habían descubierto que África estaba embarazada. Temía que pudiesen hacerle aún más daño para presionarle con más ahínco. Intentando alejar de su mente esos pensamientos, se puso en contacto con su escolta.

—Ya han colgado. Volvemos a Madrid.

—Ruy está intentando localizarte. Dice que es urgente.

284 Había recibido varias llamadas suyas mientras conducía. Obviamente no había podido contestarlas, y aunque hubiese podido, no lo habría hecho. Era la última persona con la que le apetecía hablar. No sabía muy bien si llamarlo o no, el asco que sentía hacia él se lo impedía, aun sabiendo que lo mejor era actuar con normalidad hasta que pudiese desenmascararlo. Finalmente lo hizo.

—¡Adrián, te he estado llamando! Supongo que ya te has enterado. —Su voz tenía una sombra triste.

—¿Enterarme? ¿De qué exactamente? —Le dio un vuelco el corazón.

Tras un breve silencio, Ruy le contestó extrañado:

—¿No lo sabes aún? ¿No te ha llamado Mateo?

—No…

—Ha pasado algo…, es grave. Es mejor que vayas en cuanto puedas al hospital Clínico.

—¿Qué? ¿Qué ha pasado, Ruy? ¿Es África? —gritó nervioso mientras perdía el control del coche.

—No… No es África. Es Manjit.

—¿Manjit? ¡¿Qué le han hecho?!

—No sé nada, Salor, solo que está grave.

—Co… cómo… —Estaba aturdido—. ¿Cómo que está grave? ¡¿Qué le han hecho?! —repitió aún más alterado.

—Le han disparado.

Adrián había tenido que parar en mitad de la carretera para vomitar. Se encontraba realmente mal. Fue uno de los escoltas quien terminó por conducir su coche mientras el otro los seguía. Cuando llegaron al hospital se encontró con Ruy en la puerta; él sabía que Mateo prefería que no subiese y se había quedado abajo. Adrián no quiso ni dirigirle la palabra y subió corriendo a la sala de espera.

Se encontró a su amigo desesperado, con manchas de sangre en toda la ropa. En cuanto vio a Adrián, se abrazó a él. Apenas se tenía en pie.

285

—No puede ser…, no puede ser… —Su voz lloraba al mismo ritmo que lo hacían sus ojos.

Aún no sabían nada del estado de Manjit. Llevaba en el quirófano más de dos horas, pero al menos nadie había salido a decirles que estaba muerta. La bala había recorrido la parte más externa de su cráneo y el pronóstico era malo. Ingresó con unas constantes vitales tenues que se habrían desvanecido rápidamente si la Policía no hubiese localizado la llamada que Manjit les hizo desde la cocina. Oyéndola gritar de la forma en que lo hacía y sin contestar a sus preguntas, enviaron una ambulancia y dos patrullas a la dirección de donde procedía la llamada. Trasladaron a Manjit con extrema urgencia. Rastrearon el andamio de enfrente, pues parecía que el disparo procedía de esa dirección. No encontraron a nadie, el francotirador había sido rápido en su huida.

Un médico se acercó a ellos.

—Manjit ya ha salido del quirófano. Está muy grave pero hemos conseguido estabilizarla, aunque ha entrado en coma. La hemos trasladado a la UCI. Si me acompañan, les diré dónde esperar.

—¿Va a vivir? —preguntó Mateo con miedo.

—No lo sabemos. Ahora todo depende de cómo evolucione.

Las lágrimas volvieron a sus ojos intentando aferrarse a la esperanza. Su vida se rompería sin ella.

Siguieron al médico hasta la puerta de la UCI, Mateo andaba por pura inercia, sin ser consciente de los pasos que daba. Su mente estaba lejos de allí, sumida en la negra desesperación. Repetía con sílabas susurradas a medio pronunciar algunos de los sutras que había aprendido de Manjit, rogando para que no muriese.

—En cuanto sepamos algo nuevo, vendremos a informarles. Espero que todo salga bien. —El médico se despidió de ellos con un gesto sincero de condolencia.

Desde el pasillo podían ver el interior de la UCI a través de un ventanal. Mateo no se separó de allí, desde donde veía a Manjit tumbada, con una mascarilla que la obligaba a respirar y la cabeza vendada. Junto a ella, un monitor mostraba su débil latido con pequeñas curvas picudas que se dibujaban con cada una de sus pulsaciones, convertidas en un aliento de esperanza y de vida.

Algunos médicos entraban de vez en cuando en la sala y salían sin decirles nada, aunque Mateo les preguntaba a cada uno de ellos si había buenas noticias. Ellos, siempre amables, le contestaban que aún era pronto para saberlo. Pasaron las horas. Sus latidos se mantenían lentos, pero al menos se mantenían, y eso para ellos ya era un milagro.

En algún momento de la espera, Ruy se acercó a Adrián para decirle que ya se marchaba, aunque dejaba a varios policías apostados a cada lado del pasillo. Había ordenado una guardia permanente de veinticuatro horas hasta que ella saliese del hospital.

Adrián le respondió lleno de ira:

—Aquí no pintas nada. ¡Vete!

Tenía que terminar el trabajo y matar a Manjit. Hasta entonces tan solo le habían encargado trabajos menores, como transportar en ambulancia el cadáver de la mujer holandesa desde el coche calcinado donde habían simulado la muerte de África hasta el Anatómico Forense. Había sido el que menos había dado la cara, el menos visible y, por tanto, la persona adecuada para ir al hospital sin levantar sospechas.

Ahora se exponía demasiado y no le gustaba. ¡Estaba harto! Sabía que Adrián lo podía reconocer. Ya se habían visto con anterioridad, la noche en la que Adrián llegó del templo de Debod y lo atacaron. Él se había quedado esperando fuera, en el coche, con el motor encendido para irse de allí lo antes posible en cuanto le hubiesen quitado la fotografía. Al bajarse del taxi, Adrián había pasado junto a él y se habían mirado. Estaba seguro de que se acordaría y, sin duda, eso suponía un riesgo, sobre todo teniendo en cuenta que había varios agentes de Policía en el hospital velando por la seguridad de Manjit.

Terminó de preparar el veneno. Una vez que lo inyectase en el suero que alimentaba sus venas, diez gotas bastarían para matarla. Era la mejor opción. Un disparo sería mucho más rápido, a la par que más peligroso para él, pues contemplaba la opción de que la Policía lo abatiese a tiros si veían que sacaba un arma. En cambio, el tiempo en el que tardarían en caer las diez gotas del veneno sería suficiente como para poder escapar.

287

Con guantes y una mascarilla para no respirar los vapores de aquella muerte líquida, cogió una jeringa y extrajo todo el veneno que pudo del tubo de precipitado. La taponó para evitar cualquier tipo de accidente imprevisto y la guardó en su maletín. Después se vistió con el pijama verde que los médicos usaban y con el que tendría que hacerse pasar por uno. Su contacto en el hospital se lo había conseguido hacía un par de horas. Era mejor ir ya vestido con el uniforme desde casa. Dado que saldría corriendo de allí no tendría tiempo para recoger su ropa y no quería dejar ninguna prueba que lo incriminase.

Cuando llegó al hospital con su coche, se dirigió hacia una de las puertas traseras. La mantenía abierta un hombre tras el que se encontraba su carro de la limpieza.

—Llegas tarde —le dijo.

El falso médico lo miró sin prestarle la menor atención, aunque el gesto constante de enfado con el que su cara se enfrentaba a la vida le intimidó lo suficiente como para que dejase de quejarse.

—¿Tienes el suero?

El hombre de la limpieza se volvió hacia el carro donde transportaba los productos desinfectantes y, antes de sacar una bolsa de suero de entre unos trapos, miró alrededor para cerciorarse de que no hubiese testigos. Se la entregó con desdén y con prisas, ya se había arriesgado demasiado y no quería que nadie lo pudiese relacionar con aquello. Su pase le daba acceso al almacén, donde supuestamente había ido a limpiar aquella noche aunque no estuviese en su hoja de ruta.

El otro hombre abrió su maletín, le puso una aguja a la jeringa e inyectó el veneno en el suero a través de la válvula.

288

Y

El sueño no conseguía vencerlos, aunque sí el cansancio, así que Mateo y Adrián dejaron de pasear por el pasillo y se sentaron justo enfrente del ventanal desde el que veían a Manjit. Guardaban silencio, Mateo no quería hablar, ni siquiera tenía fuerzas para intentarlo.

A las cinco de la mañana, un médico vestido con pijama verde entró en la habitación. Traía una bolsa de suero entre las manos y se disponía a conectarla a la vía que Manjit tenía abierta en el antebrazo derecho. A Adrián le sonaba su cara, su pelo rapado, sus ojos azules. Se había fijado en él porque fue el único de todos los médicos que les había dedicado una mirada huraña. Incluso diría que esa mirada la había visto alguna vez en alguna otra parte...

A través del ventanal observaron cómo cambiaba la bolsa de suero que alimentaba las venas de Manjit.

El médico abrió la válvula y dos segundos más tarde cayó la primera gota. Se quedó junto a la cama de la paciente hasta que la segunda gota abandonó la bolsa que colgaba junto a la cama de Manjit y se introducía en sus venas. Se había dado cuenta de que Adrián lo había mirado con cierta sospecha, así que tenía que irse antes de que lo reconociese. Observó que el veneno ya comenzaba a hacer efecto en su brazo, que se enrojecía en torno a la vía por donde entraba el suero contaminado. Ocho gotas más y Manjit moriría. Una vez se aseguró de que la válvula no estaba obstruida y que el ritmo con el que dejaba pasar el suero era suficiente como para que le diese tiempo a desaparecer, salió de la UCI con prisas, pero no con las suficientes como para llamar la atención. Cuando cruzó la puerta para irse, cayó la tercera gota.

Al salir se topó de frente con dos policías que seguían haciendo la ronda. Los saludó con un leve gesto de la cabeza y siguió su camino: un pasillo demasiado largo por el que no podía correr para no levantar sospechas.

Con la cuarta gota, el brazo de Manjit comenzó a ponerse morado.

Adrián seguía pensando quién sería aquel médico que estaba seguro de haber visto en otras ocasiones y que le dejaba una sensación desagradable en la mente, quizá por la forma en que lo había mirado.

Con la quinta gota, Manjit empezó a temblar levemente con ligeras convulsiones. Mateo y Adrián no lo vieron, pues mantenían sus miradas en el suelo, abatidas por la preocupación. Los latidos de Manjit comenzaban a mostrarse discontinuos e irregulares.

La sexta gota cayó arrastrando con ella una muerte inminente. Una alarma saltó mostrando una luz verde que avisó al servicio médico del peligro que mostraban las constantes vitales de la paciente.

De pronto, Adrián recordó quién era el hombre que había cambiado el suero a Manjit. Se levantó de un salto y salió corriendo hacia la habitación de Manjit, que ya sufría fuertes convulsiones.

—¡Llama a un médico! ¡Corre, Mateo! —Se dirigió entonces a los policías sin dejar de correr en dirección a Manjit—: ¡Coged al médico que acaba de salir!

Antes de que Adrián arrancase de un golpe la bolsa de suero y la tirase al suelo, la séptima gota cayó voraz, destinada a terminar con la vida que encontrase a su paso.

Los policías corrieron en busca del médico con el que acababan de cruzarse y que ya estaba saliendo por la puerta trasera por la que había entrado. Recorrieron los pasillos sujetando con una mano el arma que colgaba de su pantalón, por si necesitaban usarla. Varios coches patrulla rodearon el hospital, pero para entonces el falso médico de pelo rapado había desaparecido sin dejar rastro.

Adrián trató de calmar a Manjit, que se sacudía como si un terremoto la estuviese matando por dentro. Le puso la mano en la frente intentando tranquilizarla mientras miraba impaciente hacia la puerta, rogando al cielo para que los médicos llegasen ya. Un pitido agudo y constante marcaba el ritmo frenético con el que su corazón estaba muriendo.

—¡Un médico! —gritó Adrián, que veía cómo la vida de Manjit se evaporaba y no podía hacer nada para volver a condensarla—. ¡Por favor! ¡Un médico!

Miró la pantalla donde estaban monitorizados sus latidos. Su corazón era una bomba a punto de estallar y en letras rojas se podía leer: «Peligro de muerte».

Un equipo de médicos llegó a la carrera, seguidos de Mateo, al que no permitieron pasar y que se quedó viendo desde el otro lado del cristal, con los ojos inundados de lágrimas, cómo la vida de su mujer había comenzado a apagarse.

Los médicos la rodearon e intentaron estabilizarla, aunque el veneno que había entrado en su cuerpo ya la estaba matando poco a poco.

Madrid, martes 18 de agosto de 2065
Temperatura mínima: 27,8 °C
Temperatura máxima: 46,1 °C
191 días sin llover
Rachas de viento: 50 km/h

23

La noche había sido excesivamente tórrida, una de las más calurosas que se recordaban. Además, el cielo iba ganando nubosidad conforme pasaban las horas a la vez que el viento iba arreciando. Se esperaba que Eolo pasase por Madrid al día siguiente, miércoles, convertido ya en una tormenta tropical. Las previsiones apuntaban a que en la capital el viento rondaría los ochenta kilómetros por hora con rachas máximas de ciento cuarenta.

En la sierra ya comenzaban a formarse algunas tormentas que descargaban granizos del tamaño de pelotas de golf.

Había amanecido con luz ausente para Mateo. El mundo pasaba a su alrededor mientras él se sentía estancado sin ser capaz de seguir su ritmo. Afortunadamente, habían conseguido reanimar a Manjit, pero los médicos le anunciaron que esperase lo peor. Para evitar futuras complicaciones, dos policías se quedarían a la entrada de la UCI y solo el personal debidamente acreditado podría acceder a ella.

Tanto él como Adrián estaban demasiado cansados tras haber pasado más de veinticuatro horas sin dormir. Mateo ni siquiera podía mantener la cabeza levantada sobre sus hombros, más por el desánimo que por el sueño, que también contribuía. Miraba hacia abajo, arrepintiéndose de haberla dejado sola, viendo toda la sangre seca que en su ropa había formado una mancha acartonada y oscura. Se negaba a ir a casa para cambiarse y descansar, no mientras Manjit siguiese en estado crítico.

—Mateo, ahora mismo aquí no puedes hacer nada. Cuando Manjit despierte te va a necesitar a su lado y no te puede ver en este estado. Ve a casa, te prometo que no me levantaré de esta silla hasta que vuelvas. —Sentado frente a la UCI, Adrián intentaba que entrase en razón.

De mala gana aceptó, sabía que no podría aguantar mucho más tiempo allí sin dormir. Además quería limpiar los cristales de la ventana que el disparo había roto y la sangre del sofá antes de que llegasen los padres de Manjit, que habían cogido el primer vuelo desde la India. Antes de salir del hospital fue al registro, de donde había recibido un aviso para recoger las pertenencias de Manjit. Tan solo le entregaron una tarjeta del servicio de consignas de la estación de Atocha que por lo visto tenía guardada en sus pantalones. La cogió sin prestarle demasiada atención y la guardó en uno de sus bolsillos.

Cuando entró en su casa se derrumbó al ver cómo había quedado todo después del disparo. No podía mirarlo, era incapaz, le hacía demasiado daño, así que arrinconó el sofá, le puso un mantel por encima y barrió los cristales de la ventana por donde había entrado la bala. Después fue a la cocina para beber un poco de agua, tenía demasiada sed y hacía demasiado calor. Vio el *ePaper* de Manjit sobre la encimera. Una luz intermitente de color verde se encendía y apagaba repetidamente indicando que había recibido un mensaje. Antes de que le disparasen, ella le había dicho que había encontrado algo y que *ellos* no eran lo que parecían. Sin duda, debía ser algo demasiado importante como para que intentaran matarla y, con suerte, lo tendría en su *ePaper*. Lo cogió y puso su huella dactilar para desbloquearlo. Si encontraba algo, lo utilizaría para hacer el mayor daño posible a quienes habían intentado acabar con su vida. Al tocarlo, recordó sus gritos mientras él intentaba entrar en casa con sigilo para darle una sorpresa. Lloró abrazando el *ePaper*, como si así la abrazase a ella.

Después miró la pantalla. Había recibido dos mensajes. El primero, de la embajada india, le decía que Ruy estaba limpio, que no era peligroso, confirmación que extrañó a Mateo: ¿su mujer tenía dudas sobre Ruy? El segundo procedía de la ONG WarmNed Planet, a la que había escrito Manjit hacía tres días. Se lo habían enviado a las 23:17 de la noche anterior. Una tal Anna le había contestado diciéndole que internet no era seguro, que prefería que hablaran en persona cuando llegase a Madrid para manifestarse en contra de la farsa que suponía el Congreso del cambio climático. Los políticos se habían reunido decenas de veces en lo que llevaban de siglo y aún no habían llegado a acuerdos convincentes ni efectivos, así que se había preparado una macromanifestación pidiendo soluciones. La activista se despedía informándola de sus planes.

> Mañana nos uniremos a las protestas en la Puerta del Sol por la tarde. Allí podremos hablar sin miedo.

Si tenía información sobre la gente que había intentado matar a Manjit, iría a hablar con ella lo antes posible. Le contestó para informarle de todo lo que había pasado y para preguntarle dónde podían encontrarse.

> Han intentado matar a Manjit. Está muy grave.
> Soy su marido. Me gustaría hablar contigo,
> ¿dónde podemos vernos?

No le hizo falta esperar demasiado, la respuesta fue casi inmediata:

Lo siento muchísimo. Creo que no es seguro que nos veamos.

No, no lo era, pero Mateo estaba decidido. Volvió a teclear sobre la pantalla:

Por favor, hazlo por Manjit, te lo suplico.
Mientras esa gente esté libre,
todos estaremos en peligro.

Esperó unos minutos sin obtener respuesta. Si no le contestaba, iría por la tarde a buscarla a la Puerta del Sol aunque fuese improbable encontrarla. Había visto su foto en Sousuo y se dedicaría a escanear el rostro de todos los manifestantes con sus *ScreenGlasses* hasta que diese con ella. Pese a que sabía que la probabilidad de localizarla era casi nula, al menos lo intentaría. Por fin el sonido de su *ePaper* anunció la entrada de un nuevo mensaje:

De acuerdo. A las 18:30 en la esquina
de la Carrera de San Jerónimo.

Un poco más animado, buscó entre los archivos más recientes para ver qué había encontrado su mujer. Sus palabras aún retumbaban con fuerza en sus pensamientos: «Lo encontré… No son ellos, no son ellos…». Pero no había en su *ePaper* nada que le llamase la atención. Quizá si era demasiado importante, lo habría guardado en otro lugar más seguro.

—¿Dónde? —decía en voz alta.

Agotado, incapaz de razonar con lógica, se duchó para ver si conseguía relajarse un poco. Tras quitarse la camisa y el pantalón, los dejó en el cesto de la ropa sucia, con la tarjeta de la taquilla de Atocha aún metida en el bolsillo.

Los padres de Manjit se quedaron por la tarde en el hospital mientras Adrián y Mateo iban a la Puerta del Sol para encontrarse con la activista de WarmNed Planet. Las calles estaban blindadas por policías que mantenían sus rifles en las manos, apuntando hacia abajo. Mientras, decenas de miles de manifestantes se aglomeraban en la plaza protestando por lo poco que hacían los Gobiernos para paliar el cambio climático.

Quedaban diez minutos para las seis y media y les estaba costando abrirse paso para llegar a la esquina donde habían quedado. Cuando lo hicieron, había tanta gente que era imposible localizar a alguien concreto. Mateo marcó el número que había copiado del *ePaper* de Manjit sin obtener respuesta, era imposible oír una llamada entre el ruido de la multitud. Adrián se fijó entonces en una chica que llevaba una gorra verde con las siglas WP. Las reconoció de inmediato pues las había visto varias veces en los papeles que Manjit había guardado sobre WarmNed Planet. Se acercó a ella.

—¿Anna?

Ella los miró a caballo entre el miedo y la confusión.

—No me dijiste que ibais a ser dos. —Se le notaba un marcado acento extranjero al hablar en castellano.

—Es un amigo, a su mujer la han secuestrado los mismos que intentaron matar a la mía —le explicó Mateo.

—¿Tú eres Adrián? Manjit me habló de ti.

—Sí, soy yo.

—¿Qué queréis de mí? Esto no es seguro. —No dejaba de mirar hacia los lados con la misma desconfianza con la que los miraba a ellos.

299

—Lo único que quiero saber es por qué le pediste a Manjit que viniera, ¿qué le querías contar?

—Ella nos había escrito para preguntarnos por gente que había pertenecido a nuestra organización. Gente mala y corrupta que acabó con nuestra organización. Todos ellos están muertos o desaparecidos, o al menos eso intentan hacernos creer. Pero…

Anna se quedó muda y con cara de pánico. Adrián miró hacia donde ella lo hacía y vio a alguien que destacaba entre la multitud por su altura, alguien cuya cicatriz no iba a olvidar en toda su vida.

—Nos han encontrado. Corred hacia donde yo vaya —les dijo y volviéndose hacia el hombre de la cicatriz, le apuntó con el brazo y gritó tan fuerte como pudo—: ¡Tiene una bomba!

Inmediatamente el caos que Adrián esperaba comenzó a gestarse a su alrededor con un alarido que emergió del tumulto. La gente huía en todas direcciones mientras la Policía, a contracorriente, iba hacia el foco del problema. Ellos corrieron hacia las calles estrechas y escurridizas que llevaban al barrio de Huertas. Miraban hacia atrás con cuidado de no chocar con nadie. Entre aquella vorágine les era imposible saber si el hombre de la cicatriz aún los seguía.

En zigzag llegaron a la plaza de Santa Ana, donde comenzaron a caminar con normalidad para intentar pasar desapercibidos entre los turistas, que miraban con cierta inquietud a todas las personas que llegaban corriendo en busca de refugio.

—No sé quiénes sois vosotros y ya me he arriesgado demasiado. Yo me voy. —Anna estaba visiblemente asustada.

—Por favor, dime antes por qué alguien querría matar a Manjit, ¿qué había hecho ella?

Mateo le suplicaba con la mirada y ella, incómoda, la rehusaba dudando entre contestar o salir corriendo.

—Nosotros no queremos líos con esa gente. Ese hombre, el de la cicatriz, y su mujer dirigían nuestra organización, hasta que les pudo la avaricia y acabaron con todo. Ya habéis visto que son peligrosos. No sé por qué querían matar a tu mujer. Ella estaba investigando lo que había encontrado sobre ellos, quizá descubriera algo que no les gustó. No lo sé. Yo no sé nada y ya me voy. Por favor, no me sigáis. Nos ponéis en peligro.

Cuando llegaron a casa, alguien había entrado en el piso de Mateo y lo había dejado como si un tornado lo hubiese devastado. Supusieron que habían estado buscando aquello que había encontrado Manjit, y a la vista del caos provocado, les había costado dar con ello, si es que lo habían hecho.

Mateo estaba totalmente fuera de sí, temblando a causa del estado de nervios en el que se encontraba. El desorden que tenían ante ellos era un reflejo fiel de su ánimo.

Adrián llamó de inmediato a la Policía, aún dudaba de Ruy y prefirió no recurrir a él. Mateo le había enseñado el email que Manjit había recibido de la embajada, según el cual no tenía motivos para desconfiar de su jefe. Aun así, algo dentro de él ya no se fiaba de Ruy. La Policía les pidió que no tocasen nada. Un equipo de expertos iría de inmediato a buscar huellas o cualquier tipo de rastro que pudiesen encontrar.

Al colgar se fijó en la pantalla de sus *ScreenGlasses*, que le avisaba de un mensaje de voz que aún no había escuchado, el que Manjit le dejó cuando salió de la Escuela de Ingenieros. Todo había ocurrido demasiado rápido y no

301

lo había visto. Se puso las gafas para que Mateo no escuchase la voz de Manjit, por si eso le alteraba aún más. Lo escucharía él primero y, según el contenido, se lo mostraría o no.

> Adrián, no son lo que parecen. ¡Estás en un gran peligro!
> Escóndete y llámame en cuanto oigas esto.

«No son lo que parecen.» ¿Qué eran entonces? Ella había descubierto algo, quizá los hubiese desenmascarado, ¿por qué habría ido tan lejos sin decírselo a nadie? Se odiaba a sí mismo por haberla metido en aquel embrollo y se sentía culpable de todo cuanto le había pasado. Pensó que aquel no era el mejor momento para compartir el mensaje con Mateo.

Los policías llegaron en pocos minutos, dispersándose por la casa como si fuesen un enjambre de abejas negras en busca de cualquier pista que les indicase quién la había puesto patas arriba o por qué.

Entonces sonó el *ePaper* de Adrián. Había recibido un mensaje y lo abrió mientras uno de los policías le hacía preguntas a Mateo. Era una imagen, una foto de su mujer. Estaba atada a una silla, con una mordaza en la boca. Su cara traslucía un maltrato que Adrián no soportaba. Heridas hinchadas, cardenales, ojos enrojecidos y lágrimas incesantes. Bajo la foto había una frase escrita:

> Detén al representante chino mañana,
> o ella dejará de estar bien.

Si Ruy era de fiar, como les habían asegurado desde la embajada india, debía enseñarle el mensaje. Pese a que seguía teniendo dudas, tampoco le quedaba otra opción. Había pasado todo el día pensando en cómo ayudar a África y no se le había ocurrido nada. Lo llamó para que dejase cualquier reunión prevista, lo que tenía que decirle no podía esperar.

Su plan era ponerle a prueba antes de contarle nada, así que fue directamente al Ministerio.

—No sé si puedo confiar en ti —le admitió a bocajarro.

—¿Y a ti qué te pasa conmigo? ¿Por qué no puedes confiar en mí?

—Dame una pistola. Si quieres que vuelva a confiar en ti, dame un arma. Si no, no volverás a verme más. —Pese a lo nervioso que estaba, se sentía seguro de lo que hacía.

—Adrián, ¿te estás oyendo? ¿Estás mal de la cabeza o qué te pasa?

Él guardó silencio como respuesta, mirándolo directamente a los ojos con gesto desafiante. Ruy llegó incluso a sentirse incómodo.

—Mira, no sé qué te propones y, la verdad, no sé si quiero saberlo, pero no me gusta. Si quieres un arma, tómala. —Se volvió hacia su cajón, y sacó una pistola y la reprogramó para que también funcionase con la huella dactilar de Adrián—. Ten en cuenta que esto no es ningún juguete y que alguien puede resultar herido, así que ten cuidado con lo que haces, porque serás el único responsable si ocurre algo… Además ya te puse escolta, ¿qué más quieres?

—Quiero poder defenderme de esa gente.

—Pues tómala. —Se la tendió con desprecio.

Adrián vaciló al cogerla, nunca había empuñado un arma, de hecho las detestaba, aunque haría cualquier cosa para evitar que África o sus amigos murieran o sufrieran más daño por su culpa.

—Y ahora que, según tú, ya vuelves a confiar en mí, ¿me puedes explicar a qué viene todo esto? —La ironía volvía a su tono de voz.

—Mira este mensaje, me ha llegado hace un rato.

Cuando le enseñó el *ePaper* la imagen había desaparecido. Esta vez no le extrañó, incluso se lo esperaba, así que se lo contó todo sin poder aportar ninguna prueba, aunque ya tampoco hacían falta, cualquiera de los dos se habría creído la historia más inverosímil.

Madrid, miércoles 19 de agosto de 2065
Temperatura mínima: 28,0 °C
Temperatura máxima: 35,1 °C
Precipitación acumulada: 103 l/m^2 tras 192 días sin llover
Vientos sostenidos: 77 km/h
Rachas de viento: 145 km/h

Eolo llega a Oporto

24

*T*odos los canales de noticias abrieron sus informativos conectando en directo con Oporto. El huracán había tocado tierra a las dos de la madrugada y estaba arrasando la ciudad. Las olas, que superaban los veinte metros de altura, devoraban cada palmo de tierra con el que chocaban, ya estuviese ocupado por calles o por casas, habían engullido el puerto y todas las avenidas paralelas a la playa. En Nazaré, más al sur, las olas incluso habían llegado a superar los treinta metros por la acción conjugada del viento y la orografía marina. El ojo del huracán se estaba moviendo demasiado lento, a apenas treinta kilómetros por hora en dirección este-sudeste, a la par que iba perdiendo categoría. Se estimaba que el centro de esa tormenta apocalíptica llegase a Madrid sobre las cuatro de la tarde.

Toda la mitad oeste peninsular estaba en el nivel de máxima alerta por fuertes vientos y lluvias que ya habían dejado inundaciones importantes en muchas zonas de Portugal.

En España, Galicia se había llevado la peor parte durante la madrugada. En las calles de muchas poblaciones el agua llegaba casi por la cintura. Los servicios de salvamento ya habían estado evacuando a centenares de personas en las últimas 24 horas ante las previsiones del desastre; en las localidades más afectadas, el agua alcanzaba la primera planta de las casas. Desafortunadamente, el huracán había coincidido con la pleamar, lo que había ayudado a que el oleaje penetrase en tierra varios kilómetros, provocando que fuese mucho más dañino. Los árboles y tejados habían sufrido daños importantes por vientos sostenidos de 263 kilómetros por hora, incluso muchos muros y edificios se habían venido abajo. Aún era pronto para hablar de víctimas mortales, pero los informativos ya notificaban varias decenas de desaparecidos, aunque se esperaba que en las próximas horas el número fuese en aumento.

Y entre todo este desafío de la naturaleza, hoy se celebra en Madrid el XXIX Congreso para la Prevención del Cambio Climático, que debería llevar a Estados Unidos, China e India a firmar un pacto para evitar un clima aún más destructivo en un futuro cercano. Conectamos en directo con el hotel donde este Congreso va a dar comienzo en unas horas y donde todo el planeta espera que se llegue a un acuerdo para luchar, por fin, contra el cambio climático, especialmente hoy que Eolo ha querido unirse a esta cumbre mundial.

El hotel era casi una ciudad por dentro. Contaba con varios gimnasios, piscinas, centros comerciales, jardines tropicales, un mariposario y la reproducción exacta de un centenar de obras de arte. La sala de conferencias, con forma de hemiciclo, era la más grande de Europa y la elegida para celebrar el Congreso, ya que en otro lugar habría sido imposible, pues Eolo lo habría impedido. Nadie se arriesgaría a trasladar de un hotel a una sala de congresos a más de 170 representantes políticos en mitad de una tormenta tropical.

Adrián, que se había negado a pasar la noche allí por si Mateo necesitaba de su ayuda, llegó antes de que amaneciese, no sin cierta dificultad. Todo el mundo había salido muy temprano de sus casas por miedo a que más tarde el temporal les impidiese llegar al trabajo. El viento ya dejaba problemas en las carreteras y desde primera hora de la mañana los atascos habían colapsado las entradas a la ciudad, vigiladas por un fuerte dispositivo policial.

Como asesor científico del Congreso, Adrián debería estar en todo momento junto a los representantes de Estados Unidos, China e India y no separarse de ellos, como le había indicado el propio ministro de Cambio Climático; principalmente porque él había sido el responsable de liderar el equipo de meteorólogos y climatólogos que había redactado el informe sobre el que se asentaban las bases políticas de aquella cumbre, estableciendo así los pasos que debían darse para que estos tres países se anexionasen al convenio por el que se comprometían a reducir la cantidad de gases de efecto invernadero.

El hotel estaba fuertemente protegido por la Policía, que bloqueaba todas las escaleras y cada una de las puertas, con el fin de tener controlada la localización de cada asistente. Casi era imposible recorrer cincuenta metros sin haberse identificado al menos una vez. Todos los agentes llevaban un arma en la mano, lo que a muchos de los participantes les recordaba constantemente la sombra de la amenaza. Ante el temor de que se pudiese perpetrar un ataque terrorista, cualquier medida de seguridad era poca, y nada se había dejado al azar.

Adrián aún no sabía cómo conseguir tiempo para que el representante chino no firmase el acuerdo, o no al menos hasta que hubiesen liberado a África. El tiempo se agotaba y en poco menos de una hora, a las diez, tenía que ir a recogerlo a él y a sus homólogos de India y Estados Unidos para mantener con ellos una breve entrevista sobre qué puntos de índole científica del tratado que iban a firmar se discutirían en la primera jornada.

309

Daba vueltas por la habitación que le habían asignado al registrarse. Intentaba pensar, sin éxito, cómo solucionar el problema. Era incapaz de concentrarse, todos sus pensamientos se centraban en África y Manjit, que había conseguido sobrevivir a la noche y esto parecía una buena noticia, según le contó Mateo. Su *ePaper* vibró. Le había llegado un mensaje.

Haz lo que te pedimos o ella morirá. Ve al restaurante del hotel y pide un café al camarero que estará a la derecha de la barra.

¡*Ellos* estaban allí! ¿Cómo habían conseguido entrar? Era imposible.

Sabía que no podía enfrentarse solo a esa gente y que Ruy era su única opción. Sin embargo, temía que decidiese utilizar la fuerza si se enteraba de que aquellos extraños estaban dentro del hotel, lo que con toda probabilidad pondría en serio peligro la vida de África, así que no le quedaba otra opción que seguir adelante solo, pese al riesgo que suponía.

Cuando llegó al restaurante, donde se estaba sirviendo aún el desayuno, se fijó en la barra. Allí, algunos aprovechaban para conversar en un tono menos diplomático del que tenían que adoptar en las mesas. Efectivamente encontró a un camarero a la derecha de la barra, a otro en el centro y a un tercero a la izquierda. Parecía que la mayor parte de los asistentes había decidido pedir sus cafés justamente al camarero de la derecha, quizá porque aquel rincón otorgaba un poco menos de visibilidad desde las mesas donde los demás desayunaban.

Adrián comprobó el despliegue policial en el restaurante. Repartidos por todas las esquinas, varios agentes vigilaban cada movimiento de cada persona. Mientras no levantase sospechas, todo iría bien.

Pudo haberse acercado al lado derecho de la barra a pedir su café como antes lo habían hecho tantos otros, pero estaba nervioso y su paranoia crecía por momentos. Trazó un plan absurdo para llegar a su objetivo, pensando que así llamaría menos la atención, pues lo lógico sería ir a pedir el café donde había menos gente. Reconoció a la representante francesa entre un grupo de congresistas y la saludó levantando la mano. Ella, que no lo conocía de nada, reaccionó de la misma forma y le devolvió una falsa sonrisa de cortesía, demasiado ensayada, en la que se podía leer: «Encantada de verte, ¿quién eres?». Fue directo hacia ella y le estrechó la mano.

—Me alegro de volver a saludarla —le dijo Adrián en inglés—. Si me disculpa, voy a pedir un café.

Ella le apremió a que lo hiciera, cuanto antes se lo quitara de encima menos embarazosa le resultaría la situación. Adrián se coló entre el grupo y llegó a la barra, mientras su escolta se quedó atrás para evitar meterse en medio de tantas personas.

—¿Me pone un café, por favor? —Su mirada era de odio profundo, y la que le devolvió el camarero lo rozaba.

Cuando le estaba sirviendo el café, lo derramó a propósito y se lo vertió sobre el traje.

—¡Lo siento! Discúlpeme, no sé cómo ha podido pasar. Lo siento. —Realmente parecía apurado—. Si me acompaña, le limpiaré la mancha en un momento. —Y le indicó una puerta que estaba justo detrás de él, donde terminaba la barra.

Cuando los dos pasaron, el falso camarero la dejó entornada para no levantar sospechas. Después cogió un espray y se lo roció allí donde el café había dejado su huella, que de inmediato perdió su color pardo y desapareció.

—A las diez menos cuarto llevarás al representante chino, Xin Zhou, a la habitación 535. —Había bajado tanto el volu-

311

men de su voz que casi se había convertido en un susurro.

—No puedo subir a la quinta planta. La escalera no se puede usar, la Policía la ha cerrado y con mi acreditación el ascensor solo subirá hasta la segunda.

Todos los asistentes al Congreso llevaban una tarjeta electrónica colgada del cuello en la que se habían registrado sus datos, por lo que los ascensores subían únicamente hasta donde esta había sido programada, haciendo imposible su acceso a otras zonas del hotel que no fueran las de restauración y servicios generales.

—Acabo de meterte dos acreditaciones en el bolsillo derecho de tu pantalón que os llevarán a la quinta planta. —Adrián ni lo había notado—. Actívalas con tu *ePaper* en tu habitación, tienen escrita por detrás la clave. Asegúrate de llevar solo esas acreditaciones cuanto entréis en el ascensor, si no, se bloqueará y saltará la alarma. Cuando lleguéis, da cinco golpes en la puerta de la habitación y espera a que te abran. Si allí aparece alguien que no seas tú, matarán a África inmediatamente.

—¿Y si no lo hago?

A modo de respuesta, el camarero sacó su *ePaper* de la chaqueta y se lo mostró. Vio a África maniatada a una silla de la habitación del hotel y alguien, del que solo se veía un brazo, le apuntaba a la cabeza con una pistola.

—¿Qué le pasará a Xin Zhou?

—Una vida por otra. Decide quién prefieres que muera hoy.

25

*D*efinitivamente necesitaba la ayuda de Ruy. Fue a buscarlo con prisa, eran las nueve y media y en un cuarto de hora tendría que haber dado con él, solucionar el problema, recoger al representante chino y llevarlo ante la puerta 535. No había tiempo. Todo iba a salir mal. Era incapaz de llevar a un hombre al matadero y no podía soportar esa carga, pero si no lo hacía, su mujer moriría. Tenía que decidir a quién iban a matar, si a África o a Xin Zhou, aquello era demasiado para él.

«¡Y Ruy no aparece!», gritó para sus adentros muy alterado.

Lo llamó a través de sus *ScreenGlasses*. Agotados todos los tonos, no contestaba. Las 9:35. Quedaban diez minutos para que todo acabase y seguía sin saber qué hacer. Finalmente vio a Ruy con un grupo de gente al fondo del vestíbulo.

Allí estaba, riéndose como si no tuviese ningún problema en el que pensar. La cólera que se despertó en Adrián reforzaba las dudas que tenía sobre él. La noche anterior le había hablado del mensaje que recibió sobre Xin Zhou, así que solo podía adoptar esa actitud si no tenía nada que temer, si era uno de *ellos*.

Sin embargo, no podía hacer nada sin su ayuda, así

313

que, recordando el arma que le había dado mostrando su fidelidad, se arriesgó y fue corriendo hacia Ruy, que en ese mismo momento estaba hablando con el ministro español de Cambio Climático. Si se confundía, si resultaba que Ruy en realidad era su enemigo y África moría debido a su traición, lo mataría. Cuando el ministro lo vio llegar, se dirigió a él con una sonrisa mezquina en los labios y una mirada que casi parecía amenazante:

—Adrián —le dijo a modo de saludo con su voz quebrada, áspera como una lija.

Él apenas le devolvió el saludo con una breve mirada, no tenía tiempo para perderlo en formalismos, y se volvió hacia Ruy:

—Tengo que hablar contigo.

En su cara apareció una réplica muda, pero Adrián no le dio tiempo a formularla:

314 —¡Ahora!

Las 9:45. Iba tarde y con demasiadas dudas. Adrián estaba en la segunda planta, frente a la puerta de la habitación del representante chino. Activar las acreditaciones fue más sencillo de lo que pensaba y el *ePaper* hizo todo el trabajo por él. Mientras llamaba con los nudillos, rogaba al cielo para que África estuviese bien. La mayor parte de los políticos y científicos ocupaban las plantas primera, segunda y tercera. La cuarta se había reservado para las fuerzas de seguridad, y la quinta, sexta y séptima para los medios de comunicación.

Casi de forma inmediata, Xin Zhou le abrió.

—Buenos días. Soy Adrián Salor —se presentó en inglés y le mostró su identificación—. Ha surgido un cambio imprevisto de horarios y hemos adelantado la reunión unos minutos, ¿le importa acompañarme?

—Sí, enseguida. Deme un momento que coja mi acreditación.

—No la va a necesitar —se apresuró a contestar—, con la mía basta. Tenemos prisa. Volverá a la habitación antes de que empiece el Congreso y podrá recogerla.

Xin Zhou torció el gesto extrañado pero aceptó salir con la celeridad que le pedía Adrián. Con su huella dactilar sería suficiente para volver a abrir su habitación, así que tampoco le importó demasiado salir sin su acreditación. Adrián lo condujo por los pasillos hasta el ascensor y, disimuladamente, tiró la suya a una papelera.

La puerta del ascensor se abrió. Tenía que dirigirse a la habitación 535. Una pantalla en la pared indicaba que las numeradas desde la 500 hasta la 549 estaban ubicadas a la izquierda. Comenzó a recorrer el pasillo con paso inseguro. Era largo y luminoso, con las habitaciones situadas solo a su lado izquierdo y grandes ventanales en el opuesto. Adrián fue fijándose en los números de las puertas: 520, 521... Cuando llegó a la altura de la 530 ralentizó el paso, tenía auténtico miedo.

Dejó atrás la 531, después la 532, la 533... Su corazón se aceleraba y el pánico le había dejado la boca seca. Intentó salivar para saciar su sed, pero no funcionó. La 534. Inspiró profundamente y se situó frente a la 535. Era tarde, y lo sabía. Sabía que su decisión presentaba un grave problema y, con mano temblorosa, golpeó cinco veces con los nudillos. No pasó nada. Esperó un par de segundos y cuando iba a llamar por segunda vez, se abrió la puerta.

La sostenía el hombre que había estado apoyado en el muro de la fábrica abandonada fumando mientras Adrián esperaba a la viuda de Monzón. Al fondo, junto a una ventana que tenía echadas las cortinas, estaban África, atada a una silla, y el hombre de la cicatriz, que le apuntaba a la cabeza con una pistola mientras le dirigía una mirada de odio profundo.

—¿Y Xin Zhou?

—Antes de entrar al ascensor se torció un pie y se negó a seguirme, parecía un esguince. Yo mismo lo acompañé a la enfermería. Lo tenéis allí.

—Si se trata de un truco… —El hombre de la cicatriz apretó la boca del arma con más fuerza contra la cabeza de África, mientras ella, amordazada, intentaba gritar—. Ninguno de los dos lo vais a contar.

En ese momento el *ePaper* de Adrián comenzó a vibrar con insistencia en su pantalón. Alguien lo llamaba. Sin duda, algo tan urgente solo podían ser malas noticias. ¿Sería Ruy? ¿Habría fallado el plan que habían trazado? Ahora ya no había vuelta atrás. Todo iba a salir mal y en diez minutos ellos dos estarían muertos.

Aterrado, comenzó a pensar en las distintas vías de escape. En ninguna de ellas terminaría con vida si la suerte no jugaba a su favor.

—Hugo. —El hombre de la cicatriz se dirigió al que aún estaba en la puerta—. Baja a la enfermería y termina el trabajo.

El hombre abandonó la habitación dejándoles solos a ellos tres, en silencio. Adrián no entendía muy bien de dónde procedía el odio que adivinaba en los ojos de aquel asesino. Sin dejar de apuntar a África, se separó unos pasos de ella para poder controlar a los dos sin problema.

África parecía querer decirle algo con la mirada, algo que no entendía, pues apenas le prestaba atención. Todos sus sentidos convergían en aquel hombre. Buscaba un momento de debilidad, la fracción de segundo que dejara la balanza inclinada a su favor.

Pasaron varios minutos de tensa espera sin que ocurriese nada. Adrián impaciente, con su *ePaper* aún vibrando en el bolsillo. Se sentía descompuesto. Decenas de gotas de sudor frío resbalaban por su frente. El hombre de la cicatriz no dejaba de observarlo, extrañado de no haber recibido noticias de Hugo.

Tanto tiempo sin saber de él indicaba algún problema, las malas experiencias del pasado se lo habían enseñado y su cicatriz, a modo de vestigio, se lo recordaba cada vez que se miraba al espejo. Sin dejar de apuntar a África, llamó a su compañero.

Adrián comprendió que ese era su momento. Contaba con un segundo mientras los reflejos de aquel hombre se eclipsaban momentáneamente mientras se ponía las *Screen-Glasses*. Se llevó la mano a la espalda y, oculto bajo la chaqueta del traje, sacó rápido el as que escondía: la pistola que Ruy le había dado y que llevaba sujeta en el cinturón. Le apuntó agarrándola con las dos manos, seguro y sin vacilar.

—Suelta a África. ¡Hazlo ya!

—Me parece que no estás en condiciones de exigir nada.

—Te equivocas. Si la matas, yo ya lo habré perdido todo y no dudaré en disparar. ¡Suelta el arma! —le gritó.

No le quedaba otra opción que continuar apuntándole, de no hacerlo estaba seguro que tanto él como su mujer morirían, al menos así contaba con una oportunidad.

El hombre de la cicatriz obedeció. Tras haber dejado la pistola en el suelo, desató a su prisionera.

—África, coge el arma y ven despacio hacia mí.

Ella se agachó para recogerla.

$\mathcal{M}$ateo despertó agotado, lleno de dolor y falto de sueño. Apenas había conseguido dormir dos horas. La ira, como si fuese pura cafeína, le consumía manteniéndole despierto, aunque no se llevaba ni el cansancio ni la tristeza. Había pasado la noche en la sala de espera de la UCI, mientras sus suegros descansaban del viaje en un hotel, ya que era imposible hacerlo en casa de su hija tal y como la habían dejado. Cuando ellos regresaron junto a Manjit a primera hora de la mañana, él se fue a casa para intentar descansar un poco. Al menos ella seguía luchando contra la muerte, y eso lo animaba a no derrumbarse.

El viento azotaba la calle con fuerza, la misma con la que el miedo de perder a Manjit azotaba su estado de ánimo, como si otro huracán hubiese arrasado todo cuanto quería, dejándolo en ruinas. Eolo no era ni la mitad de devastador que la tormenta que se había formado en sus pensamientos.

¿Por qué habían disparado a su mujer? ¿Qué había descubierto que fuese tan amenazador para *ellos*?

Le había dado tantas vueltas a la misma pregunta que cuando llegó a casa la angustia lo vencía en el cuerpo a cuerpo. Lo acorralaba. Lo ahogaba. No le dejaba espacio suficiente en sus pulmones para respirar. Su casa se le hacía demasiado pequeña para tanto dolor. Así que se fue al cuarto de baño, quería refrescarse la cara con agua fría para intentar estimularse. Con los ojos cerrados, escuchaba cómo salía el agua del grifo intentando no pensar en nada más.

También habían entrado allí. Todos los cajones estaban abiertos, la ropa sucia tirada por el suelo. Vio la que había llevado la víspera, manchada aún de la sangre de Manjit. ¿Habrían encontrado lo que buscaban? Si la respuesta era no, *ellos* volverían, y por cómo habían dejado la casa, habían buscado mucho, lo que indicaba que era probable que aún no tuviesen lo que tanto ansiaban. Fuese lo que fuese, tenía que encontrarlo él primero. Si con ello podía hacerles daño, no escatimaría en recursos para conseguirlo.

Empezó con el dormitorio. Mateo sabía que si ella había guardado algo importante en casa estaría allí. Comenzó por los cajones del armario, que ahora estaban tirados por el suelo con su contenido desparramado entre la vorágine. Los colocó en su sitio y los rellenó. Guardar la ropa de Manjit le resultaba demasiado duro, no sabía si ella la volvería a usar. Sin embargo, tener una tarea al menos lo distanciaba de la preocupación. No sabía qué estaba buscando, ni siquiera si lo encontraría, así que observaba cada objeto con sumo detenimiento, pero no veía nada que lo ayudase a entender sus últimas palabras:

«Lo encontré. No son ellos…»

Allí no había nada que le llamase la atención, así que o lo habían encontrado o no estaba en casa.

Después de un rato, la habitación volvió a ser la que era y él terminó tremendamente cansado. Había guardado todas sus cosas tal y como lo hubiese hecho ella, para que nada la alterase si conseguía volver a casa.

Se sentó sobre la cama, intentando pensar dónde podría haberlo guardado. «¡¿Dónde?!», se gritaba así mismo en sus pensamientos. ¡¿Dónde y qué es?!

Estaba demasiado cansado y no encontraba respuesta. Se tumbó e intentó dormir, pero su mente se lo impedía, zumbaba como un mosquito en mitad de la noche. Fue a darse una ducha, quizá así consiguiera relajarse. Primero recogió un poco el suelo del cuarto de baño. Cuando iba a meter los pantalones manchados de sangre en el cesto de la ropa sucia, notó algo en el bolsillo. La tarjeta que le habían dado en el registro del hospital y que había pertenecido a Manjit. La sacó de allí y leyó lo que tenía escrito.

Estación de Atocha
Taquilla 13

Una idea le atravesó como si fuese un rayo. Quizá fuese eso lo que estaba buscando. ¿Y si estaba escondido allí? Quiso ir de inmediato a la estación para comprobarlo. Miró por la ventana. El temporal se recrudecía y los cristales estaban salpicados por gotas de agua que dejaban tras ellas un rastro como si fuesen cometas en una noche estrellada. Desde luego no era el mejor día para salir a la calle, pero si lo que esa gente buscaba era la tarjeta de las taquillas de Atocha, no habría otro día.

Sin perder un instante, salió de casa y corriendo bajó hasta la calle. Un viento ensordecedor empujó la puerta del portal con tal violencia que a Mateo le costó un esfuerzo inmenso volverla a cerrar. Veía el otro extremo de la calle gris, empañado por una cortina de lluvia que el vendaval arrastraba con vehemencia junto a algunas ramas de árboles. Abrió el paraguas y este salió volando como si se lo hubiesen arrancado de las manos con una fuerza brutal. El viento casi no le permitía andar, soplaba con tanta intensidad que parecía que le estuviesen disparando gotas de lluvia que al chocar contra su piel le pinchaban como si fuesen pequeños alfileres. Tuvo que ponerse las manos delante de los ojos a modo de visera para protegerlos.

Apenas llevaba unos segundos en la calle y ya estaba calado hasta los huesos. Miró hacia la boca del metro. Estaba a unos pasos, pero parecía imposible alcanzarla. Una racha de viento lo tiró al suelo. Se había dejado vencer, estaba tan cansado que no tenía ganas ni de luchar contra la tempestad, aunque lo haría por Manjit. Se levantó, primero a gatas y luego corriendo, y llegó al metro con los ojos casi cerrados y la cabeza ladeada para evitar el viento frontal.

La entrada a la boca del metro estaba llena del agua que caía por las escaleras. También él estaba chorreando desde la cabeza a los pies. Se secó la cara y se sacudió el pelo con las manos para que no se le escurriese sobre los ojos. Los altavoces anunciaban que en una hora se suspendería el servicio por riesgo de inundaciones. Tenía tiempo de sobra, incluso de volver a casa si todo salía bien. Desde allí tenía línea directa a la estación de Atocha.

Estaba solo en el andén, nadie se había aventurado a usar el metro. En las paredes digitales se proyectaban hologramas que avisaban del peligro de la situación meteorológica.

En Atocha corrió hacia las consignas siguiendo la dirección de los letreros indicadores. En cuanto localizó la taquilla número trece, miró a su alrededor por si alguien lo estuviese vigilando e introdujo la tarjeta de Manjit. La luz verde le indicó que estaba abierta. Y vacía. ¿Habían llegado antes que él? Tras un segundo vistazo descubrió un pequeño sobre al fondo, en la esquina derecha. Lo rasgó. Dentro solo había una unidad de memoria física. ¿Era eso lo que estaban buscando?

321

Se puso las *ScreenGlasses* e introdujo la tarjeta en la patilla de las gafas. Había dos archivos: una imagen y un vídeo. Primero abrió este, que apenas duraba unos segundos.

Se veía una orla colgada en una pared. Después giraba para enfocar a un hombre que estaba detrás de una mesa llena de libros. A primera vista solo parecía un despacho, nada más. No lo entendía. ¿Por qué Manjit había grabado aquello y lo había escondido en una taquilla?

Detuvo el vídeo en la orla. Fue mirando foto tras foto hasta que vio lo que tanto había asustado a Manjit. Se le heló la sangre. Allí había un muchacho que no habría reconocido de no ser por la cicatriz de su cara, y bajo su fotografía un nombre: Román Gómez. También estaba el técnico del ascensor de los ojos juntos y la nariz triangular, cuyo nombre era Hugo Puertas. Había algunos otros conocidos: Víctor Monzón, el que fuera alcalde de Belvís de Monroy, y Jaime Cortés, el antiguo y corrupto presidente de la eólica ELD. También el profesor al que Manjit había ido a ver, David Acosta. Pero lo que realmente le había dejado petrificado fue ver en aquella orla la fotografía de África, bajo la cual también se indicaba su nombre: Sofía Rivero.

¿Es que su verdadero nombre no era África Núñez? Era imposible. Recordó que él le había gestionado la compra de un vuelo hacía años y había visto su pasaporte. Además, ella no había estudiado Ingeniería Industrial, había estudiado Programación de Redes Neuronales. ¿África les había mentido? ¿No era la persona que decía ser? Y no solo eso, además conocía a aquellos que habían intentado matar a Manjit.

Con muchas dudas, abrió el segundo archivo que estaba guardado en la tarjeta. La imagen correspondía a un breve artículo de prensa al que no acompañaba ninguna fotografía, titular o fecha.

El joven matrimonio español, Sofía Rivero y Román Gómez, dirigentes de la ONG WarmNed Planet, mueren en extrañas circunstancias tras destaparse los casos de corrupción y tráfico de influencias que podrían haberlos llevado a la cárcel.

En medio de la conmoción recordó las palabras de Anna, la activista de dicha ONG con la que habían quedado en la Puerta del Sol: «Ese hombre, el de la cicatriz, y su mujer dirigían nuestra organización, hasta que les pudo la avaricia y acabaron con todo». «Todos ellos están muertos o desaparecidos, o al menos eso intentan hacernos creer. Pero…»

¡Era ella! ¡África era la mujer del hombre de la cicatriz!

—Pero ¿qué es esto? ¿África es una de *ellos*? —Mateo hablaba consigo mismo tratando de asimilar la información.

Aquello significaba que la Policía había estado buscando a África para detenerla, quizá por eso cambió su nombre. Una duda brotó con fuerza de su interior: ¿habría simulado ahora su propio secuestro para coaccionar a Adrián en el Congreso? No le extrañaría nada pues ya había simulado su propia muerte, dos veces incluso.

Si esa gente había intentado matar a Manjit por haber desenmascarado a África, sin duda debía ser porque se habían sentido amenazados; luego, África era uno de *ellos*. La ira bullía en su interior mezclada con centenares de preguntas. ¡¿Cómo ha podido hacernos esto?! ¡¿Cómo?!

Sea como fuera, Adrián corría un grave peligro. Ruy dijo que lo matarían cuando dejara de serles útil y que lo harían el día que llegase el huracán. Es decir, le quedaban algunas horas de vida, si no eran solo minutos. Lo llamó con las *ScreenGlasses* para avisarle. Lo intentó decenas de veces. No contestaba.

323

27

*L*levaban dos años siguiendo a Adrián. En el Ministerio le habían dado un *ePaper* pinchado, de modo que así lo tendrían controlado y podrían acceder a todos los informes que realizase. Adrián se había convertido en un auténtico quebradero de cabeza para *ellos*, por él pasaban todas las licencias y contratos de distintas empresas que estaban en proceso de aprobación. Estudiaba su impacto medioambiental y en caso de resultar negativo, disponía de la potestad para cancelar el proyecto, lo que ya les había hecho perder millones de euros. Se habían introducido en todos los órganos de gobierno, de izquierdas o de derechas, habían infiltrado a su gente en todos los partidos que optaban al poder, así cualquier política aprobada en una legislatura sería siempre favorable a sus intereses. Pese a que de este modo habían conseguido que las leyes fuesen laxas para sus propósitos, Adrián sabía cómo hacerlas respetar.

Les preocupaba especialmente que no se vendía por dinero y se mantenía firme en sus principios. Habían hecho lo imposible para frenar su ascenso, pero la Comisión Internacional lo protegía en recompensa al valor de su trabajo. En cualquier caso, con su *ePaper* pinchado podrían

324

anticiparse a sus informes y legislar para que no fuesen válidos. Gracias a ello ya habían logrado muchos de sus objetivos, entre otros recalificar un monte del Sistema Central para convertirlo en una estación de esquí e instalar plantas eólicas donde más beneficio económico les reportase, sin importarles si el lugar era climáticamente el adecuado o no.

Afortunadamente para *ellos*, no todos eran como Adrián. Años atrás, los jóvenes e idealistas dirigentes de la ONG WarmNed Planet fueron muy fáciles de manipular, casi fueron ellos mismos quienes los buscaron.

Abrazando causas medioambientales, WarmNed Planet había saltado muy pronto a la fama mundial por sus críticas a los políticos más reacios en la lucha medioambiental, y en medio de la crisis climática y energética que sufría el planeta, habían ejercido una influencia mediática sin precedentes en el voto de los electores, por lo que muchos políticos habían tratado de simpatizar con ellos usando malas artes. La rápida fama que habían adquirido sus integrantes, su corta edad y los sobornos pudrieron rápidamente sus conciencias.

Cuando sus dirigentes, Sofía y Román, se habían corrompido lo suficiente, se filtraron a la prensa algunos de sus negocios más turbios, lo que condenó a muerte la conciencia medioambiental de miles de personas y prácticamente arruinó a la ONG. El que se convertiría en ministro de Cambio Climático en el año 2063, y que ya tenía suficiente poder político en el Gobierno, les dio la opción de ir a la cárcel o desaparecer para vivir tranquilamente con una nueva identidad al servicio de *ellos*. No era la primera vez que simulaban la muerte de alguien y tampoco iba a ser la última. Cada vez que alguno de *ellos* era descubierto, *moría* bajo el efecto de algún elemento meteorológico. Días más tarde, y con un nuevo pasaporte, reaparecía en cualquier ciudad del mundo estrenando una nueva vida. Así no se levantaban sospechas y sus *muertes* quedaban diluidas entre aquellos a los que, por negarse a favorecer sus negocios, mataban a sangre fría dejando sus cuerpos a merced de alguna fuerza de la naturaleza. El cambio climático estaba dejando demasiados muertos en todo el planeta, unos cuantos más no se notarían. Además, las autopsias siempre las hacían gente de su confianza.

Borrar el rastro de quienes decidían unirse a sus filas era demasiado fácil. Pese a que el todopoderoso Sousuo era imposible de piratear desde fuera, tenían acceso desde dentro a todos los archivos que se guardaban en sus servidores. Gracias a sus agentes trabajando para el gigante chino, podían borrar sin ningún problema la huella digital que cualquier persona hubiese dejado en la red. Cuando debían darle una nueva identidad a alguien, eliminaban todas y cada una de sus fotografías que circulaban por la red con el fin de que no pudiese ser identificado por su antiguo nombre en una búsqueda facial. Tan solo dejaban escuetas notas sobre sus supuestas defunciones. De la misma forma, también controlaban los archivos de la Policía. Eran como una red perfectamente tejida en torno al poder.

Sin embargo, Adrián había pasado a mayores y cada vez les era más difícil de controlar. Una de las opciones era matarlo, así se acabarían sus problemas, pero quizá pudiesen verse comprometidos más de lo que les gustaría si la Comisión Internacional investigaba su muerte. Se decidió entonces optar por un caballo de Troya, por si les fuese útil en el futuro. Dado que tenían acceso a su *ePaper*, y por tanto también a todas sus cuentas privadas, lo habían espiado para conocer sus gustos y todas sus aficiones: sus películas favoritas, los libros que más le gustaban, los viajes que más le habían cautivado. Lo conocían absolutamente todo sobre él, así que les iba a resultar muy fácil *fabricar* a su alma gemela.

Sofía Rivero, bajo el nuevo nombre de África Núñez, se ajustaba a la perfección al tipo de mujer en la que él se hubiese fijado a primera vista. Solo tenía que aprenderse el papel e interpretarlo a la perfección, aunque detestaba la mayor parte de las cosas que a Adrián le cautivaban. El ministro se encargaría de hacer las presentaciones. Román, su marido, se negó en rotundo tirando una silla contra la pared para aliviar su ira, no dejaría que Sofía se acostase con otro hombre, pero las opciones eran terminar en la cárcel o, lo más probable, con un tiro en la cabeza, por lo que al matrimonio no le quedó más remedio que aceptar, a cambio de que cuando aquel encargo terminase se les diese una nueva identidad para vivir alejados de la organización, aunque ninguno de los dos creyó que fuese a durar tanto tiempo.

Con el fin de aliviar tensiones, le dieron a África un trabajo que la mantendría fuera de casa la mayor parte de los fines de semana, pasándolos en realidad con Román. Adrián empezó pronto a sospechar y a seguirla. Nunca encontró nada, pues *ellos* conocían constantemente su posición gracias al GPS que llevaba integrado el *ePaper*, al que tenían acceso ilimitado, y podían anticiparse a cada uno de sus pasos. Nunca los descubrió.

En una reunión secreta celebrada a finales de julio en una de las plantas subterráneas del banco BSW, situado en la nueva Ciudad Financiera de Madrid, el ministro de Cambio Climático les explicaba con su voz quebrada y áspera a todos los asistentes cuál era la situación actual de sus problemas financieros:

—¡Tenemos que detener el Congreso del cambio climático, es crucial para nuestros intereses! Si Xin Zhou firma el acuerdo al que se quiere llegar el próximo mes, el contrato que acabamos de conseguir con la multinacional China perderá inmediatamente su validez impidiéndonos ganar una cantidad inmensa en intereses. Por no decir, además, que nuestros negocios asiáticos más importantes sufrirán grandes pérdidas en la bolsa.

En aquel búnker no había filtraciones y todos se mantenían en el anonimato: era el lugar idóneo para que se pudieran reunir los políticos, directores de bancos y altos cargos de empresas privadas que comulgaban con su causa.

El director del BSW en España tomó entonces la palabra, tal y como lo había acordado con el ministro:

—El banco que dirijo sería uno de los más afectados, pues nuestras acciones volverían a caer en picado y esto, evidentemente, sería la ruina y el final para una entidad que a ojos de la opinión pública solo invierte en energías renovables. El BSW estaría otra vez en las portadas de todo el mundo por negocios fraudulentos, ¡y eso es algo que no podemos permitirnos! Como país anfitrión del Congreso para la Prevención del Cambio Climático, se nos ha encargado a nosotros detenerlo. Para conseguirlo, usaremos a Adrián Salor como cabeza de turco.

»El día del Congreso se le pedirá que conduzca al representante chino a nuestros hombres. Los matarán a los dos. Adrián quedará como culpable y haremos que su muerte parezca un suicidio. El ministro le encargará personalmente que sea él quien se ocupe de Xin Zhou durante todo el Congreso. Sofía y Román, que están al cargo de esta operación, os explicarán cuál será el plan trazado.

Los asistentes se miraron contrariados, era la primera vez que dos personas ajenas al grupo de poder les verían las caras. La puerta se abrió y pasaron los dos al interior de la sala. La cicatriz de Román brillaba al devolver la luz blanca que, desde el techo, iluminaba la estancia. Fue Sofía quien habló:

—Adrián nunca nos ayudará si es la organización la que se lo pide, así que tiene que ser él quien venga a nosotros. Le dejaremos un rastro que lo conduzca directamente hasta aquí. Le haremos creer que me han secuestrado y que mi vida depende de que Xin Zhou no firme el acuerdo.

—Eso atraerá a la Policía. ¡No, yo estoy en contra! —le interrumpió exaltado uno de los directivos de una empresa de telecomunicaciones.

—No atraerá a nadie salvo a él, y a Ruy Vidal, del que también nos encargaremos cuando llegue el momento. En primer lugar, vamos a simular mi muerte en un accidente de tráfico, así nos deshacemos también de la holandesa que iba a desenmascararnos en Bruselas, la que *hackeó* los archivos que se guardaban en la sede central del BSW.

Cuando la activista de WarmNed Planet encontró por error una carpeta cifrada en un servidor oculto del banco, supo que aquello era lo que había estado buscando durante mucho tiempo. Llevaba trabajando allí lo suficiente como para intuir, al igual que lo hacían muchas ONG, que además de dinero, en el BSW se ocultaban secretos y fraudes medioambientales. Le llevó dos semanas desencriptar por completo todos los documentos que contenía la carpeta. Aquello superaba con creces todo lo que había imaginado. Una red de corrupción a escala global, perfectamente estructurada, había estado actuando en secreto durante décadas en los gobiernos de casi todo el planeta, como si un arquitecto hubiese levantado una estructura a base de fango y sombras en torno al poder. Sin duda tenía que sacarlo a la luz. Un periódico no sería seguro, pues según lo que acababa de descubrir controlaban la mayoría de los medios de comunicación, fuese de una forma u otra. Tenía que ser ella misma la que llevase el informe a las

329

Instituciones Europeas de Bruselas. En el tren, camino de Bélgica, volvió a darse cuenta de que la seguían. No sabía cómo, pero la habían descubierto. Entonces sacó los papeles de su maletín rojo y lo volvió a dejar vacío sobre su asiento para intentar despistarlos. Después se fue al aseo del tren y le dio la vuelta a su vestido, forrado con dos telas de distinto color, para que nadie pudiera reconocerla. Sin embargo fracasó en su intento de pasar desapercibida y la secuestraron antes de que pudiese hablar con la Comisión Internacional.

—¿Y cómo se supone entonces que Adrián va a pensar que estás secuestrada y no muerta?

—Porque necesitará encontrar respuestas. Nos haremos una foto en la que también saldrá Román. Me verá alterada cuando la mire, no le diré por qué y le haré creer que se ha borrado. Necesitaremos tener preparado un taxi en el que me dejaré olvidada la cámara. Después del accidente del coche esconderemos varias copias en distintos lugares para que encuentre una de ellas, momento en el que eliminaremos las demás. Lo más probable es que vaya a abrir la cápsula del tiempo que enterramos antes de la boda. En vez de encontrar las cartas que nos escribimos, encontrará la foto. Previamente Román se habrá asegurado de que se fije en él y de que no le olvide para que se asombre cuando lo vuelva a ver en la foto. Tras lo cual nos encargaremos de dejarlo todo tal y como estaba para que nadie pueda vincularnos con él, es un plan perfecto.

—No. —Fue el ministro quien la interrumpió esta vez—. En lugar de tu carta deja un folio en blanco, eso le desubicará aún más y si alguien va a comprobar su versión de los hechos, le desacreditará, lo cual nos conviene.

—De acuerdo —asintió Sofía—. Además, le haremos creer que estoy embarazada, lo dejará más vulnerable, lleva tiempo queriendo tener un hijo. Creerá que yo había descubierto algo y que lo almacenaba todo en el piso que hay frente al nuestro y lo dejaré como si hubiesen entrado a robar. Tenemos que dejar las huellas de alguien que no esté fichado por la Policía. Por otro lado, incendiaremos el coche en el que tendré el accidente y nos aseguraremos de que la memoria del GPS no sufra ningún daño, eso lo conducirá a hablar con la mujer de Víctor Monzón. Ella le dará las instrucciones para que nos encuentre. Una vez lo haga, me verá en el búnker, viva. Me habrán maquillado simulando haber recibido una gran paliza.

—Se dará cuenta del maquillaje —volvieron a interrumpirla.

—No, aunque lo viese a plena luz del día, no se daría cuenta. Además me verá en una habitación donde casi no habrá luz, así el efecto será más sobrecogedor.

331

El primer miércoles de agosto Vega Antúnez pretendía reunirse con África en el Ministerio, tenían que resolver algunos problemas. Acababa de hablar con la jefa del departamento de Relaciones Públicas del Ministerio para pedir una sala donde pudiese reunirse con ella. Le habían asignado el despacho 235. Pablo Moreno, su compañero de mesa en el departamento de Documentación, no perdió detalle de la conversación, tras la cual se excusó para ir al servicio y subió corriendo hasta la segunda planta del Ministerio. Desde que la mujer de Adrián visitó a Vega por primera vez, había visto documentos extraños en las pantallas virtuales de su compañera de trabajo. Nunca llegó a ver más que unos membretes de algunas facturas o algún dato esporádico, pues Vega era sumamente cuidadosa y los mantenía en secreto, bien guardados, cosa que no hacía con el resto de su trabajo. Intuía que algo extraño ocurría y por lo poco que había visto, no debía de ser muy legal, así que se decidió a llegar al fondo de aquel asunto siguiéndolas a ambas.

La puerta 235 estaba abierta, había tenido suerte. Junto a la ventana del fondo del despacho había una planta de hojas verdes y frondosas. Pegó un microchip en el reverso de la hoja que le pareció menos visible desde cualquier punto. Con sus *ScreenGlasses* vinculadas a dicho microchip podría escuchar todo lo que se hablase allí dentro.

Tras haber grabado la reunión entre Vega y África, ya no le quedaban dudas. Aquello no solo era ilegal, además era un delito penado con la cárcel. Suplantación de identidad, fraude y corrupción que afectaba a la cúpula de partidos políticos y gobiernos... Se sonrió a sí mismo y se frotó las manos, tenía intención de beneficiarse económicamente.

Cuando África salió del Ministerio fue tras ella, pues parecía que era la que más información manejaba. Estaba dispuesto a reunir más pruebas y a ir vendiéndolas en pequeñas dosis por grandes cantidades de dinero. Lo suficiente como para vivir sin trabajar el resto de su vida.

El viernes siguiente, 7 de agosto, tras haber fotografiado a África y Vega varias veces por la calle, se decidió a mandarle algunas de esas imágenes a África para amenazarla. Después le exigiría el primer pago por su silencio. ¿Cuánto podría pedirle? Con una información tan delicada como aquella, todo lo que quisiera. Tenía las de ganar.

Cuando ella recibió las fotografías se quedó pálida, como si le hubiese robado hasta la última gota de sangre en sus venas. ¡La habían descubierto! Si el ministro se enteraba de aquello, si se enteraba de que no había sido lo suficientemente cautelosa y había puesto a la organización en peligro, ordenaría sin dudarlo que la mataran. Sin em-

332

bargo, la persona que le había enviado las fotos lo había hecho sin ocultar su número. Gran error. Inmediatamente se lo envió a Román para que lo encontrase y lo matara, no sin antes averiguar quién más había visto aquellas fotos. Era la única forma de solucionar el problema.

En ese momento la llamó Ruy Vidal:

—África, tenemos que hablar de las fotos.

—¿Ruy? —consiguió decir tras unos instantes. Si él había visto esas fotos, ya no habría vuelta atrás, todo habría acabado y ella estaría muerta. Tragó saliva y balbuceando trató de contestarle—: ¿De... de qué fotos me hablas?

—De las tuyas, África. Mira, la verdad es que la exposición que nos planteas hacer en el Ministerio la veo muy interesante, pero con el Congreso del cambio climático a la vuelta de la esquina creo que no es el momento, si quieres lo hablamos después del verano.

Ella suspiró aliviada.

—Claro, claro. Gracias.

Tres horas más tarde el compañero de Vega estaba siendo interrogado por sólidos puñetazos en el búnker bajo la sede del banco BSW. El infiltrado que tenían trabajando en el complejo de máxima seguridad de *Sousuo*, en China, estaba analizando su cuenta, desde la cual solo le había enviado las fotografías a África y ya estaban borradas, así como todos los demás archivos que encontró. Parecía que todo estaba a salvo y que la organización podría seguir operando en la sombra.

Por prevenir, y principalmente porque ciertos errores no se perdonaban, se decidió apartar a Vega de su trabajo y se simuló su muerte. Le extrajeron sangre y la derramaron en el maletero del coche que se había comprado a nombre de África, donde más tarde colocaron al que había sido su compañero de trabajo en el Ministerio con un disparo en la cabeza.

A África no se la castigó por su descuido imperdonable, pues aún la necesitaban. Sin embargo el ministro, con su mirada mezquina, supo ver el miedo que ella tenía a una sanción y se aprovechó de ello. Le dijo que para expiar sus culpas tendría que hacer exactamente lo que él le pidiese.

—Cuando Adrián te vea en el búnker, Román te pegará con violencia delante de él, eso hará más creíble la farsa. —Su voz, de pura felicidad, aún era más áspera que de costumbre.

Ella fue incapaz de objetar nada. La asustaba tanto estar en su presencia que tan solo se limitó a asentir.

Eran las tres de la madrugada del 13 de agosto. Lucía había ido al hostal en el que Adrián se alojaba en Belvís de Monroy. Había sentido pena por él al verlo llamando a su casa tan desesperado y quería ayudarle, contarle la verdad. Ella solo había entrado a formar parte de aquella organización de extorsionadores porque la situación con su marido la había obligado a ello. Los odiaba.

Le habían advertido que Adrián iría a verla. El plan era mostrarse aterrada cuando fuese por primera vez, cosa que había hecho sin problema, pues realmente lo estaba. Al día siguiente, simulando sentirse insegura de hablar con él, tendría que citarlo en la fábrica abandonada que había a las afueras de Alcalá de Henares, donde supuestamente estarían más seguros, y le daría las instrucciones adecuadas para llegar hasta *ellos*.

Trató inútilmente de entrar en la habitación de Adrián. Algo estaba saliendo mal. De pronto se dio cuenta de que la puerta contigua se abría. Tenía que salir corriendo de allí, sabía que la ocupaba Román. Apenas le dio tiempo a levantarse cuando vio que él ya le estaba apuntando con una pistola y le pedía silencio llevándose el dedo índice a los labios. Ella no se atrevió ni a gesticular, aquel hombre era capaz de matarla si le contradecía. Con un gesto de su mano, Román le indicó que pasase a su habitación. No le quedaba más remedio que obedecer, solo así podría tener una mínima oportunidad de sobrevivir. Había violado las reglas y ahora su vida corría peligro.

Con paso lento entró en la habitación del hombre de la cicatriz. Sin pronunciar una sola palabra le señaló la cama y ella se sentó. Entonces, y sin soltar su pistola, abrió un maletín y extrajo un pequeño bote de cristal que puso encima de la mesa. En su interior había un líquido transparente. Después cogió una jeringa del maletín e introdujo la aguja dentro del bote. Lo había llevado por si las cosas salían mal con Adrián y tenía que llevárselo inconsciente hasta el búnker. La droga siempre era más efectiva que un golpe en la cabeza, ya que le permitía controlar el tiempo que pasaría durmiendo.

335

Lucía, sentada sobre la cama, se puso a temblar y a respirar aceleradamente.

—No, por favor. No, por favor —le suplicó susurrando para no alterarle más.

Él se acercó y con una mano le puso la boca del arma en la cabeza, mientras con la otra le inyectó el líquido transparente en el brazo. Tardó poco menos de veinte segundos en caer dormida sobre la cama.

Román soltó la pistola y se fue al cuarto de baño para llamar con las *ScreenGlasses*. Tras varios tonos consiguió contactar con él. El otro lado de la línea se quedó en silencio.

—Creo que la mujer de Monzón nos quería delatar. Nos ha traicionado. La he encontrado intentando abrir la puerta del hostal de Adrián sin que le hubiese dado permiso. Ahora está inconsciente en mi habitación —susurró para que Adrián no pudiese escucharle a través de la pared.

—Tráenosla y termina el trabajo que tendría que haber

hecho ella. —Su voz quebrada no traslucía sueño a aquellas horas de la madrugada.

Esperó con la oreja pegada a la puerta del pasillo. Adrián estaba fuera. Cuando se aseguró de que había vuelto a su habitación y, supuso, ya dormía, cogió a Lucía y la cargó al hombro sin el menor esfuerzo. Bajó por la escalera de incendios y dejó su arma haciendo tope en la puerta para que no se cerrase, ya que solo se podía abrir desde dentro. La cargó en el maletero y observó la magnitud del golpe que le habían dado en el coche. Después volvió a su habitación y escribió una nota para Adrián con la información que se suponía que tendría que haberle dado Lucía. La metió en un sobre del hostal y bajó hasta la recepción. Escondido, esperó a que el muchacho saliera a tomar un poco el aire para abandonar el sobre en el mostrador, así no podrían saber quién lo había dejado. «Para Adrián Salor», podía leerse en la solapa. Volvió al coche y se fue de allí.

A la mañana siguiente el ministro ya tenía un nuevo plan, pues no iban a poder contar en lo sucesivo con Lucía. Ordenó a Román que siguiese a Adrián por la carretera y, llegado el momento, disparar a una de las ruedas de su coche para simular que intentaban matarlo. Así le harían pensar que se estaba acercando a aquello que buscaba y que podría costarle la vida. Era la forma de hacerle entrar en su juego, de utilizarle como peón sin que él lo supiera. Después África lo llamaría para pedirle ayuda. La llamada duraría escasos segundos, como si hubiese colgado al verse sorprendida. Sin duda, él no pararía hasta dar con *ellos* y así llegar hasta África.

De pronto Adrián giró inesperadamente en una gasolinera sin darle tiempo a reaccionar, frustrando así sus planes. Miró por el espejo retrovisor. Adrián había empezado a seguirlo. Llamó al ministro para comunicarle la nueva situación. Lejos de gritarle, se rio. Aquello era mejor de lo que esperaba. Adrián ya había entrado en su juego, solo tenía que guiarlo hasta donde él quería. Un poco más tarde ordenó a África que lo llamase.

—Adrián, ¡para! Son... —África terminó la llamada gritando, como si alguien le hubiese hecho daño por haberse puesto en contacto con él.

Había dejado la última frase empezada a propósito, con toda seguridad le haría pensar demasiado en qué serían o a quiénes se refería... En cuanto colgó, su infiltrado en la compañía china Sousuo borró el rastro de la llamada de todos los servidores, así no quedaría ningún registro que pudiese delatarlos.

337

28

África avanzaba con paso lento hacia Adrián. Llevaba en las manos el arma que había recogido del suelo. Lo miraba sin pestañear, mientras él seguía apuntando a Román con la pistola que le había dado Ruy. Todo transcurrió muy lentamente. Paso a paso, ella llegó junto a Adrián y se puso detrás él. «¡Ya está a salvo!», pensó emocionado. En ese momento notó que algo le tocaba la nuca. África le estaba encañonando desde atrás.

—Suelta la pistola, Adrián…, y no compliques más la situación.

—¿Qué haces? —gritó.

Ella presionó con más fuerza el arma contra su cabeza.

—¡Que te he dicho que sueltes la pistola! Y no lo voy a repetir.

Adrián no conseguía entender absolutamente nada, ni siquiera reconocía el tono de voz con que su mujer se dirigía a él. ¿Se había vuelto loca? Hizo lo que le pidió temblando, no de miedo, sino por la decepción.

Sin sentir ya la atenta mirada de la pistola fijándose en él, Román aprovechó para llamar a su compañero Hugo, del que no sabía nada desde que bajó a la enfermería, y ver qué le ocurría, mientras África seguía pendiente de Adrián.

—Ahora dale una patada hacia él. Y despacito... —Ella masticaba el desprecio mientras pronunciaba cada palabra.

—África, ¿qué estás haciendo? —Adrián se negaba a obedecerla.

—¡Vamos!

Adrián necesitaba unos minutos para intentar entender qué estaba pasando, por qué ella les estaba ayudando. Indignado y furioso, le dio una patada a la pistola en dirección a Román. Este se agachó para cogerla sin haber conseguido hablar con Hugo, el hombre cuyos ojos estaban más juntos de lo normal. Adrián se dio cuenta de que no podría dispararle aunque quisiera, ya que el arma tan solo se accionaría al reconocer las huellas dactilares de Ruy o las suyas propias. Sin duda eso era una ventaja.

—No contesta. Algo va mal. —Román estaba nervioso.

—No estarás jugando a hacerte el valiente con tus amiguitos, ¿no? —África por fin se sentía libre para descargar todo el asco que sentía por Adrián.

—No entiendo por qué estás haciendo esto, de verdad que no lo entiendo. —El tono de su voz le imploraba una respuesta que ella no le iba a dar.

Román y África intercambiaron una mirada tratando de sopesar si estaban expuestos a algún peligro. Después él marcó otro número.

—Adrián ha venido sin Xin Zhou. Hugo salió a buscarlo pero no da señales de vida, no conseguimos contactar con él.

Hubo un breve silencio mientras escuchaba la respuesta.

—No. Sofía le está apuntando ahora con una pistola —respondió.

—¿Sofía? —Adrián giró la cabeza hacia África, que le contestó empujándolo hacia delante.

Román colgó y se fue en silencio hacia Adrián con paso

firme, como si fuese un perro rabioso. Cuando estuvo frente a él, armó su brazo con la fuerza con la que ya lo había hecho otras veces y descargó toda su ira golpeándole con el puño en la boca del estómago. Adrián se dobló y cayó de rodillas al suelo. Una inspiración apagada trataba de llenar de aire sus pulmones que, con el dolor, parecían no querer respirar.

—A Hugo le han tendido una trampa —le dijo a África—. Van a presentarse aquí en cualquier instante. Tenemos que irnos. Yo voy delante. Tú encárgate de él.

¡Venían a ayudarle! Adrián, que ya se veía muerto, recibió la noticia con alivio. Si se convertía en un estorbo, quizá ganase tiempo suficiente para que lo rescatasen. África lo agarró por la chaqueta para obligarlo a que se levantara. Él se resistía, intentaba aguantar todo lo que pudiese en el suelo, fingiendo no poder incorporarse debido al golpe recibido.

340

—¡Que te levantes he dicho! —Estaba furiosa.

Quiso probar su paciencia y no movió ni un músculo. Inmediatamente oyó el sonido metálico de la pistola, la había preparado y estaba a punto para disparar. Se levantó en silencio. Román iba delante. Abrió la puerta de la habitación y escudriñó el pasillo. No había nadie. Tenían que llegar al aparcamiento lo antes posible y no podían utilizar los ascensores, estaban bloqueados por la Policía. Se encaminaron hacia la puerta de la escalera de emergencia. Adrián sabía que aquel camino terminaría pronto, la Policía había sellado todas las puertas y nadie podría escapar por allí. Estaba claro que ellos no lo sabían y aquello le daba unos segundos de ventaja. Sin embargo, para su sorpresa, Román sacó una llave de seguridad de su bolsillo y la abrió sin problemas.

¿Cómo podía tener esa llave? Alguien les estaba ayudando desde dentro del hotel. Alguien con poder. Muy poca gente, por no decir solo dos o tres personas, tenía acceso a esa llave. Román miró escalera abajo. No parecía haber nadie. Comenzó a bajar peldaño a peldaño. Con mucho sigilo. Despacio, como lo hizo aquella noche en el edificio de Adrián.

Volvió a asegurarse de que no había nadie abajo. Con una mano, y en silencio, le indicó a África que avanzasen. Adrián sabía que hacerlo suponía estar un paso más cerca de su final. Así que, haciendo acopio de valor, se resistió a andar. Ella lo empujó con el arma.

—¡Vamos! —susurró con voz amenazante y cargada de violencia.

Él siguió quieto. África lo empujó entonces con el brazo que tenía libre. Al sentir el contacto con su mano, se agachó rápido para aprovechar la inercia con la que ella se había abalanzado hacia él y la tiró al suelo. Su objetivo era que cayese por la escalera. No tuvo tanta suerte, cayó a su lado, lo que le proporcionaba unos segundos para huir mientras ella volvía a levantarse.

Corrió hacia la puerta sin darse cuenta de que África le apuntaba con el arma. Buscando aún el equilibrio que la caída le había robado, disparó. Dio en el blanco. Adrián notó un dolor intenso y frío que lo quemaba por dentro. Se le concentraba en el hombro izquierdo, por donde había entrado la bala, y desde allí se ramificaba por toda la espalda como si lo hubiese atravesado un rayo.

Consiguió cruzar la puerta y cayó al suelo debido al impacto de la bala. Trató de levantarse apoyado sobre una mano. No tuvo tiempo. África ya estaba junto a él, apuntándole con la pistola. Tirado en el suelo, le suplicó con la mirada que no lo matase.

Ella apuntó al centro de esa mirada que tanto detestaba.

El disparo quedó retumbando en el pasillo con un eco que olía a muerte.

*L*a sangre que brotaba de su cabeza arrastraba la muerte que se había cobijado en su cuerpo inerte. Tenía los ojos abiertos de par en par, como si hubiese tenido tiempo de expresar su asombro antes de morir.

342   Para Adrián todo se volvió borroso, luminoso. No sabía si estaba vivo o muerto; a diferencia del otro disparo, este no le había dolido nada. Estaba aturdido y el pánico que aún llevaba adherido a sus nervios se manifestaba en los temblores de sus brazos y piernas.

De pronto aparecieron dos manchas negras y lo ayudaron a levantarse y caminar hacia algún lugar difuso que no lograba ver. Sus sentidos se habían apagado y no lograba entender las palabras que oía, como si las pronunciasen con sonidos espectrales que nunca antes había escuchado. Poco a poco fue volviendo en sí. Las manchas negras se fueron transformando en dos policías uniformados con trajes oscuros que lo llevaban a la enfermería. Todo el pasillo estaba lleno de hombres equipados con chalecos antibalas y fusiles. Miró atrás. África estaba muerta, tendida sobre el suelo del pasillo, envuelta en un charco de sangre. Adrián no comprendía muy bien qué había ocurrido ni de dónde había salido tanto policía. Al menos, pensó aliviado, habían llegado en el momento exacto, disparando a África justo antes de que ella lo matase a él.

—¿Qué ha pasado? —Adrián estaba en estado de *shock*, temblando.

—Te llevamos a la enfermería, allí te lo explicarán.

Aún le faltaba mucho por entender, quizá todo.

La puerta de la escalera se volvió a abrir y otros dos policías aparecieron llevando preso al hombre de la cicatriz.

Ruy llegó a la enfermería cuando le estaban haciendo las curas a Adrián. La bala que había recibido en el hombro afortunadamente había salido por delante. Tras limpiarle la herida y cosérsela, le inyectaron un tranquilizante y le vendaron el hombro, que quedó inmovilizado por un cabestrillo improvisado con más vendas. Era todo lo que podían hacer allí por él y ninguna ambulancia lo iba a llevar de inmediato al hospital en medio del temporal que arreciaba.

—Mateo me llamó para avisarme de que África era una de *ellos*, por lo visto estaba casada con el de la cicatriz. —Se llevó el dedo a la cara y recorrió la mejilla.

Adrián se mantuvo indiferente. El tranquilizante ya le estaba haciendo efecto y apaciguaba su dolor, tanto el físico como el mental.

—Le conté al ministro todo cuanto habíamos descubierto. —Ruy siempre utilizaba la primera persona del plural cuando se trataba de méritos ajenos—. Y le puse al corriente de la operación que habíamos pactado antes de subir a la habitación. Resultó que también era uno de *ellos* y, por tanto, cómplice de los asesinos. Entraron en el hotel gracias a él. Fue una empresa fantasma de comunicaciones, vinculada a otras que estaban a su nombre, la que consiguió las acreditaciones que les dieron y la que reservó la habitación 535.

Adrián no quería seguir escuchándolo, en realidad no quería volver a saber nada más sobre aquel asunto.

—¿Cómo están Mateo y Manjit?

—Mateo bien. Está en Atocha. He pedido que la Policía de la estación lo proteja hasta que pase el temporal y pueda salir de allí.

—¿Y Manjit?

—Bueno…, según parece, el médico que ha pasado a verla por la mañana se muestra optimista, parece que no tiene ganas de morir. —Sonrió—. Tú ahora descansa y olvídate del Congreso… Yo me encargaré de tu parte.

—No. Quiero abrir la sesión como estaba previsto.

—Adrián, mírate. En tu estado no puedes.

—He dicho que no, Ruy. Abriré la sesión de hoy como estaba previsto y luego me iré.

Todos los congresistas ocuparon los asientos según las pequeñas banderas que los identificaban. Algunos de ellos habían oído rumores de disparos, incluso de muertos, y la abundante presencia policial reforzaba las sospechas de que había ocurrido algún incidente. En los pasillos del gran salón había un policía cada tres metros y cada puerta estaba flanqueada por dos de ellos. Muchos de los asistentes se mostraban intranquilos y no dejaban de mirar las armas que empuñaban.

Una vez todos se hubieron sentado, Adrián se dirigió hacia la base del hemiciclo para dar inicio al XXIX Congreso para la Prevención del Cambio Climático. Al caminar se agarraba el brazo que tenía inmovilizado con el otro, pues la herida del hombro le dolía bastante y los tranquilizantes que le habían puesto comenzaban a perder su efecto. Todos quedaron en silencio al verlo, un silencio que se magnificaba al estancarse en el gran auditorio del hotel. Estaba pálido. Con el brazo izquierdo sujeto por un cabestrillo y con la camisa manchada de sangre. Los asistentes se miraron confusos unos a otros.

Se situó tras el atril que habían dispuesto para los ponentes. Centenares de cámaras de televisión lo enfocaban rodeado de micrófonos, emitiendo en directo sus palabras a gran parte del planeta. Guardó silencio unos instantes en los que miró al público que estaba pendiente de él para analizar sus caras. Veía en ellas mucha expectación por la sangre que manchaba su camisa y muy poco interés por lo que fuese a decir. Sin embargo, se iba a hacer escuchar.

—Buenos días a todos. Como director de la comisión científica de este XXIX Congreso para la Prevención del Cambio Climático, estaba previsto que abriese esta sesión con un discurso que me voy a saltar. Mi misión era hablarles sobre las medidas que creemos que se deben adoptar para paliar un cambio climático que ya no es reversible. Pero todo eso ustedes ya lo saben y no han hecho nada para evitarlo, así que no les voy a hacer perder el tiempo repitiendo lo que tantas veces han escuchado.

»El escritor Arthur C. Clark dijo un día: "El futuro ya no es lo que solía ser". Nuestros abuelos y bisabuelos miraban al mañana con optimismo, veían oportunidades, más riqueza, menos desigualdades. ¡Lucharon por una vida mejor para sus hijos! Ahora, cuando yo miro ese futuro veo más terrorismo, más soledad, más pobreza, más desigualdades. Explotamos una tierra que ya está marchita para que una parte del mundo pueda tirar comida mientras la otra se muere de hambre.

»Hemos creado un Estado del bienestar que nos está destruyendo, nos hace enfermar, contamina nuestro aire, nuestros ríos, nuestros mares… Contaminamos todo lo

345

que tocamos, pero nadie hace nada. Nadie. Ni siquiera somos capaces de dialogar ni de llegar a acuerdos para lograr una solución. Llevamos décadas hablando sobre cómo habría que frenar el cambio climático... Décadas que han pasado sin hacer nada..., prácticamente nada. Y la prueba está ahí fuera.

»Por primera vez en la historia de este país hoy ha llegado un huracán de categoría cinco. Para ustedes un huracán de esta categoría no es más que unas nubes que ven a través de los cristales o de la televisión. Mañana mostrarán sus condolencias cuando se publique el número de muertos y poco más. Sus homólogos españoles tendrán que cuantificar todo esto con otro tipo de números, con euros, al igual que las compañías de seguros, que se desentenderán del asunto. Y ¿saben qué? Que ahí fuera hay personas. Personas para las que un huracán de categoría cinco significa que van a perder la casa en la que viven, que igual tendrán que lamentar la muerte de un amigo, de un familiar o pagar con la suya propia. Una de esas personas es mi mejor amiga, prácticamente mi hermana, y casi ha muerto por intentar luchar contra aquellos que se lucraban del cambio climático.

»Es la permisividad de sus Gobiernos la que provoca que esto ocurra aún hoy, tras décadas de cumbres climáticas, seguimos hablando en vez de actuar. Por favor, ¡hagan algo!, ¡salgan ahí fuera! Si no lo hacen físicamente, háganlo con su mente. Escuchen el grito de las personas que confían en ustedes para aplacar su dolor. Todos estamos en el mismo barco, nos guste o no. Así que o remamos juntos, o el barco se hunde.

»Las últimas proyecciones estudiadas para el futuro son esperanzadoras, parece que las emisiones de CO_2 pueden estabilizarse, pero si no hay un acuerdo global, el frágil equilibrio en el que estamos se romperá. Uno de los parámetros que utilizamos para estudiar los posibles escenarios climáticos de las próximas décadas son los proyectos medioambientales que los Gobiernos tienen en sus campañas electorales. ¡Hagan algo, por favor, ustedes que pueden!

»La Tierra ha dejado de ser nuestra casa y comienza a ser nuestra cárcel. Vivimos en medio de una crisis climática y una crisis energética, agravadas en muchos países por crisis humanitarias, económicas o de cualquier otro carácter. Allí la adaptación a los cambios del clima se vuelve un infierno. Pero ustedes, sentados en esos cómodos asientos, solo saben de lo que hablo porque lo han visto por la televisión.

»Precisamente a ellos me dirijo ahora, a los que nos están viendo por la televisión en todo el mundo. En sus manos está conseguir que todo pare aquí. ¡Pidan responsabilidades a sus Gobiernos! ¡Exijan soluciones! Gracias.

Nota del autor

Con el fin de evitar posibles conflictos, me gustaría dejar claro que todos y cada uno de los casos de corrupción aquí descritos, así como los personajes, son ficticios y no se corresponden con la realidad. Cuando llevé esta novela al Registro de la Propiedad Intelectual de Madrid aún no había puesto un pie en el Ministerio de Agricultura y Pesca, Alimentación y Medio Ambiente, y no conocía a nadie que trabajase allí, mucho menos a ningún ministro, por lo que las situaciones y las personas aquí narradas difícilmente podrían guardar algún parecido, ni en mayor ni en menor medida, con ninguna real —en cuyo caso, no sería más que una mera coincidencia—. Esta advertencia se hace extensible a la corrupción descrita en Asturias sobre los diques de contención, a empresas de energías renovables y a entidades bancarias, pues desconozco sus estructuras internas así como sus modos de operar.

Por descontado decir que no conozco ni he conocido ningún grupo de lobistas que coaccionen a políticos ni estén infiltrados de ningún modo en los distintos partidos políticos o Gobiernos.

Desafortunadamente, nunca he estado en Belvís de Monroy ni he conocido a ninguno de sus alcaldes, que, imagino y no me cabe duda de ello, harán lo que crean que es mejor y más beneficioso para el pueblo, a diferencia del que aquí he descrito. Simplemente quería ubicar parte de la novela en mi tierra natal, Extremadura, y debido a su situación, Belvís era el mejor lugar para que Adrián fuese hasta allí. También mi tierra está reflejada en su apellido, Salor, que se concentra principalmente en la provincia de Cáceres, y además es un río extremeño, afluente del Tajo.

Pese a que en esta novela no he querido basar ninguno de los episodios de corrupción en casos reales, una navegación somera por internet nos demuestra que, por desgracia, la realidad supera a la ficción.

Todas las marcas son inventadas, como también lo son los nombres de empresas y demás organismos (salvo Google, que con esta es la segunda que aparece), por lo que, insisto una vez más, cualquier parecido con la realidad sería pura casualidad. Aunque sí que es cierto que algunos de los nuevos materiales que aquí propongo ya tienen prototipos o se están investigando.

Por otro lado, añadir que la ONG WarmNed Planet no existe y que aplaudo el trabajo de todas las ONG que se dedican a hacer del mundo un lugar mejor. Sin la existencia de estas organizaciones, con las que he colaborado en algún momento de mi vida de una forma u otra, estoy seguro de que nuestro planeta sería más sombrío y oscuro.

Una vez aclaradas estas cuestiones, pasemos a la meteorológica. Los datos aquí reflejados SÍ son reales y están extraídos, en su mayor parte, del quinto informe del Grupo Intergubernamental de Expertos sobre el Cambio Climático (IPCC), donde se presentan cuatro posibles escenarios de emisiones de gases de efecto invernadero —hasta el año 2100— y son denominados Trayectorias de Concentración Representativas (RCP, por su sigla en inglés), según las cuales el mundo evolucionará de una forma u otra.

La proyección climática que he elegido y sobre la que he desarrollado esta ficción es la RCP4.5, la segunda con menos emisiones de CO_2. Hay una proyección más optimista, en la que el mundo sería un lugar más agradable, la RCP2.6, pero a juzgar por los acuerdos alcanzados en las distintas cumbres climáticas, no estamos eligiendo el mejor camino para adaptarnos a ese escenario. Hay que tener en cuenta que estas proyecciones no son pronósticos ni predicciones —como se puede leer en el artículo «The next generation of scenarios for climate change reasearch and assessment» de la revista *Nature* de febrero de 2010—, pero reflejan las posibles emisiones futuras de CO_2 basadas en aspectos socioeconómicos, medioambientales y tendencias tecnológicas, así como políticas.

El IPCC, al igual que la comunidad científica, nos dice que el calentamiento del sistema climático es inequívoco y que «la influencia humana en el clima ha sido la causa dominante (con una probabilidad superior al 95 por ciento) de más de la mitad del aumento observado en la temperatura superficial media global en el periodo 1951-2010».

351

Por ello es muy importante, e incluso me atrevería a decir vital, simular cómo evolucionará el clima según vaya a ser nuestro comportamiento futuro y, sobre todo, que sepamos qué mundo van a heredar las futuras generaciones. Con este propósito he ubicado esta novela en el escenario al que, siendo optimistas, podríamos encaminarnos. Y recalco «siendo optimistas» porque el RCP4.5 asume que todas las naciones del mundo deberán emprender a la vez, y en común, un proyecto climático global para reducir simultáneamente las emisiones de CO_2. En mi más humilde opinión, es algo que veo difícil, pues cada vez fomentamos más lo que nos separa y menos lo que nos une, pero al menos ha sido bonito imaginarlo. Ojalá, y es mi mayor deseo, esté equivocado y algún día aprendamos a dialogar y lleguemos a acuerdos comunes en pro de la humanidad y no del beneficio económico. Sin duda, no se podría alcanzar ese utópico futuro sin educación, respeto e integración, de ahí que haya decidido ambientar mi historia en un Madrid multicultural, representando esta pluralidad en la figura de Manjit, un personaje al que me ha encantado dar vida.

Para hacernos una idea de lo difícil que es llegar a acuerdos, tengamos en cuenta que ya fracasó el Protocolo de Kioto y ahora estamos pendientes del Acuerdo de París (COP21). En las próximas décadas seguiremos viendo reuniones y cumbres en las que se intentará llegar a un acuerdo para reducir las emisiones de CO_2, pues según se reconoce en el propio texto del Acuerdo de París, que entrará en vigor en 2020, los pactos alcanzados no serán suficientes para mantener la temperatura media mundial por debajo de 2 °C respecto a la era preindustrial. Según parece, con los pactos alcanzados se limitaría el ascenso global de las temperaturas no a 2 °C, sino a 2,7 °C. A partir de esos 2 °C se considera que la vida en el planeta está amenazada, por lo que estamos jugando con fuego, y nunca mejor dicho. Se estima que un ascenso de las temperaturas entre 2,6 y 3,6 °C respecto a los valores preindustriales podría dejar en peligro de extinción al 20-50 por ciento de las especies. Si queremos limitar el ascenso de las temperaturas a esos 2 °C (antes de que termine el siglo) respecto a la época preindustrial, se requeriría que el CO_2 emitido desde esa época no supere las 2899 gigatoneladas de CO_2. A fecha de 2011 ya habíamos emitido 1890 gigatoneladas (el 65 por ciento del límite a partir del cual todo comenzará a ir aún peor, lo que significa que vamos mal y tarde). De seguir emitiendo CO_2 al ritmo que lo hacemos, y si no hacemos nada para evitarlo, en 2100 las temperaturas serían entre 3,7 °C y 4,8 °C más altas que en la época preindustrial, lo que engendraría problemas extremos a escala planetaria.

¿Qué pasaría si por el contrario ahora cortásemos las emisiones de CO_2 de forma radical en todo el planeta? Que el CO_2 ya emitido continuaría en la atmósfera durante siglos y, por tanto, también sus efectos —somos esclavos de nuestras propias acciones—, y aunque la temperatura global seguiría subiendo, no llegaría a los valores mencionados.

En esta novela he analizado cómo sería una ola de calor en el escenario RCP4.5 en la segunda mitad del siglo, así como un periodo prolongado de sequía. Aunque estamos acostumbrados a ver termómetros en Sevilla o Córdoba que en los meses de verano, y al sol, superan los 50 °C, por lo que a priori las temperaturas que marco en la historia no parecerían exageradas, lo cierto es que esos termómetros no reflejan la temperatura real, sino la de sus materiales, recalentados por la acción del sol. Por poner un par de ejemplos, a fecha del 31 de diciembre de 2016, la temperatura más alta registrada en el aeropuerto de Córdoba fue de 46,6 °C el 23 de julio de 1995, y en Madrid llegó a 40,2 °C el 10 de agosto de 2012, según los datos oficiales de la Agencia Estatal de Meteorología.

Es más fácil pronosticar cómo evolucionarán las temperaturas que las precipitaciones, pues estas últimas presentan más incertidumbre. Sin embargo, sí parece cierto que las proyecciones apuntan a periodos más prolongados de sequías y quizá más torrencialidad en las precipitaciones, y ni una cosa es buena ni la otra tampoco.

En este escenario de emisiones de CO_2 media-baja, como es el RCP4.5, se asume que la tecnología no se estanca, es por ello que presento una tecnología futurista que ayude a la reducción de emisiones.

También se asume que habrá un grave problema con la

alimentación. Con un ascenso de 2 °C se estima que los cultivos del cereal se reducirán entre un 10-30 por ciento. Se ha valorado en el RCP4.5 una población superior a 9.000 millones de habitantes en el planeta para 2065 (aunque en la novela hablo de 10.000 millones con el fin de adaptarme también a otros estudios), y alimentar a tanta gente será un gran problema, por lo que se necesitará más tierra cultivable, lo que aumentará las emisiones de CO_2. Además, el aumento de las temperaturas propiciará más desigualdades entre ricos y pobres, por lo que el problema de la alimentación dejará a demasiada gente pasando hambre y muriendo por las hambrunas que asolarán las zonas del mundo más deprimidas.

El IPCC reconoce que el cambio climático también será motivo de guerras. Aquí me he centrado tan solo en la de Okavango, cuyo enfrentamiento por sus aguas se cree que terminará en un conflicto armado conforme el clima se vaya haciendo menos propicio. Pero no es un conflicto aislado. El artículo «Gestionando conflictos por el agua y cooperación», de Aaron T. Wolf, nos habla de otros muchos; por destacar uno de ellos, el de Siria y Turquía por las aguas compartidas entre ambos países. Recalco precisamente ese ejemplo porque la nieta del capitán Cousteau, Alexandra Cousteau (exploradora de *National Geographic* que trabaja para preservar el planeta), decía textualmente al periódico *La Vanguardia* el viernes 8 de abril de 2016: «Los refugiados de Siria ya son refugiados del cambio climático. El conflicto latente en Oriente Medio es por el acceso al agua, y el calentamiento global ha ido enconando las rivalidades en el área y provocando migraciones, tensiones, rivalidades y, al final, conflictos armados entre grupos tribales y religiosos».

Respecto a los huracanes, los estudios apuntan a que aumentará el número de ellos de categoría 4 y 5, y que los que se formen en aguas atlánticas comenzarán a hacerlo también más cerca de la península Ibérica que ahora. Debemos recordar que ya hemos hablado de tormentas tropicales y tormentas postropicales en nuestro país.

Para finalizar quisiera dar las gracias a mis padres, por todo su apoyo y cariño. Agradecer también a Gerardo Benito, profesor de Investigación en el Museo Nacional de Ciencias Naturales del CSIC y uno de los padres del «Informe especial del IPCC sobre la gestión de los riesgos de los sucesos extremos y los desastres para avanzar en la adaptación al cambio climático», por haberme asesorado sobre recursos hídricos. También a Blanca Rosa Roca, por haber creído en este proyecto desde el minuto cero.

Mi única intención ha sido concienciar sobre un problema del que aún no se ha hablado sin tapujos y, en la medida de lo posible, hacerles pasar un rato agradable con la lectura. Llegados a este punto solo me queda darles, como Adrián, las gracias.

Madrid / Campanario,
abril de 2016

Este libro utiliza el tipo Aldus, que toma su nombre
del vanguardista impresor del Renacimiento
italiano Aldus Manutius. Hermann Zapf
diseñó el tipo Aldus para la imprenta
Stempel en 1954, como una réplica
más ligera y elegante del
popular tipo
Palatino

* * *
* *
*

2065
se acabó de imprimir
un día de otoño de 2017,
en los talleres de QP Print
Miquel Torelló i Pagès, 4-6
08750 Molins de Rei (Barcelona)

* * *
* *
*